Emma Fields

Nie wieder Golf!

Originalausgabe – Erstdruck

Für
Peter und Paul
Nana und Ralf
Jan, Julian und Jonas
Marion und Hanne
und
Karin, ohne die ich den Einstieg nicht geschafft hätte

Emma Fields

Nie wieder Golf!

Eine turbulente Komödie

Roman

Schardt Verlag Oldenburg

Bibliographische Information der Deutschen Bibliothek:

Die Deutsche Bibliothek verzeichnet diese Publikation in *Der Deutschen Nationalbibliografie*; detaillierte bibliographische Daten sind im Internet über *http://dnb.d-nb.de* abrufbar.

1. Auflage 2010

Schardt Verlag
Uhlhornsweg 99 A
26129 Oldenburg
Tel.: 0441-21 77 92 87
Fax: 0441-21 77 92 86
E-Mail: kontakt@schardtverlag.de
www.schardtverlag.de
Herstellung: DPG, Nürnberg

ISBN 978-3-89841-530-9

Hallo Rick,

hier bin ich wieder. Du erinnerst Dich hoffentlich? Ich bin's, Emma. Hast Du mich und meine Briefe vermisst? Dies ist bereits mein fünfter Brief, und ich hoffe doch sehr, dass Du jeden einzelnen davon erhalten hast. In den letzten zwölf Monaten ist viel passiert. Was aber ist zum Kuckuck mit Dir los? Du scheinst Dich ganz vom Golf zurückgezogen zu haben. Spielst Du keine Turniere mehr? Hast Du aufgegeben?

Erinnerst Du Dich an meinen ersten Brief? Du kannst es allen noch mal zeigen! Glaub mir bitte, ich bin mir sehr, sehr sicher. Wenn nicht Du, wer dann? Du weißt, ich denke an Dich, und was noch wichtiger ist, ich glaube an Dich.

Gestern war ich in Valderama beim Turnier. Wer läuft mir dort als Erste über den Weg? Sunny! Ohne Dich! Sie war dort Caddie für einen anderen Pro. Erzähl mir jetzt nicht, dass auch diese Frau Dich verlassen hat. Ihr wart ein so gutes Team, ich glaube, das beste auf der ganzen Tour.

Lass sie nicht so einfach gehen.

Nun denn, vergiss mich nicht. Pass auf Dich auf und denk daran, ich bin mit meinen Gedanken immer bei Dir.

Emma

O Gott, wenn Nina davon wüsste, nicht auszudenken! Fröhlich vor mich hin grinsend, packte ich diesen schicksalsträchtigen Brief in ein Couvert. Nachdem ich die Klebegummierung genüsslich abgeleckt hatte, ja, ja, man tut das nicht, aber ich mochte das nun mal, und manchmal schmeckte es auch nach Pfefferminze, versah ich ihn mit der Adresse und klebte die Briefmarken und den Luftpostaufkleber darauf.

Ob der bewusste Brief nun wirklich schicksalsträchtig war, das würde sich erst herausstellen – irgendwann einmal, vielleicht auch nie. Bis jetzt war es ein prickelnder Rückfall in Teenagerzeiten, den ich mir gönnte, mit dem vollen Programm: Schmetterlinge im Bauch, ein Zittern der Hand, die seinen Namen schreibt, und dann die „Haut von Gans“, wenn ich an seinen Kuss zurückdachte, den besten Kuss aller Zeiten.

Nina, meine Tochter, satte 19 Jahre alt, wäre entsetzt. Über den Kuss, die Briefe, die Schmetterlinge. Alles Dinge, die eine Mutter mit 42 nicht mehr tat, und schon gar überhaupt nicht fühlte.

„Anonyme Briefe“, würde sie sagen, „wie kannst du nur, Mama! Du wirst doch nie erwachsen! Was, wenn dieser Mensch mal dahinterkommt, wer ihm da schreibt? Was machst du dann?“

Für mich war es momentan ein sehr reizvolles Spiel, und wenn je es zu einer Beichte kommen sollte, würde ich meiner sonst sehr süßen Tochter schon irgendwie diesen pubertären Rückfall erklären. Vielleicht würde ich mich ihm ja auch nie zu erkennen geben. Zu diesem Zeitpunkt war noch alles offen, und ich gab mich so richtig meinen Träumereien hin, die sich alle um den charismatischen Fremden drehten, den ich nur einen Nachmittag lang erleben durfte. Momentan konnte nichts passieren, noch befand ich mich auf der sicheren Seite, denn er wusste ja nicht, wer sich hinter der Frau verbarg, die ihm in einem nicht sehr flüssigen Englisch schrieb.

Gut so, vorerst jedenfalls.

Im Übrigen war ich mir nicht einmal sicher, ob er die Briefe überhaupt erhielt. Zwar war ich so schlau, ihm nicht an die allseits bekannte Fanadresse zu schreiben, aber das war noch keine Garantie. Durch meine Insiderkenntnisse wusste ich genau, wie ich es anstellen musste, wenigstens eine kleine Chance zu haben, dass meine Briefe an die richtige Adresse gelangen konnten. Ich sandte meine Post für ihn daher an die Sekretariate der jeweiligen Golfclubs, in denen er zum nächsten Turnier gemeldet war.

Guter Versuch, lobte ich mich selbst. Denn alle Pros waren verpflichtet, sich bei ihrer Ankunft im Sekretariat zu melden. Ohne diesen bürokratischen Vorgang durfte kein Profi der Welt am Turnier teilnehmen. Es war trotzdem ein Risiko. Ich schrieb so quasi ins Blaue, aber es war spannend und brachte eine angenehme Abwechslung in mein Mutter-Familien-Logistikerinnen-Dasein. Wieder mal musste ich grinsen. Ich malte mir natürlich auch aus, wie er die Briefe in Empfang nehmen würde. Wahrscheinlich dachte er zunächst, es wäre Fanpost.

Bekamen Profigolfer Fanpost?

Spätestens beim zweiten Brief – vanillegelber Umschlag, blaue Tinte – würde vielleicht ein Erkennungszucken über seine sensiblen Lippen gleiten.

Oh, dieser Mund! Zweimal oh, dieser Kuss!!

Himmel, ich schweifte schon wieder ab.

Dann würde er den Umschlag umdrehen und vielleicht nach dem Absender schauen. Und vielleicht, ganz vielleicht würde er mal in einem Interview mich, die anonyme Verfasserin, erwähnen, die Frau, die ihn mit ihren Briefen erheiterte. Eine Frau war es zweifelfrei, Männer konnten solche Briefe keinesfalls schreiben. (Das setzte ich voraus.) So viel Blödsinn wie damals hatte ich schon lange nicht mehr verzapft, aber ich war in einer Situation, in der ich mich in diese Scheinwelt flüchtete, um alles andere um mich herum ertragen zu können.

Ich schrieb nicht täglich, sondern dosierte meine Schreiben sorgfältig und war mir auch immer bewusst, dass ich mich damit auf heißem Boden bewegte. Es wäre mir äußerst unangenehm, würde man mich eines Tages als Stalkerin entlarven. Und alle Magazine, die etwas mit Golf zu tun hatten, würden dann die Schlagzeile bringen: „Emma H. aus Deutschland bombardiert den englischen Ausnahmegolfer Rick Fields mit eindeutigen Liebesbriefen.“

Das wollte ich auch nicht.

Er sollte sich nicht von mir bedrängt fühlen, deshalb überhäufte ich ihn keineswegs mit leidenschaftlichen Gefühlsergüssen oder auch nur zarten Zweideutigkeiten. Meine Briefe waren aufmunternd, aufbauend, kumpelhaft. Ich ließ meine spontanen Gedanken in die Texte einfließen und gab ihm kleine Einblicke in mein Leben. Geübt durch meinen Nebenjob – ich schrieb kleine Geschichten und Rezensionen für die hiesige Zeitung –, war mein Schreibstil flüssig, energievoll und gewandt. Mein Chefredakteur lobte meine Sprachsicherheit und meinen pointierten Umgang mit Worten. So plauderte ich in meinen Briefen an Rick locker drauflos, erzählte kleine Anekdoten aus meinem ungeliebten Golferdasein und hoffte, ihn damit zu erheitern. Tadelte ihn auch zuweilen, wenn er wieder mal nicht gecuttet hatte, und lobte ihn dafür sehr, wenn er bei einem wichtigen Turnier unter die ersten zehn gekommen war.

Ich wollte ihm schlicht zeigen, dass es noch Menschen gab, die an ihn glaubten, und mit diesem unerschütterlichen Glauben wollte ich ihn wieder zum Siegen bringen. Schließlich hatte er vor gar nicht langer Zeit noch an der Weltspitze gestanden mit seinen fünf Major-Siegen, die Fachpresse hatte ihn als Ausnahmesportler bezeichnet. Aber wie es nun mal so war, er wurde nicht mehr gelobt, die Fachpresse erwähnte kaum mehr seinen Namen, denn ein neuer Shootingstar war am Golfhimmel aufgetaucht.

Und er? Er war weg vom Fenster.

Seit fast einem Jahr hatte es für ihn keinen einzigen Sieg gegeben. Oftmals hatte er nicht einmal den Cut geschafft, der ihn in die letzten zwei Runden brachte. Denn erst in Runde drei und vier ging es um das dicke Geld. Um Geld ging es ihm nicht mehr. Das hatte er sich ausreichend verdient in der Vergangenheit.

Es war einfach nur traurig, diesen stolzen Mann im Fernsehen von einer Niederlage zur anderen zu begleiten, machtlos zu zusehen, wie er oft schon nach den ersten zwei Runden nach Hause fahren musste. Ich fieberte Woche für Woche vor dem Bildschirm mit ihm (Premiere machte es möglich), denn ich wollte ihm so gerne helfen. Manchmal genügte ein kleiner mentaler Kick, um wieder auf die richtige Spur zu kommen. Und diesen Kick versuchte ich ihm mit meinen Botschaften zu geben. „Come on, you are on the way. Believe it, you will be at the top again, I feel it deep inside."

Die meisten der Fans waren gnadenlos. Sie ließen einen Sportler, kaum war er nicht mehr erfolgreich, einfach fallen. Er wurde uninteressant, und man huldigte sofort dem neuen Sieger: „Der König ist tot, es lebe der König!"

Diese ganze Geschichte mit den Briefen war aufregend für mich und brachte mehr Farbe in mein Leben. Und außerdem hatte ich Rick Fields wirklich kennengelernt.

Er hatte sogar mit mir geflirtet und ... da war dann noch der Kuss!

Ob er auch so dachte wie ich?

Wenn er sich überhaupt noch an unsere Begegnung erinnern würde, wäre das schon ein Wunder. Ehrlich gesagt, wahrscheinlich hatte er sich nur köstlich über mich amüsiert und kurz darauf vergessen. Ich konnte ihn nicht vergessen. Ich war hartnäckig, eine Kämpfernatur, und was ich wollte, das erreichte ich, wenigstens meistens. Und jetzt wollte ich Rick.

Okay, vorerst wollte ich ihn mal wiedersehen. Alles Weitere ließ ich offen.

Wieso eigentlich Rick? Wieso gerade diesen Mann, und nur diesen? Warum konnte ich ihn nicht aus meinem Kopf verbannen? Mir einen anderen Kerl anlachen und glücklich sein? Wieso hatte ich mich derart in ihn verguckt, dass ich ihn mit anonymen Briefen bombardierte wie ein kindischer Teenager, der sich in einen Popstar verliebt hatte?

Ich war eigentlich weder kindisch noch hysterisch, zwar chaotisch, aber durchaus zurechnungsfähig.

Wie alles begann

Alles fing damit an, dass man mir zum 42. Geburtstag Karten für das Golfturnier in der Nähe von Heidelberg schenkte. Ein sehr passendes Geschenk so kurz nach der Trennung von meinem Freund David, einem Golf Professional aus England. Aber wesentlich besser als die vielen mehr oder weniger kitschigen „Steh im Wegchen", die mir von allen Seiten mit feierlichen Gesichtern überreicht worden waren. Besser auch als die herrlichen Glückwunschkarten, die mein Herz ganz besonders erfreuten. Solche, auf denen zum Beispiel ein niedliches Tierbaby in seinen tapsigen Pfoten eine goldene Zahl hielt, welche unüberlesbar das Alter der Jubilarin auf die Karte bannte. Da konnten Hund, Katze, Maus noch so niedlich sein, man las dennoch ausschließlich die goldene Zahl.

Wer kam auf die Idee, solche Karten zu verschicken? Das konnten nur sadistisch angehauchte Pseudofreunde sein. Und welcher Sadist ließ solche Karten drucken? Musste man denn immer mit der Nase auf sein Alter gestoßen werden? 42 Jahre, mindestens die Hälfte schon vorbei, vielleicht weit mehr, wer weiß? Wie sagte ein guter Freund kürzlich in einer Geburtstagsrede für eine Dame doch so richtig? „Meine Liebe, du bist jetzt in den besten Jahren“ – Pause, Angesprochene strahlt – „das heißt, die guten sind vorüber!“ Angesprochene strahlt nicht mehr, lächelt etwas gequält.

Ach, was soll's, ich quälte mich nicht länger mit müßigen Reflektionen über mein Alter, sondern proklamierte meine neue Devise: „Jetzt geht's erst richtig los!“

„Ich gehe zu dem Turnier“, beschloss ich, „stelle mich den Erinnerungen!“ Schließlich war es nicht die erste Trennung, die ich überwunden hatte. Bei mir gab es in der Liebe immer nur ein Auf und Ab. Vor der Ehe, in meiner Teenagerzeit war das so und nach der Scheidung ebenfalls. Entweder ich war ganz furchtbar verliebt und wollte am liebsten den Boden küssen, auf dem *er* lustwandelte, oder ein Typ war in mich verschossen und benahm sich deswegen so furchtbar dämlich, bis ich es nicht mehr ertragen konnte und der Sache ein vorzeitiges Ende bereitete. Ich wünschte mir ein gewisses Gleichmaß in meinen Beziehungen.

Etwa wie in den Romanen, die ich mir zuweilen reinzog, um mich kurzzeitig in eine heile Welt zu beamen. Die Protagonisten dort waren immer innigst verbandelt, es gab ein herrliches Happy End. Okay, dazwischen kam es vielleicht mal zu einigen Irrungen und Wirrungen, aber es herrschte Friede, Freude, Eierkuchen, und die Liebe siegte am Ende.

Bei mir gab es entweder zu viel oder zu wenig, nie genau passend. Wie in meinem Liebesleben war an mir selbst auch von allem ein bisschen zu viel oder zu wenig. Zu viel Temperament, zu wenig Contenance, zu viel Nase, zu wenig Körpergröße, zu viel Po (ein klein wenig zu viel, in meine neue gekaufte Jeans Größe 38 kam ich vorerst nur mit Gleitcreme rein), zu kleine Füße.

Das Zuviel konnte man beliebig fortsetzen, zu viel Haar, zu viel Busen ... Nein, ich war nicht sportlich elegant, langbeinig und kühl, wie ich gerne wäre. Genauso wie die Ladies aus Politik und Medien wollte ich gerne sein, eine Dame der High Society.

Ach, Quatsch, Lady hin oder her, man sollte mich lieben, wie ich war.

Und nun: „Auf in den Kampf, wer nicht wagt, der nicht gewinnt.“

Das war ich wieder, die ‚alte‘ Emma. Zum Glück war Trübsal blasen nicht so mein Ding, und mein fast penetranter Optimismus setzte sich immer schnell wieder durch.

„Du willst allllleeeeiiiin zu dem Turnier gehen, Mama? Und noch dazu auf dieses, wo dich so viele noch aus deinen Pro-Shop-Zeiten kennen? Sie werden doch ohne Ende dumme Fragen stellen und dich total volllabern, das willst du dir doch nicht wirklich antun, oder?“

Nina war augenscheinlich gegen meinen Ausflug.

Wahrscheinlich hatte ich das unternehmungslustige Glitzern in meinen Augen nicht gut genug unterdrückt. Nun ahnte sie nichts Gutes und vermutete, dass dieser gewisse Ausdruck etwas zu bedeuten hatte.

„Wenn du so drauf bist, das kann nur schiefgehen! Ich gehe mit!“ verkündetet sie kampflustig.

Na, das fehlte noch, mit der Tochter, Moralapostel hoch drei, wenn es um die Mama ging, auf Vergnügungstour. „Das kommt nicht in Frage. Erstens bist du ganz furchtbar schwanger, und ein ganzer Tag auf den Beinen ist sicher momentan nicht so wirklich das Richtige für dich. Denk doch mal, was du hinter dir hast. Zweitens steckst du mitten im Vorexamen. Wolltest du dir nicht einen besonders guten Abgang vor dem Mutterschutz verschaffen, um dich danach wieder nahtlos einklinken zu können?“

Ich sah, wie es in ihr arbeitete.

Sie war erst im sechsten Monat, aber lebte ihre Mutterschaft so richtig aus, nachdem wir die anfänglichen Hürden dieser Überraschung gemeinsam genommen hatten.

„Und außerdem“, fuhr ich schmunzelnd fort, denn ich konnte es mir nicht verkneifen, sie ein wenig zu ärgern, „was noch wichtiger ist, ich möchte gerne ohne Aufpasser dorthin fahren, um den Tag richtig genießen zu können. Vielleicht übernachte ich ja auch, wenn es spät wird. Es gibt da ein nettes Hotel, in dem alle Spieler wohnen, wenn da noch ein Zimmer frei wäre ...?“

Ich erinnerte mich ganz genau an diese Szene und musste wieder lachen. Nina war mein Augapfel, ich amüsierte mich immer herrlich über meine erwachsene Tochter. Im Zeichen des Skorpions geboren, war sie als Kind ein giftiger Trotzkopf gewesen. Später mutierte sie vom unscheinbaren dickköpfigen Pummelchen zu einem ansehnlichen Teenager, der sich zwar immer noch mit regelmäßigen Zornattacken in Szene setzte, aber mit einer großen Portion Charme ausgestattet war. Ich dachte auch an die grässliche Zeit, die danach kam. Die Zeit der durchwachten Nächte. Ich lag nachts wach, bis ich den Hund knurren hörte, der mir signalisierte, dass Madame im Anmarsch war. Nicht selten war Mitternacht schon längst vorbei, und ich hatte wieder mal stundenlang gelesen, um mich wachzuhalten. Nebenbei hütete ich Vaters Schlaf, in der Hoffnung, er würde nicht aufwachen und lostoben, weil sein jüngstes Kind sich wieder mal um einiges verspätet hatte.

Das war jetzt meine kleine Rache für diese unruhige Zeit, in denen eine Mutter Unfälle, Entführungen und Drogendealer durchlebte, während sie auf ihr Kind wartete. Wie sehr hatte ich mir damals gewünscht, die wilde Hummel würde endlich eine gesetzte junge Frau mit Verantwortungsbewusstsein werden.

Nun war es soweit, als werdende Mutter wachte sie nun voll Sorge über die vermeintlich aufbegehrende Mama.

So ändern sich die Vorzeichen, recht geschieht es ihr, dachte ich und genoss diese Situation sehr, wusste ich doch jetzt meine Tochter in sogenannten trockenen Tüchern. Es war nun die Zeit gekommen, in der ich mir auch noch eine Portion Glück und Abwechslung gönnen wollte. Sollte sich doch mein Schwiegersohn Frank mit meinem Kind auseinandersetzen und aufpassen, denn so ganz hatte Nina den Stachel des Skorpions nicht abgestoßen. Er hatte es wirklich manchmal nicht leicht, aber da musste er durch. Er liebte sie, wollte sie unbedingt haben, und Nina war ja auch wirklich eine tolle Frau.

Noch vor kurzem sah es so gar nicht nach eitlem Sonnenschein aus in meiner klein gewordenen Familie. Es lag nur wenige Monate zurück, da gab es plötzlich nur uns zwei: Nina und mich.

Kurz nach meiner Scheidung war ich zu Nina gezogen, die ihre Ausbildung zur Physiotherapeutin in Heidelberg machte. Die Trennung von unserer Familie hatte uns noch enger zusammengeschweißt: zwei Frauen, die sich mehr schlecht als recht durchs Leben schlagen mussten. Das Geld war knapp, also jobbten wir beide, um über die Runden zu kommen. Nina machte Babysitting bei kleinen, trotzigen Mädchen (recht so!) oder führte die Hunde älterer oder berufstätiger Leute Gassi. Von außen gesehen, sah es ganz harmonisch aus, aber im Inneren brodelte es. Um meine Nina und mich über die Runden zu bringen und unseren momentanen finanziellen Engpass zu überbrücken, bot ich den Zeitungen Glossen und Kolumnen an. Dies erwies sich ohne Vitamin B als unmöglich. Deshalb hatte ich schließlich einen Job in einem Golfclub angenommen.

David, Engländer und jetzt Exfreund, arbeitete dort als Golflehrer, und ich jobbte in seinem Golfladen, in Fachkreisen Pro-Shop genannt. So richtig wohl hatte ich mich unter den Frauen der Finanzelite nicht wirklich gefühlt und konnte kaum noch nachvollziehen, dass ich selbst mal eine von ihnen gewesen war, damals, als ich noch als Fabrikantengattin in einer Kleinstadt in Baden Württemberg lebte. Das war noch gar nicht lange her, aber es kam mir vor, als ob es Jahrhunderte zurückläge. So sehr hatte ich mich von allem befreit.

Um meine verwöhnte Golfkundschaft kompetent bedienen zu können, beschloss ich dann auch, an einem Golfkurs für Anfänger teilzunehmen – wenn ich was mache, versuche ich es auch richtig zu machen.

Großes Fiasko! Es war nicht mein Ding. Weder die Damen, die Schläger passend zum Outfit kauften, noch dieser elitäre Sport. In Anbetracht dieser Situation, in der ich mich äußerst unwohl fühlte, erwies ich mich, obwohl sonst recht sportlich, als total talentfrei. Ich outete mich schon, bevor ich überhaupt die Gelegenheit erhielt, einen Ball zu schlagen, mit meiner unpassenden Kleidung. Klar wusste ich, wie man sich auf dem Platz beim Turnier vorschriftsmäßig kleidete, dies hatte mir David vor meinem ersten Arbeitstag erklärt. Ich dachte jedoch, dieser Anfängerkurs sei eine lockere erste Begegnung mit dem Golfsport, und erschien deshalb in T-Shirt, Shorts und Turnschuhen.

War wohl nix!

Die teilnehmenden Damen kamen aufgebrezelt, als ob sie an der „German Ladies Masters“ teilnehmen sollten, und betrachteten mich angewidert wie ein ekliges Insekt. Meine Karriere schien also schon durch äußere Widrigkeiten zum Scheitern verurteilt. Dann besorgte ich mir einschlägige Literatur, vorwiegend aus England, der Wiege des Golfsports. Wenigstens die Theorie wollte ich mir aneignen, wenn es schon mit der Praxis haperte. Dort war, wie ich auf diese Weise erfuhr, Golf schon längst Breitensport geworden und wurde sogar als Schulfach unterrichtet. Jetzt hatte ich eine neue Motivation. Warum sollte das nicht auch bei uns klappen! Mein ständiges Insistieren David gegenüber, man könne doch diesen an sich schönen, abwechslungsreichen Sport einer breiteren Schicht zugänglich machen, trug in der folgenden Zeit nicht gerade zu einer besonders guten Stimmung in unserer Beziehung bei.

Er stand auf der anderen Seite, das wurde mir mehr und mehr klar. Irgendwie verstand ich ihn auch. Schließlich verdiente er in diesem Nobelclub extrem gutes Geld. Als David dann erfuhr, dass ich meine Meinung auch im Pro-Shop kundtat, hing unser Haussegen extrem schief.

Natürlich hatte ich mir die Klientel für meine Aktion „Breitensport Golf auch in Deutschland“ unter den Mitgliedern ausgesucht, die mir als sportlich und nicht so schickimicki erschienen.

Negativer Volltreffer.

Wie ein Lauffeuer sprachen sich meine „kommunistischen Ansichten“ über Nobelclubs unter den Mitgliedern herum und erreichten ebenso schnell das Vorstandszimmer. Daraufhin zitierte man den Head Pro und Chef der Golf Akademie, meinen David, vor den gesamten Vorstand. Er wurde eindringlich gebeten, er möge dahingehend auf mich einwirken, dass ich solche Äußerungen in Zukunft unterlasse. Oder ... das war's dann. Das ODER war das berühmte Tüpfelchen auf dem i.

Es war aus.

Hinzu kam, dass Nina und er ständig im Clinch lagen, über diese oder jene banale häusliche Kleinigkeit, und er mir daraufhin andauernd in den Ohren, ich möge Nina gegenüber eine härtere Hand haben.

Das fehlte gerade noch!

Mein Kind und ich befanden uns immer noch in der Trennungsschmerz- und Neuanfangphase. Da brauchten wir so etwas überhaupt nicht. Ich war wieder allein. Das lag mittlerweile einige Monate zurück, mein Kind war nun wieder glücklich, schwanger und hatte ihren Traummann geheiratet.

Manchmal, wenn ich richtig verzweifelt war, weil sich Nina und David wieder mal heftig gezofft hatten, dachte ich an vergangene Zeiten. Mir fielen dann spontan immer wieder kleine Anekdoten von früher ein, als Nina noch klein und meine Ehe noch intakt war. Sie hielt ihre Stiefgeschwister aus der ersten Ehe meines Exmannes ständig auf Trab, wenn diese zu Besuch waren. Wir waren eine kleine, sehr lebhafte Patchwork-Familie mit zwei Hunden, vielen Tieren, eine je nach Lebensdauer ständig wechselnde Menagerie, und einem Vater, der auch nicht einfach zu händeln war. Mittendrin agierte ich, die, wie ein guter Dompteur, alles im Griff hatte und den ganzen Zirkus mit unerschütterlichem Optimismus und mit viel Humor leitete. Ich war der Mittelpunkt von allem, was besonders schlimm war, als alles auseinanderbrach, weil ich einfach fortging. Ich schauderte bei diesen Gedanken auf meinem Trip in die Vergangenheit. Es war eine harte Zeit, die Zeit danach. Für alle. Jeder litt auf seine Weise. Die Kinder, die, obwohl schon erwachsen, den Verlust der Ersatzmutter kaum ertrugen. Der Mann, der nicht einmal wusste, warum ich eigentlich gegangen war, weil ihm die Feinfühligkeit dazu fehlte. Er, der immer nur sich sah, den Armen, der von der bösen Ehefrau verlassen wurde, war bitter geworden und zutiefst enttäuscht.

Wohl am meisten aber litt ich, in dem Bewusstsein, die Böse zu sein. Ich litt, weil ich diejenige war, die Schuld war am Leid der anderen. Eine Bürde, die ich kaum verkraften konnte, an der ich lange zu knabbern hatte. Denn derjenige, der geht, hatte nicht nur den Trennungsschmerz zu ertragen, sondern auch die Schuldgefühle. Der Grund war egal. Die Gewissheit, den anderen Schmerz zugefügt zu haben, lastet schwer auf der Seele. Aber Schwamm drüber, das Schlimmste war vorbei, und ich konnte wieder ohne Schmerz an die glückliche Zeit am Anfang meiner Ehe zurückdenken.

Damals, als ich mit Nina kurz vor der Endbindung stand, verkündete der zehnjährige Oliver ganz wichtig in der Schule: „Jetzt wird es aber Zeit, dass das Kind endlich kommt, die zweite Mama passt nicht mehr lang hinter das Steuer, der Bauch ist soooo dick." Zur Unterstreichung seiner Worte breitete er zum Entzücken der Zuschauer seine Arme so weit aus, als wolle er die ganze Welt umarmen.

Und jetzt bekam dieses Kind, das damals in meinem Bauch steckte, selbst ein Baby. Erst vor ein paar Tagen war ich mit Nina bei der Schwangerschaftsvorbereitung gewesen. Eigentlich war das der Abend, an dem die werdenden Väter dabei sein sollten, um unter fachlicher Leitung einer Hebamme den Ernstfall zu üben. Der Vater aber war krank, litt unendlich, lag laut anschaulicher Schilderung meiner Tochter bleich auf der Ledercouch im Wohnzimmer und fühlte sich außerstande, an diesem bedeutenden Abend teilzunehmen.

Wer wohl musste einspringen? Ich.

„Mama, einer muss mit! Diese Übungen können nur zu zweit gemacht werden. Niemand sonst hat Zeit, weil es jetzt zu kurzfristig ist. Heike hat Turnen, die Schwiegermutter muss zum Yogakurs. Bitte, bitte, geh doch mit!"

Das fehlte noch, die Schwiegermutter zu bitten, dann geh schon lieber ich mit, wenn ich so Gruppenaktionen auch hasse, dachte ich und machte mich auf den Weg zu meiner Tochter.

Ich kam mir manchmal vor wie ein Arzt in Bereitschaft, denn ich hatte immer eine gepackte Tasche im Schlafzimmer stehen, so dass ich im Notfall in wenigen Minuten startklar war. Die Zeit, in der wir auf uns allein gestellt waren, hatte uns, wenn überhaupt möglich, noch enger miteinander verbunden.

Es war dann genau so, wie ich es befürchtet hatte. Mit großer Mühe versuchte ich den nötigen Ernst für diese Veranstaltung aufzubringen. Das war aber auch wirklich schwierig. Man stelle sich vor, ein kleiner Raum, quadratisch, etwa 1,85 Meter hoch (zu niedrig für große werdende Väter), sechs hochschwangere Frauen mit ihren Partnern und -innen, (eine kam mit Schwester, Nina mit Mutter). Dazu die begleitenden Accessoires, sechs Stillkissen, sechs riesige Bälle, zwölf Kissen zum Anlehnen, und mittendrin waltete die versierte und gestenreiche Hebamme Sabine. Die Sitzung fand auf dem Boden statt, auf den sich alle Teilnehmer im Kreise niederlassen mussten. Der Raum war nicht nur niedrig, sondern auch klein, das Wetter sommerlich warm.

Frank wäre gestorben vor Hitze und Platzangst, in dieser Sauna, dachte ich noch, kurz bevor ich in der Meditation versinken sollte, die immer am Beginn der Sitzung stand. Doch angesichts dieser vielen dicken Babybäuche und die um ernsthafte Anteilnahme ringenden Väter konnte ich nicht relaxen. Es war einfach zu komisch und gleichzeitig auch wieder spannend.

Meine Nina nahm alles sehr, sehr ernst und machte brav jegliche noch so doofe Wehenstellung eifrigst mit, egal, ob es kniend über einen Stuhl gebeugt war oder im Stehen, die Arme auf die Fensterbank gelehnt. Es war furchtbar schwer, inmitten der atmenden, stöhnenden, hechelnden jungen Mütter, den nötigen Ernst zu bewahren. Meiner Tochter zuliebe riss ich mich zusammen und massierte, kreiste mit ihr und stützte das liebe Kind, geradeso, als ob es schon der Ernstfall wäre und ich der werdende Papa.

Das alles gab es zu meiner Zeit nicht, dachte ich, was mich wiederum heftigst an meine Oma erinnerte, die das auch immer gesagt hatte.

War ich schon wie Oma?

Nein, nicht ganz, aber fast, denn es stimmte, früher war es einfach anders. Ich habe mein Kind ohne Vorbereitungskurs bekommen und bis zuletzt gehofft, dass es ein Bub wird. Die Ultraschallgeräte von damals zeigten noch nicht wie heute in aller Deutlichkeit das Geschlecht des Kindes. Man lief auch nicht mit einem dieser undeutlichen Schwarzweißfotos herum, auf denen man nicht erkennen konnte, wo oben und unten war, um es jedem, der nicht bei drei auf dem Baum war, stolz unter die Nase zu halten. Heute war es üblich, von jedem Schwangerschaftsstadium eines dieser Fotos zu erhalten. Manche Promifrauen machen daraus ein Geschäft, indem sie diese meistbietend an die Gala, Bunte oder Frau im Spiegel verkaufen.

Die Geburt meiner Nina damals war heftig, wohl mit einer der Gründe, weshalb ich nur ein Kind hatte. Hinzu kam noch, dass man bei meinem sehr konservativen Frauenarzt, einer von diesen Halbgöttern in Weiß, nicht einmal herumgehen durfte, geschweige denn auf einem Ball oder einer Fensterbank die Wehen abfeiern konnte. Nein, festgeschnallt auf dem Bett, in einem sterilen Kreissaal musste ich liegen, bis es endlich raus war, ohne Kaiserschnitt.

Nina war mein einziges Kind. Nach dem Motto: Einmal versucht ...

Eine Frage hatte ich noch am Schluss an die Hebamme Sabine. Ich konnte es mir nicht verkneifen: „Erinnern sich die Mütter hier später im Kreissaal bei den Dreiminutenwehen noch an die geübten Positionen, und sind sie dann noch fähig, sie anzuwenden?“

Die Antwort der Hebamme war ganz cool, was mir wiederum gut gefiel. Sie sagte: „Schön wäre es, aber es kann auch ganz anders kommen. Die Gebärende schreit einfach nur: Lasst mich in Ruhe und haut alle ab.“

Himmel, wie bringe ich das nur meinem Schwiegersohn bei? Denn der soll ja den Part übernehmen, den ich heute üben musste. Diese Frage musste ich wohl laut gedacht haben, was mir die prompte Antwort bestätigte.

„Das machst du schon, Mama.“ Nina hatte ein großes Gottvertrauen, wenn es um meine Lehrfähigkeit ging. „Wahrscheinlich bist du ja auch bei der Endbindung dabei.“

„Irrtum, mein Schatz, großer Irrtum, dein Mann macht das schon.“

Wie es überhaupt dazu kam

Nun war es soweit, ich machte mich auf den Weg nach Heidelberg. Laut singend saß ich in meiner kleinen blauen A-Klasse und freute mich auf das Turnier. Im Gepäck hatte ich natürlich die Eintrittskarten, das gutgemeinte Geburtstagsgeschenk der Freunde. Eine CD mit Partyhits der sechziger und siebziger Jahre hatte aus dem Recorder gedröhnt, und ich sang aus voller Kehle jeden Song mit. „Dich erkenn ich mit verbundnen Augen, in der Nacht und in der Dunkelheit ...“ Zum Glück war ich allein! Das Wetter war nicht so der Hit, aber das tat meiner Freude keinen Abbruch.

Zwei Tage vor dem Ereignis hatte ich mir noch schnell eine Videokamera geleistet, obwohl das mein Budget weit überstieg. Momentan war wieder einmal Sparen angesagt, vom Finanzamt war eine üble Nachzahlungsforderung gekommen, noch aus ehelichen Zeiten, also hundert Jahre zurück.

War das nötig? Musste das Finanzamt gerade noch so kurz vor der Ablauffrist eine Steuerprüfung machen? Und, was noch schlimmer war: Ich, Emma, geschiedene Hartmann, sollte die Altlasten meines Nichtmehrmannes bezahlen? Die Einsicht fehlte mir, aber das Amt war im Recht. Es war ein dicker Brocken, der da auf mich zukam, also musste ein Kredit her, und daran knabberte ich immer noch. Die Zinsen schmälerten das Geld für Extras beträchtlich, aber egal, die Kamera musste sein. Vielleicht konnte ich auf dem Turnier einige tolle Spieler auf die Platte bannen, live und ganz nah.

Als ich das meiner Tochter freudestrahlend erzählte, flippte Nina schon wieder aus. „Mama, du willst doch nicht tourimäßig die Kamera schwingen und die Spieler belästigen, das ist jetzt nicht dein Ernst.“

„Erstens ist das eine digitale Kamera, was das genau bedeutet, muss ich erst noch nachlesen, auf jeden Fall soll sie ganz leise sein. Außerdem ist sie klein und handlich, sie hat etwa die Größe eines Fotoapparates.“ Warum muss ich mich eigentlich immer vor ihr rechtfertigen? fragte ich mich gleich darauf insgeheim. Manchmal fühlte ich mich eher wie das Kind und nicht wie die Mutter.

„Und zweitens stört es nicht, im Gegenteil, die Profis sind stolz, wenn gefilmt wird, und außerdem weiß ich genau, wann man filmen kann und wann es stört. Und noch mal außerdem mach ich, was ich will. Dich wird es nicht stören, du siehst es ja nicht, also misch dich nicht ein!“ fügte ich noch mit Nachdruck, aber mit einem Lachen in den Augen hinzu.

Ich liebte meine Tochter abgöttisch, wir verstanden uns gut, waren eher Freundinnen als Mutter und Tochter. Was manchmal auch ein Nachteil war, wenn sie sich so aufspielte, weil ich ihr allzu jugendlich erschien. Aber da mussten wir beide durch. Nachgeben würde ich nicht, und wenn es sein müsste, würde ich mir ein wenig Eigenleben erkämpfen.

Schön im eigentlichen Sinne war ich nicht. Wie schon erwähnt, zu viel oder zu wenig von diesem oder jenem. Ich bin einen Meter sechzig, blond, zuweilen sehr schlank, sonst schlank, habe ein schmales Gesicht, und wenn man den Leuten glauben darf, brauche ich einen Waffenschein für meine großen, braunen Augen.

Meine Freundin Klara beschrieb mich mal äußerst schmeichelhaft für eine Annonce, die wir in einem Flirtforum im Internet platzieren wollten. „Klein, zierlich, temperamentvoll“, nannte sie mich dort, „mit blitzenden, dunkelbraunen Augen, blondgesträhntem, schulterlangem Haar und einem fast immer lachenden Mund. Zu jeder Schandtat bereit, also eine Frau, mit der man Pferde stehlen kann. Ebenso eine, die man als Freundin in Notzeiten an seiner Seite haben möchte, weil sie immer einen Ausweg weiß und kompetenten Rat geben kann.“

Ich hatte so meine Zweifel, welche Art Mann sich darauf melden könnte. Macho oder Greis? Schandtaten oder Notzeit?

Ich revanchierte mich natürlich mit einer ebenso tollen Beschreibung von ihr. Wir fühlten uns bei dieser Aktion wie Teenager. Aber auch so etwas musste man einfach mal machen. Die Herren entsprachen dann tatsächlich nicht annähernd unserem Beuteschema. Nach zwei Treffen befanden wir unisono diese Aktion für gegessen. Liebe funktioniert halt weder nach Plan noch mit Hilfe der Internets.

Ich war fest entschlossen, mir diese paar Tage Auszeit zu nehmen und das Turnier mit allem drum und dran zu genießen. Wieder mal Golf in Vollendung sehen, die Profis von der Nähe beim Üben beobachten und vielleicht den einen oder anderen dabei filmen. Sicher war auch Per da, der Schwede, den ich in Marbella auf einem Golfturnier kennengelernt hatte. Wenn er Zeit hatte, würde er bestimmt mit mir einen Kaffee trinken und ein bisschen klönen. Überhaupt, die ganze Atmosphäre auf dem Turnier wäre wie in alten Zeiten, in Heidelberg. Ich mochte die Turnierstimmung und alles, was dazugehörte. Wie die Zelte, der VIPs, die eigentlich nur kamen, um gesehen zu werden, und von denen nur wenige echte Golfer waren, oder den Spielerbereich, zu dem man nur mit Sonderausweis Zugang hatte, und um den alle herumschlichen, in der Hoffnung, einen der Superstars zu erwischen, um ein Autogramm zu ergattern. Und natürlich die Buden für Getränke und leckere Würstchen. Ich liebte es, auf solchen Events diese ganz besonderen Bratwürste zu essen, die nur dort und im Freien schmeckten. Auf die Faust, in ein vermatschtes Brötchen geklemmt, mit Ketchup, der an allen Seiten raustriefte.

Und Rick. Rick wäre auch da.

Meine Laune war hervorragend, und ich kam gut voran, obwohl auf der A5 meistens Stau herrschte. Heute nicht, was ein Glück!

„Es gibt kein schlechtes Wetter, nur ungeeignete Kleidung" – ein Leitspruch der Golfer. Ganz oft hatte ich ihn in Davids Golfladen selbst zitiert. Er musste immer dann herhalten, wenn Anfragen nach den Wetterverhältnissen kamen, oder ob der Golfkurs auch bei Regen stattfinden würde.

Geeignete Kleidung gab es zur Genüge im Schrank. Durch meinen Job im Golfladen hatte ich einige Teile zum Einkaufspreis kaufen können. Und das, was die Verkäuferin trug, verkaufte sich wie warme Semmeln.

Am besten war es, sich à la Zwiebel zu kleiden. Das hieß, man zog mehrere Schichten übereinander, so dass man je nach Wetter das eine oder andere Kleidungsstück abwerfen konnte. Bei gemischtem Wetter war mein Favorit eine Weste: Körper warm, Arme beweglich.

Mein Outfit bestand also aus einer dicken, blauen Weste, einem Baseballcap, rotem Ralf Lauren Sweatshirt und einem rotgeringelten T-Shirt darunter. Sollte die Sonne noch herauskommen, konnte ich mich bis auf das Shirt entpellen.

Ich hatte meinen Rucksack dabei, einen schwarzen von MCM. Ein Erinnerungsstück aus ehelichen Zeiten, als ich von meinem Exmann noch mit Markengeschenken eingedeckt wurde. Ein erfolgreicher Mann schmückte seine Frau mit Cartier, Prada, Louis Vuitton, geradeso wie in Afrika, wo die Potentaten ihre Frauen mit schillernden, bunten Glasketten behängten, um damit den eigenen Reichtum zu symbolisieren. Je mehr Ketten, desto reicher.

Mein altes Statussymbol war zum Glück schon sehr abgenutzt und nur schwer als Nobelmarke zu identifizieren. Ich liebte den alten Sack, denn er war ungeheuer praktisch: Man hatte die Hände frei zum Essen, Beifall klatschen und ... zum Filmen. Die geschenkten Eintrittskarten zum Geburtstag waren für die Turniertage. Ich machte mich jedoch schon zwei Tage vorher auf die Socken, um die frisch angekommenen Spieler beim Training und auf der Proberunde beobachten zu können. Das war viel ungezwungener und wesentlich interessanter.

An diesen sogenannten Übungstagen kostete es keinen Eintritt. Insider wussten das und kamen mit Vorliebe zu diesem Zeitpunkt. Man kam viel näher an alles ran, es gab noch keine wichtigen Aufseher in Uniform, die alles absperrten und ständig nach Ausweisen fragten. Und es war möglich, ungehindert den persönlichen Favoriten auf der Runde zu begleiten.

Ganz schnell hatte ich einen wunderbaren Parkplatz gefunden, gleich am Clubhaus, ohne Parkwärter und Gebühren. Ein weiterer Vorteil, wenn man vor dem eigentlichen Turnierbeginn schon mal vorbeischaute.

Überall auf dem riesigen Gelände herrschte geschäftiges Treiben. Es war noch nichts so richtig fertig. Ganz viele Menschen rannten für den Beobachter scheinbar sinnlos umher. Unmengen von Kabel wurden bewegt und verlegt. Die Zeltbauer waren am Werk. Die großen, weißen Zelte waren schon fast fertig und warteten auf den Besucheransturm und natürlich auch auf die Spieler, die aus aller Welt hier eintreffen sollten. Man rechnete mit einer Rekordzahl golfbegeisterter Schlachtenbummler, die nicht nur aus Deutschland, sondern auch aus den angrenzenden Ländern anreisen wollten. Schließlich war dieses Turnier ein besonderes Ereignis, einmalig in Deutschland in dieser Größenordnung. Der Initiator und Hauptsponsor der German Open, der Chef des großen Konzerns Dr. Hoffmann, hatte hier keine Kosten gescheut und sich einen exklusiven Platz von international bekannten Golfplatzarchitekten zaubern lassen. Dieser war natürlich ausschließlich der Heidelberger und Walldorfer High Society vorbehalten, was sich aus den gepfefferten Beiträgen und den Anteilspreisen von selbst ergab.

Der Eintritt in einen solchen Club war ungefähr ebenso teuer wie ein Mittelklassewagen. Der Platz war allerdings von hervorragender Qualität, ein absoluter Meisterschaftsplatz, und wurde zum Aushängeschild für Hoffmann und seine durch Kursverluste leicht angeknackste Firma. Zudem gelang es ihm, das größte Golf-Event, das in Deutschland stattfinden sollte, die German Open, in seine Heimatstadt zu bringen, und er war zusammen mit seiner Hausbank Hauptsponsor dieses Turniers. Der Ruf eines außergewöhnlichen Platzes brachte viele internationale Golfspieler der Weltrangliste dazu, sich für das Turnier zu melden, auch die Preisgelder waren sehr verlockend. Inzwischen hatte er die ganze Geschichte an eine große Marketing Firma abgegeben, aber den Einstieg und die Pionierarbeit hatte er selbst erledigt. Dr. Hoffmann war ein Selfmademan par Excellence. Angefangen hatte er vor Jahren mit einem Einmannbetrieb, und nun war er der Boss seines eigenen Konzerns. Wer ihn nicht kannte, hätte ihn wohl eher für einen irischen Landwirt gehalten mit seinen rötlich blonden Haaren, den ebenso rötlich geäderten Pausbacken und seiner vierschrötigen Gestalt. Einzig und allein die Maßanzüge und die handgefertigten Budapester Schuhe wiesen ihn als Tycoon aus.

Ich konnte ihn auf den Tod nicht ausstehen, er hatte mich bitter gekränkt und missachtet, als er mal in meinem Lädchen war. Ich hatte ihn als neureichen Großkotz eingestuft, als er sich bei mir nach seiner Startzeit erkundigt hatte. Wahrscheinlich war die Art, wie er mich nicht beachtet hatte, damals ausschlaggebend für diese Charakterisierung. Eine junge Frau in einem Pro-Shop war für ihn einfach nicht existent. Außerdem interessierte es ihn auch nicht im Geringsten, wie er auf seine Umgebung wirkte. Ich war mir ziemlich sicher, er würde mich nicht einmal wiedererkennen, auch wenn ich ganz dicht vor ihm stehen würde. Ich hatte zudem nicht die Absicht, mich in die Speichellecker seines Umfeldes einzureihen, von denen gab es mehr als genug.

Ich würde bestimmt viele Bekannte treffen. Darauf freute ich mich. Ich beschloss, erst mal in Richtung Driving Range zu gehen. Mal sehen, wer dort schon fleißig war, sagte ich mir.

Es war noch sehr früh. Wahrscheinlich waren deshalb erstaunlich wenig Leute da. Sicherlich auch, weil es so ohne Turnierkitzelgefühl noch nicht wirklich interessant für die meisten war. Mir war es gerade recht, denn so konnte ich ungestört überall herumlaufen.

Die Driving Range und das Putting Grün sind das, was man als angehender Golfer zuerst zu sehen und zu spüren bekommt. Man verbringt, je nach

Talent und Fleiß, die nächsten paar Monate oder gar Jahre dort. Das war der erste Satz, den ich zu hören bekam, nachdem ich voll Tatendrang an meinem ersten Tag zu eben einer jener Driving Ranges marschiert war.

Die Club Pros, also die normalen Golflehrer, verbringen fast ihr ganzes Berufsleben dort, weil ihre Hauptaufgabe darin besteht, Leuten wie mir das Golfen beizubringen. Manchmal haben sie das Glück, Schüler zu unterrichten, die mit Talent gesegnet waren. Das war aber eher selten.

Golf besteht zu achtzig Prozent aus Fleiß und zu zwanzig Prozent aus Talent, sagte man.

Die Tour Pros, die fast jede Woche ein Turnier mitspielen, bei dem es immer um riesige Geldsummen geht, verbringen erst recht die Hälfte ihres Golfer-Daseins auf der Range. Die andere Hälfte auf dem Platz und im Flieger, und wenn es dann noch eine dritte Hälfte gäbe, vielleicht mit einer Frau. Es gab da einen ganz bösen Spruch unter den Nichtgolfern: Golft dein Mann auch, oder habt ihr noch Sex?

Hinter jedem dummen Spruch steckt ein Körnchen Wahrheit. Denn Golf ist ein Sport, bei dem man Demut lernt. Egal, ob Bankangestellter oder Big Boss einer Firma, auf dem Platz sind alle gleich. Und das macht die Sache so interessant.

An einem Tag sagt ein Golfer euphorisch, weil ihm alles gelingt: „Mein Gott, jetzt hab ich's!“ Das ist die größte Lüge der Golfgeschichte! Denn am nächsten Tag würde er sein Bag am liebsten im See versenken oder Loch 13 sprengen, weil er dort den Ball dreimal ins Wasser geschlagen hat und nichts mehr gelingen will.

Ein Golf Pro, der nicht auf der Tour spielt, sondern sich sein Leben lang mit den Schülern aus der Driving Rande abplagt, sollte deshalb nicht nur ein guter Pädagoge sein, sondern auch ein hervorragender Therapeut. Er muss trösten, aufbauen, zuhören können und ... gutes Golf lehren mit unendlicher Geduld. Er kann sich dabei seine Schüler nicht aussuchen und nur die wirklich talentierten unterrichten. Er muss alle Schüler annehmen, egal ob Frau Neureich, die bei den Freunden angeben will, oder die Rotzlöffel reicher Eltern, die später durch ein gutes Golf dazugehören wollten.

Die richtigen Talente sind selten, wie bei vielen Sportarten.

Das Gute an diesem Sport ist, man kann während der 18 Loch, was etwa fünf Stunden entspricht, allen Frust hinter sich lassen, sich voll ausleben, Stress abbauen und neue Energien tanken.

Kann man da nicht verstehen, dass Golf ein guter Ersatz für Sex sein kann?

Das Bedürfnis, Sex zu haben, weicht der angenehmen Müdigkeit nach dem Spiel, denn dort hat „Mann“ fünf Stunden lang seinen Mann gestanden. Der Wunsch nach einem guten Essen, bei dem die Erlebnisse der vergangenen 18 Loch in allen Details beschrieben werden können, ist nun viel größer als der Wunsch nach Sex. Kann das eine Frau bieten oder auch nur verstehen? Demut erfährt man dann beim Begreifen der eigenen Unzulänglichkeit. Ein Ball ist nicht manipulierbar, so wie die Dinge des alltäglichen Lebens. Der Bankdirektor ist in seiner Bank der Bestimmende, der Firmendirigent. Hier aber wird *er* dirigiert.

Auf dem Golfplatz jagt er einem kleinen, runden Ball hinterher. Hier kommt er an seine Grenzen. Das gleicht der Angst des Torwarts beim Elfmeter. Tausendmal geübt, in jeglicher Stellung und dann, bei dem einen, dem wichtigsten Spiel, ... versagt. Die Tragik besteht hier in der Verkettung und dem Rückschluss auf neue Grenzen, auf die man stoßen könnte. Man stellt selbstverständliche Dinge, wie zum Beispiel die eigene Potenz, plötzlich in Frage.

Wenn der Gedanke daran Gestalt annimmt und zur fixen Idee wird, ist es geschehen ...

Wie erwartet, war die Range voll. Es waren alles Turnierteilnehmer, die dort übten, denn Otto Normalverbraucher hatte keinen Zutritt mehr. Die armen Mitglieder konnten schon seit Wochen nicht auf ihren Platz, der gerichtet und bearbeitet wurde für das große Event. Das war nicht erfreulich, aber sie ertrugen es ohne Murren, versüßt durch Freikarten für die Turniertage. Für ein solches Turnier wurden gerne Opfer gebracht.

Ich versuchte von hinten näher an die Abschläge zu kommen und schlängelte mich entlang der noch nicht duftenden Toilettenwagen. Von hier aus konnte ich auf die rechte Seite gelangen. Dort reichten meine Dioptrien aus, um alles zu sehen. Vorsichtig stieg ich über Bretter und Strohballen (wie beim Reitturnier) bis zu dem gewählten Standort, von dem ich so ziemlich alles überblicken konnte.

Morgen war diese Stelle bestimmt schon Sperrgebiet, ein No-Go für Leute wie mich. Sympathische Herren in Einheitskleidung mit Kappe und mit bedeutend aussehenden Headsets in den Ohren würden überall versperren, was interessant war. Gib einem Deutschen eine Uniform und beglücke ihn mit der dazu passenden Schirmmütze, sei es auf einem Parkplatz, in einem öffentlichen Gebäude oder wie hier auf einem Golfplatz, und er spielt sich auf wie der Chef höchstpersönlich.

Leider hatte ich verpasst, mich als freiwillige Helferin zu melden. Das wäre klug gewesen, und ich könnte nun im Besitz einer dieser begehrten Ausweise sein, der mir Zugang durch alle Absperrungen verschafft hätte.

Einen solchen Joker erhielt man nicht umsonst.

Aber was gibt es schon umsonst?

Man erhielt den Status eines freiwilligen Helfers und sollte entsprechende Aufgaben dafür leisten. Zu den begehrtesten Jobs gehörte die Begleitung eines Flights. Dir wurde ein Schild in die Hand gedrückt, auf dem „Be quiet" stand, denn dein Job war es, die Zuschauer in Schach zu halten, während einer der Spieler tief in Konzentration versunken war, bevor er zuschlug. Natürlich auf den Ball.

Aber ich hatte es halt verpasst. Bei meinem Glück wäre ich womöglich irgendeinem Flight zugeordnet worden, der mich nun gar nicht interessierte. Das wollte ich nun wirklich nicht.

Die ganz wichtigen Leute hier erkannte man daran, dass sie einen Buggy fahren durften. Sie transportierten in diesen kleinen Golfwägelchen mit bedeutenden Mienen Dinge von hier nach da und erledigten wichtige Aufträge. Alle aber trugen die gleiche Uniform, damit sie sich vom gemeinen Zuschauervolk abhoben. Sogar das Brot für die Würstchenbuden durfte mit dem Buggy gefahren werden. Buggyfahren war einfach nur schön. Ich wäre für mein Leben gern hier mit einem der kleinen Flitzer umhergefahren. Dafür hätte ich auch eine Uniform akzeptiert, eine Kappe aufgesetzt und eine wichtige Miene gemacht. Aber ohne Vitamin B lief auch hier nichts, und so gute Connections hatte ich nicht mehr.

Leider.

Dieses kleine Auto war eine herrliche Erfindung für faule Golfer, für jene, die die elf Kilometer einer Golfrunde lieber gemütlich fuhren, als eine schwere Golftasche hinter sich herzuziehen.

Buggyfahren war das Höchste für mich. Wenn ich denn mal Golf spielen musste, dann konnte man ich mit einem Buggy bestechen. Damit war es mir möglich, unbemerkt auch mal einen Abstecher an den Tümpel sprich „Wasserhindernis" zu machen, um nach Kaulquappen, Fröschen oder Enten zu schauen und trotzdem rechtzeitig wieder am Ball zu sein.

Inzwischen war Golf für mich ein fröhlicher Zeitvertreib geworden, der mich an die frische Luft brachte, mit dem großartigen Nebeneffekt, mich sportlich zu betätigen. Turnierspielen kam sowieso nie mehr in Frage. Da hatte ich schlechte Erfahrungen gemacht. Bei einem der wenigen Wettspiele, das ich unbedingt mitmachen musste, um ein Handikap zu bekommen, war ich nämlich disqualifiziert worden. Ich hatte ein Vogelbaby wieder zurück ins Nest auf den Baum befördert, das piepsend nach der wild umherflatternden Mutter schrie. Dabei war mir erst mal gar nicht bewusst geworden, dass ich den gesamten Spielbetrieb aufhielt. Erst als meine Mitspielerinnen mich energisch aufforderten, endlich weiterzuspielen, merkte ich, dass ich mir damit den geballten Unmut meiner Partnerinnen zugezogen hatte. Von da an waren einige Damen nicht mehr so erfreut, wenn ich ihrem Flight zugeteilt wurde.

Mir war das egal, ich absolvierte meine Pflichtturniere, bis ich ein Handikap hatte, welches mir den Zugang zu fast allen Golfplätzen verschaffte. Von da an spielte ich nur noch zum Spaß.

Wo waren denn nun die Berühmtheiten, die ich sehen wollte? Hoffentlich nicht noch im Bett oder noch nicht angereist. Dann hätte ich mich einen Tag zu früh auf den Weg gemacht. Vielleicht befanden sich einige schon auf der Proberunde?

Den vielumjubelten amerikanischen Shootingstar, um den ein Mordsbuhei gemacht wurde, wollte ich nicht sehen. Darauf legte ich keinen Wert. Um diesen Jungen wurde mir viel zu viel Rummel gemacht. Seit Wochen konnte man es täglich Dutzende von Malen im Radio hören: Ray Clark kommt zur PSA Open nach St Leone. Man munkelte hinter vorgehaltener Hand, Dr. Hoffmann habe ihm sage und schreibe eine Million Euro – oder waren es Dollar – zugesagt, damit er am Turnier teilnahm, in Fachkreisen Appearance money genannt.

Egal, wie viel Geld nun wirklich geflossen war, damit der Junge überhaupt erschien, ich mochte ihn nicht. Ein solcher Rummel konnte so einem Rookie, er war gerade mal 21, doch nur zu Kopf steigen.

Ich freute mich vielmehr auf die alte Garde. Dazu zählte der Schotte Colin Monty, der Waliser Ian McGraham, der Engländer Rick Fields (mein persönlicher Superstar und Traum meiner schlaflosen Nächte), Volker Bernhard, der beste Spieler Deutschlands, und Per Olavson, der Schwede, auf den freute ich mich ganz besonders. Den kannte ich nämlich persönlich! Darauf war ich sehr stolz.

Kurz nach der Trennung von David hatten mich Freunde nach Marbella in ihr Haus eingeladen. Per lebte auch dort, er war quasi ihr Nachbar. Erst hatten wir ihn in Malaga auf einem Golfturnier getroffen und dann seinen Erfolg, er war nach einem spannenden Stechen Zweiter geworden, begossen. Bei dem feuchtfröhlichen Grillfest hatten wir uns einen ganzen Abend lang prächtig verstanden, viel gelacht und getrunken. Ich hatte ihm ein Ohr abgekaut zu meinem Lieblingsthema „Breitensport Golf“ und auch gleich bei ihm eine Lobby für mein Vorhaben gefunden. Er sagte mir seine Teilnahme an Veranstaltungen und seine volle Unterstützung zu, wann immer ich ihn brauchen würde.

Die erste Begegnung

Unruhe kam hinter den Abschlaghütten auf.

Da könnte etwas Bekanntes kommen!

Richtig. Es war der Berliner Alex Kaika, mir weniger wichtig, aber er hatte immerhin in Deutschland einen guten Ranglistenplatz inne und war international ziemlich bekannt. Er war nicht mein Typ, zu jung, auch ein Rookie, ein junger Tour Pro. Er war stets von einer komischen Sorte von Menschen umgeben, die wohl als seine Groupies mitreisten. Diese Clique war mir nicht sehr sympathisch. Er trug nur schwarze Hemden. Auch das gefiel mir nicht.

Also für den machte ich meine neue Filmkamera nicht startklar, das lohnte sich nicht. Ich hatte nur einen kleinen Speicherstick für eine Stunde Filmzeit dabei, und die wollte ich für bestimmte Personen aufheben.

Nein, für *eine* bestimmte Person.

Noch nie vorher hatte ich das Ansinnen gehabt, unter die Hobbyfilmer zu gehen. Ich fand das immer ausgesprochen blöd. Sich im Urlaub mit schweren Kameras abzuschleppen, lag nicht in meiner Intension. Vor lauter Filmen sah man die Gegend erst daheim auf der Mattscheibe und verpasste so den ganzen Urlaub mit dem Kopf hinter der Kamera.

Ich kaufe mir erst eine Filmkamera, wenn die Dinger so klein wie ein Fotoapparat sind, hatte ich mir geschworen. Videokameras waren mittlerweile winzig und sehr handlich. Ich musste so ein Ding haben, auch wenn es ein großes Loch in meine Kasse riss.

Erneut wurde es hinten bei den Toiletten laut. Genau dort, wo ich die Abkürzung genommen hatte.

Er war es.

Rick Fields, mein Rick, mein Traummann, kam zum Üben.

Endlich!

Trotz immer noch grauem Himmel, ging für mich die Sonne auf. Schon hatte sich die Fahrt hierher gelohnt. Natürlich war er in Begleitung seines Schattens: Sunny, eine der wenigen weiblichen Caddies. Schon oft hatte ich mich gefragt, ob da mehr zwischen den beiden war als der Beruf. Aber da

Rick mittlerweile schon zum zweiten Mal geschieden war – eine stolze Leistung, ich hatte es erst einmal geschafft –, war Sunny immer noch treu an seiner Seite. Da konnte doch nichts sein zwischen den beiden, denn sonst würde die Zusammenarbeit nicht schon so lange so gut funktionieren.

In seiner gewohnt lässig arroganten Art grüßte er kurz die Kollegen, gab sogar denen ein paar Autogramme, die sich frecherweise noch näher rangemacht hatten als ich. Mit geschultem Blick überflog er die freien Plätze, wählte sich einen aus und ging, Sunny im Schlepptau, dorthin. Die beiden waren, das konnte jeder sehen, tatsächlich ein eingeübtes Team. Jede Bewegung saß.

Sie platzierte das Bag neben die Abschlagmatte, begutachtete den von fleißigen Helfern aufgehäuften Ballturm, während er seine Aufwärmübungen machte.

Ihm dabei zuzuschauen war eine harte Prüfung für mich. Wie angewurzelt stand ich auf meinem Platz und starrte auf seinen athletischen Körper.

So nah hatte ich ihn bis jetzt in Natura noch nicht gesehen. Seine fast strengen Gesichtszüge und sein markantes Kinn, seine dunkelblonden Haare und seine lebendigen Augen waren mir von vielen Abbildungen aus Golfzeitschriften und Fernsehübertragungen vertraut. Jetzt aber, als ich ihm zusah, wie er seine Übungen machte, kam ich mir fast wie ein Voyeur vor.

Dieser Mann, Charisma pur, benahm sich unbeschwert, ja unbeobachtet. Er dehnte seine Arme und Beine, machte Kniebeugen, drehte seinen Oberkörper, seinen Kopf. Kurz, er ließ jeden seiner Muskeln spielen.

Ich schaute mich vorsichtig um. Es waren bis jetzt nur wenige Zuschauer da, und denen schienen seine Verrenkungen nicht wirklich wichtig zu sein. Es kam mir ungeheuer lang vor, aber es waren sicher nur einige Minuten verstrichen, als er sich zu Sunny umdrehte, die ihm einen der Golfschläger reichte. Sie sah wie immer sehr niedlich aus. Ihre wilden, langen Locken hatte sie praktischerweise zu einem Pferdeschwanz gebändigt, der bei jeder ihrer Bewegung fröhlich mitwippte. Wenn man die hübsche Schwedin so sah, konnte man kaum glauben, dass sie, wenn es darauf ankam, richtig böse werden konnte. Sie hielt die Zuschauer in Schach, wenn ihr Boss am Abschlag stand und seinen Ball angesprochen hatte. Ebenso zischte sie beim Einlochen auf dem Puttinggrün ein böses „Be quiet“ und „No fotos“ der golfbegeisterten Menge zu, die beim Putten nicht die Klappe halten konnte.

Golfer hatten immer etwas zu diskutieren oder zu kritisieren.

Obwohl Sunny der Schatten *meines* Ricks sein durfte, beneidete ich sie nicht um diesen Job. Caddies hatten kein leichtes Leben. Sie trug sein

Golfbag, das zwanzig Kilo schwer war, vier Turnierrunden lang so lässig auf den Schultern, bei jedem Wetter, wie wir einen Zwei-Kilo-Wanderrucksack tragen. Sie ertrug seine Launen, teilte seine Freuden, putzte seine Schläger und betreute ihn rund um die Uhr, ob auf dem Platz oder in der Übungsphase vor dem Turnier. Es gehört eine große Portion Idealismus dazu, einen solchen Beruf auszuüben. Caddies bekommen zwar gutes Geld, vorausgesetzt ihr Pro ist erfolgreich und erreicht einen der ersten Plätze, aber es ist nicht leicht verdient. Etwa zehn Prozent der Gewinnsumme steht einem Caddie zu, sofern es nicht eine andere Vereinbarung gibt. Die meisten Caddies haben außerdem ein Grundgehalt, um auch eine weniger erfolgreiche Zeit ihres Spielers überbrücken zu können. Einige sind fest angestellt, da sie auch oft Sekretär, Seelentröster, Butler und Chauffeur in einem sind, wenn es nicht noch einen Manager gibt. Aber den haben nur die ganz guten, die an der Spitze.

Rick hatte natürlich einen Manager, Gary, der die ganze Zeit damit beschäftigt war, gute Verträge auszuhandeln und dafür Sorge zu tragen, dass genug Geld in die Kasse kam (natürlich auch in seine) durch Sonderauftritte im Fernsehen oder bei Einweihungen großer Malls in Amerika und anderen spektakulären Events.

In England und Amerika sind die Golfprofessionals so populär, dass die Leute in Strömen herbeieilen, wenn einer dieser Jungs als Werbegag angekündigt ist und zum Beispiel ein Kaufhaus einweiht. Deutschland muss das noch üben. Bei uns soll es wenigstens ein Superstar von Dieter Bohlen sein oder eines der „Germany's next Topmodels" oder zumindest ein bekannter Tennisspieler, der die Leute in Mengen strömen lässt. Mit einem Golfer kann man hier noch niemanden aus dem Haus locken. Da müsste Golf in unserem Land noch bekannter werden und nicht nur bestimmten Kreisen vorbehalten sein. – Sag ich doch!!!

Viele Pros sind mit ihren Caddies Jahre zusammen, sie wechseln eher die Frauen als die Caddies. So war es auch bei den beiden. Rick war seit zwei Jahren leider nicht mehr erfolgreich gewesen. Er durchlebte gerade das berühmte Tief, das alle mal heimsuchte, und war ziemlich weg vom Fenster. Er, der dreifache US Masters-Sieger und dreifacher Gewinner der Open, hatte große Probleme, nicht nur beim Putten, und das ausgerechnet in diesem Jahr, in dem wieder der Ryder Cup ausgetragen werden sollte, dieses Mal in Amerika.

An diesem sehr populär gewordenen Erdteilkampf Europa gegen Amerika dürfen nur jeweils zwölf Spieler teilnehmen. Also die zwölf besten Spieler

Europas und Amerikas spielen um diesen Cup. Da Rick nicht mehr zu den Besten gehörte, hoffte er auf eine der zwei Wildcards und wollte deshalb endlich wieder einen Sieg vorweisen.

So, nun aber ran, Kamera startklar machen und meinen Schwarm einfangen, in Bild und Ton. Denn hier stand er nun, nicht weit entfernt, genau gesagt kniezitternd nah. Hoffentlich funktionierte das Ding! Für dreitausend Euro sollte es das tun. Blöd eigentlich, dass ich zu Hause nicht mal damit geübt oder wenigstens die Gebrauchsanweisung gelesen hatte. Ungeduldig, wie ich nun mal war, las ich ungern Gebrauchsanweisungen, das war mir immer zu langweilig und kompliziert. Oft kam ich mit diesem so unverständlichen technischen Deutsch nicht klar. Das lag wahrscheinlich an der schlechten Qualität der Übersetzung. Ich probierte lieber so lange herum, bis ich es konnte. Egal ob beim Funkradiowecker, beim DVD-Player oder beim High Tech Eierkocher.

Learning by doing, war meine Devise!

Doch wurde diese mir hier zum Verhängnis?

Eingeschaltet war die Kamera, doch wie klappt man das Sucherteil aus? Ich zerrte leise fluchend an der seitlichen Klappe herum. Meine Kameratasche fiel zu Boden. Mit einer Hand angelte ich nach ihr, dabei rutschte mir der Rucksack von meiner Schulter und plumpste hörbar auf den Boden, was an sich nicht so schlimm war, wäre er dabei nicht aufgegangen ... Es war ja auch einiges drin.

Mal ganz abgesehen von meinem Schminktäschchen, das den Umfang eines mittleren Schuhbeutels der Größe 43-45 hatte, war da auch noch ein Regenschirm, Ersatzschuhe mit Absatz (immerhin war Rick 1,90 Meter groß), Handyaufladegerät, Minifotoapparat, denn ein Bild zum Herzeigen wollte ich auch haben, ein Lockenstab – es könnte ja Regen geben und mein Dreiwettertaft versagen – und eine Flasche Wasser. Man sollte viel trinken, das erste Gebot beim Golfturnier.

Die Flasche Wasser war's!

Sie kullerte zuletzt heraus und rollte mit Anlauf auf einen Stein, wo sie mit einem Knall zerbrach. Vielleicht wäre, Öko hin oder her, eine Plastikflasche besser gewesen.

Immer noch gebückt, wagte ich einen verstohlenen Blick in Ricks Richtung. Schwein gehabt, er übte unverdrossen weiter. Oder war da etwa eine kleine Unmutsfalte zwischen seinen Augenbrauen? Egal, mit Hilfe meiner zwei Mitzuschauer sammelte ich die Sachen wieder ein, und wir stopften sie zurück in den Sack. Da ich nur eine Hand freihatte, die Kamera war immer noch fest in meiner Linken, stopften ehrlich gesagt nur meine Helfer, und das unter ausführlicher Begutachtung der Fundsachen. Es war so irrsinnig komisch, und als wir das gleichzeitig realisierten, brachen wir in unbändiges Gelächter aus. Das wiederum störte den Übungsablauf empfindlich. Wieder mal.

Als ich erneut vorsichtig hinüber zu den Abschlagmatten blinzelte, sah ich, wie Sunny gerade auf unsere kleine Gruppe losstürmen wollte, aber von *ihm* gestoppt wurde.

Hatte er mich wirklich angegrinst?

Toller Einstand von mir. Mein Debüt als Kamerafrau hatte ich schon verpatzt.

Emma, reiß dich zusammen. Das wird sonst nix, ermahnte ich mich.

Den Sucher vor der Nase, bewegte ich mich zwei Schritte vorwärts. Ich sah jedoch nichts. Weitersuchend schwenkte ich die Kamera langsam nach rechts. Wo war er denn nur? Jetzt! Da war Sunny. Okay, dann sollte das Ziel meines filmerischen Begehrens ein kleines Stückchen weiter rechts sein.

Nichts, nada.

Kein Rick. Alles schwarz.

Hatte ich den Akku zu wenig aufgeladen? Oder schlimmer, war das Ding schon im Eimer? Wo war er nur?

Ich setzte die Kamera ab, um Rick nochmals richtig anzupeilen. Stattdessen blickte ich in ein erbostes Gesicht, dicht vor mir. Rick, das Ziel meiner geheimen Träume, stand in Lebensgröße direkt vor mir.

Oh Gott, wie kommt der denn so schnell hierher, er war doch gerade noch bei Sunny am Abschlag, dachte ich. Mit leicht geöffnetem Mund und weit aufgerissenen Augen starrte ich ihn an. Zwischen seinen Augen entdeckte ich eine steile Falte, die Haut über seinen Wangen schien sich zu straffen. Seine Stimme klang rau, trotz des unterdrückten Zorns war sie wohlklingend und tief. „Eigentlich mag ich es gar nicht, wenn ich beim Üben derart gestört werde. Aber bei einer so schönen Frau will ich mal Gnade vor Recht ergehen lassen." Er grinste so selbstgefällig, dass ich ihm am liebsten eine Ohrfeige verpasst hätte.

Glücklicherweise konnte er keine Gedanken lesen, denn er fragte höflich, leicht ungeduldig: „Woran hapert es denn? Was funktioniert nicht? Kann ich helfen? Damit ich dann hoffentlich ungestört weiter meine Bälle schlagen kann?" Seine Augen hielten meine fest im Griff.

In einem solchen Moment versagt alles. Das Objekt der Begierde körpernah, mein Geist hellwach, der registrierte alles, aber alle anderen Sinne gehorchten nicht mehr. Sonst sehr eloquent, war ich nun unfähig, einen vernünftigen Satz zu sagen.

Ich zuckte nur mit den Schultern, ein dümmliches Lächeln auf den Lippen, und stotterte: „Ich, nein, sie, dieses Ding, die Kamera hier", zur Unterstreichung wedelte ich auch noch, völlig überflüssig, mit dem verfluchten Teil vor seiner Nase herum, dass er einen Schritt zurück machte, um nicht getroffen zu werden, „ist neu und will nicht so, wie ich will."

Seine Miene wurde weich, kleine Fältchen kringelten sich um seine Augen, als er mich anlächelte. „Das war nicht zu übersehen, Sie haben mit dem Ding so wild umhergefuchtelt. Wenn überhaupt etwas drauf sein sollte, dann ist es sicherlich total verwackelt. Mal schauen." Er nahm mir die Kamera energisch aus der Hand. Mit einem Knopfdruck hatte er sie zurückgespult und schaute auf das Display. „Ah, da haben wir Sunny. Wen wollten Sie denn filmen?"

Ich konnte vor Schreck nur ein einzelnes Wort herausbringen: „Sunny!" Mit der freien Hand zeigte ich vage in die Richtung, in der ich sie vermutete, denn er hatte sich vor mir aufgebaut und verdeckte mir mit seinen 1,90 Metern die Sicht.

Kaum war es heraus, bereute ich es schon. Aber was hätte ich sonst sagen sollen? Dich, du Herrlicher, dich allein?!

Dann schon lieber lügen.

Leider durchschaute er mich sofort. Aus seinem Lächeln wurde ein Dauergrinsen. „Na ja, das ist dir gelungen. Zwar ist sie ziemlich weit entfernt, aber doch ganz gut zu erkennen. Du solltest beim nächsten Versuch die Person mit dem Zoom näher ranziehen."

Oh, waren wir schon beim Du angelangt?

Er wies mit dem Zeigefinger auf zwei nebeneinanderliegende Knöpfe. „Hier, schau mal, der eine ist für ran und der andere für weg."

Trotz meiner partiellen Lähmung nahm mein Gehirn wieder langsam seine Funktion auf. Ich heuchelte Interesse, obwohl ich weder den Knopf noch die Kamera sah. Ich schaute auf die Hände, auf seine langen, schmalen Finger. Pianistenhände, dachte ich. Mutig geworden, sah ich ihn an. Seine Lippen waren schmal und doch sehr sinnlich. Er hatte ein entwaffnendes Lächeln, das seiner arroganten Art die Schärfe nahm. Nach einer gefühlten Ewigkeit riss ich meinen Blick los, um mich der magnetischen Kraft seiner graugrünen Augen zu entziehen. Tief Luft holend, besann ich mich auf meine gute Kinderstube und hoffte, dass meine Stimme mir gehorchen würde.

„Mr. Fields?“ Sein Blick war fragend. „Rick?“ Sein Blick signalisierte mir: Schon besser. „Sorry, für die Störung, ich geh dann jetzt mal weiter.“

Ich streckte meine Hand nach der Kamera aus.

„Glaubst du wirklich, du kommst mir so davon, nach diesem Aufruhr, den du hier veranstaltet hast? Und, du hast sicher gehört, ich stehe auf Blondinen.“

Bei seinen ersten Worten hatte ich den Kopf gesenkt.

Jetzt schaute ich ihn direkt an.

Mein wütender Blick sprach sicher Bände. Ich brauchte es nicht auszusprechen, er konnte es in meinen blitzenden Augen lesen. Du arroganter, eingebildeter Schnösel, was bildest du dir eigentlich ein, wer du bist? Du meinst wohl, weil du ein paar läppische Turniere gewonnen hast, kannst du jede ins Bett kriegen. Ich ... Halt, stopp! Sein Blick war ziemlich zerknirscht, hatte ich etwa laut gedacht? Oder er meine Gedanken wirklich gelesen?

„Bitte sei nicht böse, du hast ja recht. Ursprünglich hatte ich gehofft, *ich* sei dein gewünschtes Filmobjekt. Das hätte mich gefreut. Ich hab dich schon eine Weile beobachtet, Sunny war deshalb leicht angesäuert, weil ich mich nicht auf den Ball konzentriert habe, sondern immer nach dir geschaut habe.“ Er rieb sich nachdenklich das Kinn, dann schien er eine Lösung zu haben. Was um Himmels willen kam jetzt? Das Fragezeichen in meinem Gesicht war nicht zu übersehen.

„Lass uns später zusammen einen Kaffee trinken. Es würde mir sehr leid tun, wenn du einen so negativen Eindruck von mir mitnehmen würdest. Glaub mir, ich bin nicht so schlimm wie mein Ruf.“

Tausend Gedanken rasten durch mein Gehirn, das zum Glück wieder arbeitete. Ich spürte ein angenehmes Prickeln in meinem Nacken. Kaffeetrinken mit Rick Fields war mehr, als ich mir je erträumt hatte. Aber sollte ich mir das gönnen oder antun? Würde er mich verspotten und insgeheim in die Reihe seiner bevorzugten Blondinen einordnen, blond, blöd und willig? Ich spürte, dass er auf ein Lebenszeichen von mir wartete, und entschied mich für eine kleine Erpressung.

„Gut, zwei Bedingungen habe ich.“

„Erfüllt. Aber gib mir einen Tipp, worauf ich mich vorbereiten muss.“

Dass es so einfach war, darauf war ich nicht gefasst. „Erstens ein Autogramm. Ohne diese Trophäe darf ich nicht heimkommen. Und ... dürfte ich dich vielleicht beim Putten filmen, bevor du auf die Runde gehst?“

Frech war ich schon, aber ich hatte ihn ja noch nicht gefilmt! Und deshalb war ich hier.

„Genehmigt, wenn es nur das ist. Ich hätte dir als Buße noch ganz andere Dinge zugesagt.“

Als ich ihn bei seinen Worten ansah, meinte ich ganz kurz eine große Verletzlichkeit in seinem Blick gesehen zu haben, dann war er aber sofort wieder ironisch und leicht arrogant. Gab er nur nach außen den Macho und war ganz anders? Sollte ich das vielleicht herausfinden? Ach was, Emma, er ist zwar unglaublich sexy, aber doch herrschsüchtig und eingebildet. Die Stimme der Vernunft schrie in meinem Inneren: Tu es nicht, Emma, lass die Finger davon!

Ich griff also zur Kamera, die er immer noch in der Hand hielt, und wandte mich zum Gehen, wohl wissend, dass ich ihm noch keine richtige Zusage gegeben hatte.

„Bitte sag mir deinen Namen.“ Rick und hielt mich am Arm fest.

„Ich bin Emma.“ Dem Himmel sei Dank, ich konnte wieder neutral reagieren.

„Emma, treffen wir uns später, bitte?“

Meine gesamten Überlegungen lösten sich bei diesem bittenden Blick in Luft auf. „Danke für die Einladung, Also dann *perhaps* bis später!“

Wieder wollte ich gehen, doch er ließ es immer noch nicht zu. „Emma Darling“, fast liebevoll, wenn auch mit leisem Spott in den Augen, sah er mich an, „sagen wir in einer Stunde am Player's Tent? Und übrigens, es heißt *maybe* und nicht *perhaps*!“

Leicht angesäuert wegen meiner Blödheit, es hieß natürlich maybe, nickte ich nur und ging.

Warum müssen Männer immer das letzte Wort haben, und warum konnte ich, wenn es mal darauf ankam, weder normale Sätze auf Deutsch reden oder die richtigen Worte in Englisch finden? Fast bereute ich meine Zusage. Meine Gefühle zu ihm schwankten ebenso wie meine Einschätzung seines Charakters. Ich treffe ihn zum Kaffee, und damit hat sich's, auf mehr lasse ich mich auf keinen Fall ein! Ich war festen Willens, diesen guten Vorsatz in die Tat umzusetzen.

Das war meine erste Begegnung mit Rick, und das Schicksal nahm seinen Lauf. Um das Geschehene zu verarbeiten, beschloss ich, eine Runde über den Platz zu gehen. Fort von der Driving Range und dem Mann, der mir tausend Rätsel aufgab.

Trotz meiner Steppweste fröstelte es mich ein wenig. Das lag nicht am Wetter, der Grauschleier hatte sich verzogen, und die Sonne kam langsam hervor.

Es lag an Rick.

Viele waren sicher schon auf der Proberunde, und ein paar Schritte laufen war jetzt nicht schlecht.

Eine schrille Stimme mit badischem Dialekt riss mich von meiner Wolke. „Hallo, Emma, was machst du denn heute schon hier, es ist doch noch gar nichts los."

Es war Grit! Diese Giftspritze! Schon als Kundin in Davids Golfshop ging sie mir mit ihrer falschen Art tierisch auf den Geist. Sie machte gute Umsätze und ich deshalb stets eine freundliche Miene, wenn's auch schwerfiel. „Dasselbe, was du hier machst", hätte ich beinahe gesagt, aber ich war ja ein höflicher Mensch. „Grüß dich, Grit, na, auch schon so früh auf den Beinen?" Um ihre Frage zu beantworten, fuhr ich fort: „Du weißt doch, mit Golf ist das so eine Sache, einmal geschnuppert, und man ist infiziert. Bei mir sind es die Turniere, ich sehe halt gerne gute Spieler und gutes Golf, mit dem Spielen hab ich es nicht so, aber das kennst du ja." Bla bla bla. Small Talk war hier angesagt.

Grit wollte damals immer gern mal mit mir spielen, aber ich konnte mich bisher erfolgreich drücken. Denn diese Dame war ein scheinheiliges Biest, und obendrein schummelte sie auch noch gerne mal beim Spiel.

„Weischt", fuhr sie mit ihrem weichen, badischen Akzent fort. Die Falschheit triefte nur so aus ihren Worten „Wir sind hier mit der ganzen Clique verabredet und wollen Supper-Ray auf der Proberunde begleiten. Kennscht den? Hascht schon von ihm ghört? Er startet um elf Uhr. Komm, geh doch au mit, die Häberles und die Leisles sind auch dabei. Man kann viel lerne von ihm, das tät dir au mal gut."

Gift, Gift, Gift, in jedem Satz. Und dann auch noch Ray. Wie nannte sie ihn? Supper-Ray. Wie blöd war das denn? Egal wie „Supper", mit ihm würde ich bestimmt nicht mitlaufen.

„Willst du dir das wirklich antun?" fragte ich dann höflich. „Den müsst ihr nämlich mit seinen sieben Bodyguards teilen und schauen, ob ihr ihn überhaupt zu Gesicht bekommt. Nein, da gehe ich sicher nicht mit. Ich laufe zu Loch neun, von dort aus sehe ich die meisten Spieler. Da ist das Grün von Loch acht und der Abschlag von der zwei." Es fiel mir zunehmend schwerer, mein Dauergrinsen aufrechtzuerhalten.

„Ja, sag nur, du interessierscht dich immer noch für Golf, und filme willscht au?" Grit tippte mit ihrem spitzen Fingernagel in Richtung meiner schönen neuen Kamera, die vor wenigen Minuten noch in Ricks starken Händen gelegen hatte. Sofort verbarg ich sie hinter meinem Rücken, um sie vor dieser spitzen Kralle zu schützen.

„Bischst nit getrennt von deinem Golflehrer? Für den hascht du doch au immer filme müsse."

Das war die erste Frage, auf die ich gut vorbereitet war, Nina sei Dank. Es war nicht mein Golflehrer, sondern deiner, du dumme Kuh. Außerdem heißt es Golf Pro, dachte ich. „Ach, weißt du, liebe Grit ..." Meine Miene war äußerst freundlich. Nur wer mich genau kannte, wusste, dass ich kochte. „Ich habe schon vorher Golf gespielt und gerne angeschaut, warum soll ich es jetzt nicht mehr tun? Nur weil ich nicht mehr mit David zusammen bin, muss ich doch nicht auf meinen Sport verzichten." Dicke Lüge! Lieber Gott verzeih, nimm es als Notlüge. „Schau, ich hab mir extra dafür diese süße, kleine Kamera gekauft und sogar schon Rick Fields damit gefilmt." Ich zog mein edles Gerät wieder hinter meinem Rücken hervor und zeigte sie ihr in einem gewissen Sicherheitsabstand. So, das musste sein, diese Dame sollte auf keinen Fall ahnen, dass ich im Moment finanziell klamm war.

Sie hatte aber schon den nächsten Pfeil in ihren Bogen gespannt. „Abgnomme hascht au, Mädle, es hat dich scho mitgnomme, gell? Musch gucke, dass du nit zu arg dünn wirsch, das macht alt."

Abgeschossen!

Wie reizend war sie doch, diese Kanaille. Aber ich versuchte mitzuhalten. „Lieb, wie du dich um mich sorgst, Grit, aber keine Angst, zu dünn werde ich wohl nie, dazu schmeckt es mir zu gut. Wenn du dich erinnerst, ich wollte doch schon lang ein paar Kilos abnehmen, und nun habe ich es geschafft und fühle mich pudelwohl dabei. Aber jetzt musst du dich eilen, sonst verpasst du noch deinen Ray."

So, nun war ich sie hoffentlich los.

Aber es kam noch einer. Schon fast beim Gehen schoss die Dame ihren letzten Pfeil ab. „Hascht au eine Einladung zur Players Night kriegt? Gehscht hin?"

Ich konnte nur noch gequält nicken. Auf eine Lüge mehr oder weniger kam es nun auch nicht mehr an.

„Hascht wieder jemand, mit dem du komme kannscht? Oder kommscht allein? Aber du bischt ja so emanzipiert, du gingscht au allein hin. Gell? Isch könnt das nit, das wär mir komisch. Warscht du das eigentlich scho immer, so selbschständig, oder erscht nach deiner Scheidung? Wenn'd willscht, kannscht ja bei uns sitzen, mir freue uns."

Scheinheilige Gans. Ohne Punkt und Komma redete sie auf mich ein, wie ein Wasserfall war diese Frau! „Leider kann ich nicht, Nina bekommt dieser Tage ihr erstes Kind, da muss ich greifbar sein.“ Es wäre dann zwar ein Sechsmonatskind, aber das konnte Grit nicht wissen. „Also viel Spaß noch, man sieht sich, grüß bitte die anderen!“

Nix wie fort, dieses Mädle konnte ich keine Sekunde länger ertragen. Ohne auf eine weitere Erwiderung zu warten, zog ich einfach weiter. Ich hasste solche Standardfloskeln wie „Man sieht sich“, „Bis die Tage“ oder „Ich ruf dich mal an“. Aber hier bei Grit war es angebracht, jeder von uns wusste genau, wie es gemeint war. Ich ging betont langsam weiter.

Da war auch schon das neunte Loch, mein wohlüberlegter Standort. Hier wollte ich Posten beziehen. Auf dem Grün puttete gerade der Italiener Costantino Mocca mit seinem spanischen Kumpel Miguel Sanches. Dicke Havannas in der Hand, kamen sie den kleinen Hügel herauf. Sie nahmen alles nicht so tierisch ernst, es war ja auch nur die Proberunde. Die beiden Herren winkten mir freundlich zu, und der eitle Costantino stellte sich extra in Positur, als er die Kamera entdeckte. Sie riefen mir ein freundliches „Hallo“ zu, forderten mich auf, mit ihnen zu laufen und versprachen mir Prosecco satt nach der Runde. Es war zum Lachen komisch und brachte meine gute Laune wieder zum Vorschein. Vielleicht wäre ich sogar auf das Angebot eingegangen, wenn ich nicht schon ein Date gehabt hätte.

Ein Date! Wie das klang. Ich hatte ein Date mit Rick Fields!!

Das Glück war weiterhin auf meiner Seite, dieses Plätzchen war gut, hier lief etwas. Ich nahm mir vor, am Freitag, dem ersten richtigen Turniertag, auch an dieser Stelle zu sein, da musste ich nicht so viel laufen und bekam viel mit.

Der nächste Übungsflight brachte mir schon Per Olavson vor die Linse. Ich erkannte ihn schon von weitem an seiner Mütze, die er, wie die Kiddies es gern taten, verkehrt herum trug. Nina würde mir jetzt ausführlich erklären, dass man diese Mütze so trug, denn das sei eine Kangol und kein Baseballcap. Wie auch immer, Per trug das Schild nach hinten, das war sein Markenzeichen. Übrigens war auf seiner Mütze ein dickes Logo eingestickt. Er wurde von dem Platzherrn hier gesponsert. Mit eben dieser Mütze auf dem blondgefärbten Schopf puttete nun Per vor meiner Kamera herum und übte auch noch ein paar Schläge aus dem Bunker.

Ich ging rasch zum neunten Abschlag, um ihn von vorne filmen zu können. Ich freute mich tierisch, ihn zu treffen. Gleich, als er erkannte, wer ihn da filmte, lief er zu mir und nahm mich in die Arme. „Dich hätte ich hier nicht vermutet. Wie geht es dir, Kleine? Was macht dein Projekt und vor allem: deine Seele?“

Ein dicker Kuss und eine herzliche Umarmung, das war Per, mein lieber schwedischer Freund aus Spanien. Er wusste, dass ich getrennt von David war, und sah mich forschend an.

„Alles ist okay. Ich lebe jetzt in Wiesbaden und fühle mich sehr wohl“, beruhigte ich ihn.

„Trinkst du mit mir einen Kaffee? Ich mach gleich Schluss, mir reicht es für heute.“

Ein Blick auf meine Uhr, und ich nickte. Es würde zwar knapp bis zu meinem Date mit *ihm*, aber ich war dann immerhin schon im Zelt, dem Ort unserer Verabredung.

„Gut, wir treffen uns in dreißig Minuten vor dem Player's Tent. Wir können dann zusammen etwas essen, mein Magen knurrt schon.“

„Gute Idee, ich freue mich, bis gleich.“

Player's Tent. Mann, das war super, da kam man ohne die richtigen Ausweise nicht rein. Auch heute nicht. Ich mit Per schon.

Es war mein Glückstag.

Nachdem ich noch Sam Thomas, Engländer und Weggefährte meines Rick, und den Spanier Juan Toledo kurz gesehen hatte, war ich auch hungrig geworden. Deshalb machte ich mich auf den Weg zu den Spielerzelten. Es war mittlerweile High Noon, zwölf Uhr Mittag, die Zeit war rasend schnell vergangen, die Hektik hier in der Zeltstadt war noch größer geworden. Immer mehr bedeutend aussehende Herren in dunkelblauen Clubjacken mit großartigen aufgestickten Abzeichen liefen durch die Gegend. Noch mehr Kabel wurden verlegt, Kameras an den richtigen Orten aufgestellt. Alle hasteten durcheinander, und keiner wusste, ob alles rechtzeitig fertig werden würde. Der Countdown lief erbarmungslos, und dementsprechend war auch die Betriebsamkeit. Den Blick auf den Boden gerichtet und gleichzeitig schnuppernd, aus welcher Richtung es nach Essen riechen könnte – die Bratwurst hatte ich mir abgeschminkt –, schlängelte ich mich zwischen den fleißigen Menschen durch. Das versprochene Essen mitten unter den Teilnehmern war viel toller. Die Bratwurst konnte bis morgen warten.

Ich beschloss, im Pro-Shop nach den Logo T-Shirts vom Turnier zu fragen. Ich hatte einfach das Gefühl, ich müsse mir mal etwas Gutes tun, vielleicht fühlte ich sich auch ein bisschen allein.

Sie hatten!!!

Rein in die Kabine, Rucksack runter, Klamotten aus, T-Shirt an. Perfekter Sitz, gekauft. Ich erstand ein weißes und ein blaues. Ein kurzer Blick auf die Uhr, die halbe Stunde war vorbei, ich musste mich beeilen, Per wartete sicher schon. Also, auf zum Essen ins Heiligtum der Spieler.

Meine Sonnenbrille! Herrgott noch mal, wo war sie? Schon halb am Treffpunkt angekommen, griff ich auf meinen Kopf. Automatisch steckte ich die Brille, wenn ich einen Laden betrat oder aber die Sonne verschwunden war, in meine Haare. Da war sie nicht. Ich brauchte nur einen kurzen Augenblick, dann hatte ich's. Zurück zum Shop? Ich hatte sie sicher beim Umziehen in der Kabine vergessen. Zu spät. Aber dort lag sie bestimmt. Himmel, warum war ich auch immer so schusselig? Keine Panik, jetzt gehe ich erst mit Per Essen, und dann fahnde ich nach der Brille, die Sonne scheint eh nicht. Also stapfte ich in Richtung Zelt weiter.

Zweite Begegnung

„Meinst du, Ray Clark isst auch Maultaschen?" Genüsslich schnuppernd sah ich auf die herrlich dampfende Suppenterrine vor mir auf dem Tisch.

„Wenn *ich* dieses Gericht nicht einmal kenne, als Europäer, woher soll er es kennen? Aber es riecht wundervoll, und ich werde gleich auch wissen, wie es schmeckt."

Per war hungrig zu unserer Verabredung gekommen und hatte uns das Nationalgericht der Schwaben bestellt, von mir wärmstens empfohlen.

„Hm, köstlich, diese, wie sagst du: Maul? Taschen? Komisches Wort, aber gut, das Gericht." Mit seinen strahlenden Augen blitzte er mich an und gab mir einen schnellen Kuss auf die Wange. „Schön, Liebes, mit dir hier zu sitzen. Ich könnte mich direkt daran gewöhnen. Ich hab da eine Idee. Wie wäre es denn, in vier Wochen spiele ich wieder in Deutschland, in der Nähe von Berlin. Ich glaube, der Club heißt Bad Sarow, komm doch mit dorthin, ich würde mich sehr freuen."

Bad Sarow! Ausgerechnet Bad Sarow.

„Hör mir bloß auf mit diesem Platz. Den hasse ich, der besteht nur aus Bunkern, Topfbunkern genauer gesagt. Schrecklich." Als ich an meine Erlebnisse auf jenem Platz dachte, musste ich grinsen. Eine spontane Zusage verkniff ich mir jedoch, obwohl es ein verlockendes Angebot war. „Fürs Erste genügt es mir, dass ich hier mit dir im Players Tent sitze, bei Maultaschen, das glaubt mir zu Hause kein Mensch. Per, ich genieße jede Sekunde. Jetzt müsste noch Fields kommen, dann wäre mein Glück vollkommen."

Falsche Antwort. Ich sah es Per sofort an, kaum war es heraus. Ich sollte vielleicht erst denken und dann reden.

„Rick? Bist du ein Fan von ihm? Und ich dachte immer, ich hätte eine Chance bei dir, mein Schatz." Per machte ein betrübtes Gesicht. „Ausgerechnet Rick, der Einzelgänger, mit dem Faible für doofe Blondinen. Den magst du?" Da war ein ganz großes Fragezeichen in seinen Augen, als er fortfuhr: „Jetzt muss ich den alten Klassiker zitieren: Was hat er an sich, was ich nicht habe? Er wird von uns Spielern gern auch Mr. Roomservice genannt, weil er nie etwas mit uns zusammen macht. Früher war er ganz anders. Rick ist erst seit zwei bis drei Jahren zum Einzelgänger mutiert. Fang bitte nichts mit ihm an, er ist schwierig. Er wird dir wehtun. Du hast doch erst einen gehabt, einen Engländer, bist du nicht geheilt?"

„Ach, Per, Schatz, du bist lieb, aber er ist doch nur der Traum meiner schlaflosen Nächte. Pure Schwärmerei, es hat nichts zu bedeuten. Außerdem hätte ich sicher keinen Erfolg bei ihm. Der kann doch die tollsten Frauen aufreißen und muss sich nicht mal große Mühe geben. Rick wird sich wohl kaum näher für mich interessieren, nicht wenn er auf doofe Blondinen aus ist. Keine Angst, ich fühle mich als Single sehr wohl und genieße meine Freiheit in vollen Zügen, da hat wirklich momentan keiner eine Chance. Und was uns betrifft", liebevoll nahm ich seine Hand, „weißt du ganz genau, wie sehr ich dich mag. Aber vergiss nicht, ich könnte deine Mutter sein, wenn ich früh angefangen hätte."

„Süße, red keinen Unsinn, mit deinem Charme wickelst du den hartnäckigsten Junggesellen um den Finger, und das mit der Mutter, das kann ich schon nicht mehr hören. Versuch's noch mal und lass dir bitte eine bessere Ausrede einfallen. Du willst mich einfach nicht erhören, gib es zu."

Bevor ich noch eine Antwort geben konnte, ertönte schräg hinter uns eine wohlklingende Stimme. „*Meine* Mutter kann sie auf keinen Fall sein, vielleicht habe ich mehr Chancen bei ihr. Und wie war das doch gleich mit Bad Sarow? Diese Story möchte ich nur zu gern hören."

Am Nachbartisch erhob sich lachend unser aktueller Gesprächsstoff und setzte sich ganz frech einfach dazu. Ziemlich betroffen schimpfte ich innerlich über mein loses Mundwerk. In Sekundenschnelle überlegte ich, was ich alles gesagt hatte. Und was er davon belauscht haben könnte.

„Stell uns doch bitte mal vor, Per, denn eigentlich war *ich* mit dieser Dame zum Kaffee verabredet, aber sie ist so schnell von mir weggelaufen, dass mir keine Zeit für eine formvollendete Verbeugung mit offizieller Vorstellung geblieben ist."

„Formvollendet? Seit wann legst du Wert auf solche Dinge? Du gehst doch eher gleich zur Sache. Oder?" Per war richtig sauer. Ich spürte das sofort. Seine Mimik sprach Bände. Er wünschte den ungebetenen Gast sonstwo hin, aber nicht an unseren Tisch.

„Emma, woher kennt ihr euch denn? Habe ich da etwas verpasst?"

Ich musste jetzt irgendwie eingreifen, sonst gingen die beiden noch aufeinander los. Na bravo. Jetzt saß ich hier zwischen zwei der besten Golfer der Welt, und die hatten nichts Besseres zu tun, als sich anzugiften. Und das auch noch meinetwegen. Es war zum Lachen. Das tat ich dann auch, und ich hatte große Mühe aufzuhören. Zum Glück entspannten sich die Gesichter der beiden Gockel, und schließlich war mein nicht enden wollendes Lachen wohl so ansteckend, dass sie mitlachten. Die Situation war gerettet.

„Quatsch, kennen kann man das nicht nennen", nahm ich locker den Faden wieder auf. „Ich habe lediglich diesen Herren", ich tippte dabei mit dem Zeigefinger ungeniert auf Ricks Brust, „beim Üben gefilmt, und da hat er mich einfach angequatscht."

„Gefilmt? Angequatscht? Du hast wild mit deiner Kamera umhergefuchtelt, dass alle aufmerksam wurden. Alle brachen das Üben ab und schauten auf den Unruheherd, nämlich dich. Du aber warst von allem unberührt und hast es nicht einmal bemerkt, als ich direkt vor dir stand."

Rick schien sich wunderbar zu amüsieren, was wiederum meinen kleinen Schweden stutzig werden ließ. So leutselig, ja direkt locker fröhlich, kannte er den sonst etwas steifen Engländer offenbar nicht.

„Übrigens Rick", ich musste das fragen, „was wolltest du denn hier drin? Wenn ich mich recht erinnere, waren wir *vor* dem Zelt verabredet. Du bist also selbst schuld, wenn du Dinge gehört hast, die nicht für deine Ohren bestimmt waren."

„Stimmt, mein Schatz!" Er rückte mit seinem Stuhl ein Stück näher an mich heran, sehr nah. „Ich war gerade im Begriff, das Zelt zu verlassen, als ich hinter mir dein kullerndes Lachen gehört habe, das ich schon von der Range her kannte. Und", er legte seinen Arm um meine Schultern, „dann fiel auch noch mein Name, nun wurde es erst richtig interessant. Was sollte ich jetzt noch draußen? Du warst ja schon hier."

Recht hatte er damit schon. Ich verbot mir, weiter mit ihm zu streiten, und beschloss zu flirten, was das Zeug hielt. Eine solche Chance würde ich nie wieder bekommen, egal, was Per von ihm hielt. Fest an Eugen Roth denkend, strahlte ich ihn mit meinem schönsten Lächeln an.

Keine Chance, er war schneller. „Ist das überhaupt eine richtige Kamera, mit der du mich attackiert hast, oder hast du sie nur als Vorwand dabei? Zeig noch mal her."

Dieser Kerl reizte mich schon wieder. Oder lachte er mich etwa aus? Das strahlende Lächeln war wie ausradiert, so wütend war ich jetzt. Was bildet der sich eigentlich ein? „Klar, ist sie echt, ich habe es nicht nötig, etwas vorzutäuschen. Hier, schau sie dir an! Sie ist das Neueste, was der Markt zu bieten hat. Klein wie ein Fotoapparat."

Ganz stolz, aber mit ziemlicher Wut im Bauch ob seiner Impertinenz, zerrte ich meinen Rucksack unter dem Tisch hervor und wühlte nach dem Ding. Sie war nicht da. Ich schaute suchend auf den Boden, vielleicht war sie herausgefallen? Noch mal nichts. Dann griff ich hinter mich, an die Stuhllehne. Nein, dort baumelte nur die Tüte mit den Shirts. Ratlos blickte ich die beiden Männer an, die mich die ganze Zeit aufmerksam beobachtet hatten.

„Du hattest keine Kamera dabei, als wir uns trafen, das hätte ich bemerkt", überlegte Per, nun auch ganz ernst geworden.

„Ich ahne, wo sie sein könnte. Die Tüte mit den Hemden! Ich habe sie im Pro-Shop vergessen, als ich mir die T-Shirts gekauft habe. Mein Gott, bin ich blöd. Ich dachte, ich hätte nur meine Sonnenbrille liegengelassen."

Schon war ich aufgesprungen, um loszurennen, als Rick mich zurückzog. Durch den Ruck landete ich etwas unsanft auf seinem Schoß. Mit seinen Lippen streifte er sanft meine Wange und hielt meinen Blick fest. „Du kommst doch wieder?"

Ich ließ die Frage unbeantwortet und stürmte los.

Ehe die beiden sitzengebliebenen Golfer überhaupt begriffen, was geschehen war, war ich schon verschwunden.

Die andere Ebene

War es jetzt gut oder schlecht, dass ich so schnell wegmusste? Hatte ich womöglich die Chance meines Lebens verpasst? Wieder einmal? Ich saß an meinem Schreibtisch und versuchte mich auf die vor mir liegende Korrespondenz zu konzentrieren. Es gelang mir nicht wirklich. Meine Gedanken gingen immer wieder spazieren und landeten stets an einem Punkt, besser gesagt, bei einem Mann. Und natürlich bei dem turbulenten Turnierbesuch und seinem abrupten Ende. Was wäre geschehen, wenn Nina nicht Wehen bekommen hätte? Pflichtbewusst hatte ich den Kontrollanruf getätigt, nicht ahnend, dass der Ernstfall tatsächlich eingetreten war. Wehen im sechsten Monat, das war nicht gut. Ebenso pflichtbewusst hatte ich mich umgehend auf den Heimweg gemacht, ohne zu zögern oder jemanden zu unterrichten. Ich war einfach verschwunden. Wie auch hätte ich ihm eine Nachricht hinterlassen können. Etwa bei der Turnierleitung einen Zettel abgeben mit „Lieber Rick, ich musste heim, meine Tochter hat Wehen"? Ich wusste ja nicht einmal, was Wehen auf Englisch hieß.

Oder, die zweite mögliche Variante: ihn auf der Proberunde erst mal suchen, von Loch zu Loch hetzen und dann stören? Zu zeitaufwendig bei Wehen. Und, was noch viel wichtiger war, wollte er mich denn wirklich treffen und mit mir den Abend verbringen, oder war es nur so dahingeredet?

Ich ließ die Szene nochmals Revue passieren. Es war aber auch zu witzig gewesen. Wie dumm der Wichtigtuer von Ordner geguckt hatte! Es war mir damals auch ziemlich peinlich. Jetzt im Nachhinein konnte ich herzlich darüber lachen. Mir passierten halt solche Sachen. Daran war ich schon gewöhnt. Nachdem ich so ungestüm das Zelt verlassen hatte und damit auch die beiden verblüfften Herren, hatte ich nur einen Gedanken: Meine neue Kamera! Hoffentlich ist sie noch da. Sie ist so klein, wie leicht könnte einer sie einfach in die Tasche geschoben haben? Diese Idee verwarf ich dann gleich wieder. Hier gibt es doch nur reiche Leute, die klauen doch nicht. Oder? Lieber Gott, ich verzichte auf die Sonnenbrille, wenn die Kamera noch da ist.

Der Versuch, mit dem lieben Gott ein Geschäft zu machen, brachte mich fast wieder zum Lachen.

„Hier können sie nicht durch, junge Frau." Mit seiner vollen Körpergröße, er war riesig und breit, versperrte mir ein Ordner den Weg.

Na bitte, ich hab's ja geahnt, dachte ich, nur dass es heute schon mit den Absperrungen losging, das hatte ich nicht erwartet. Nichtsdestotrotz setzte ich mein schönstes Lächeln auf und strahlte den penetranten Menschen in Uniform an. „Ach bitte, ich möchte nur kurz in den Shop, den Laden dort", fügte ich noch schnell hinzu, weil ich nicht sicher war, ob der junge Mann der englischen Sprache mächtig war, „ich habe dort meine Kamera vergessen. Bitte machen Sie doch mal eine Ausnahme, ich bin auch gleich wieder zurück."

Der Hüter der roten Schranke verzog keine Miene.

„Bitte, sie ist nagelneu und hat ziemlich viel Geld gekostet." Vielleicht wirkte das, so hoffte ich und schaute fast flehend zu ihm auf. Das fiel mir sehr schwer angesichts seines emotionslosen Blicks, den auch mein Säuseln nicht weicher gemacht hatte.

„Das sagt jeder, und Vorschrift ist Vorschrift, hier kommt keiner mehr durch." Um seine Worte zu unterstreichen, baute er sich noch breiter vor mir auf. Er gab fast eine Karikatur von John Wayne ab, beinahe hätte ich wieder lachen müssen, als ich das dachte. Was machte ich nur? Sollte ich einfach an ihm vorbeirennen? Der wäre imstande und würde, um mich zu stoppen, seinen Colt aus dem Gürtel ziehen.

Ich versuchte es mal mit Strenge. „Und wie bitte soll ich in diesen Laden kommen und zu meiner Sonnenbrille?"

„Sonnenbrille?" Sein Blick wurde listig. „Ich dachte Kamera. Was ist es denn wirklich, weshalb Sie so dringend dahin wollen. Raus mit der Wahrheit! Ray Clark?"

„Ray Clark?" Jetzt lag das Staunen auf meiner Seite. „Was hat der denn mit meiner Kamera zu tun?"

„Jetzt ist es also wieder die Kamera."

Der Wärter fand sich richtig gut, das war zu spüren. „Sie wollen mir doch nicht erklären, dass Sie nicht wissen, dass hier in wenigen Minuten der Super Ray mit dem Hubschrauber landet."

Mir stand der Mund offen. Frechheit, ausgerechnet der. Nun glaubte dieser Mensch tatsächlich, er hätte mich überführt, denn ich war kurzzeitig sprachlos. Schon wieder Ray, überall waren Sperren seinetwegen.

Sehr artikuliert und äußerst klar bellte ich ihn kurz an: „Ich möchte bitte sofort in diesen Laden gehen. Ray Clark interessiert mich nicht."

„Das sagen alle, gute Frau."

Gute Frau? Hatte ich richtig gehört? Mir fehlten die Worte. War auch nicht nötig, etwas zu sagen, denn er parlierte rechthaberisch weiter. „Ich werde hier keine Menschenseele durchlassen, solange unser Superstar mit seinen Leibwächtern nicht gelandet und durch ist. Nur Leute mit Genehmigung dürfen durch und natürlich die Presse. Na und? Sind Sie jetzt plötzlich von der Presse?"

Der war gut, zugegeben, aber ich fing diesen Ball nicht auf. Blitzschnell schoss mir ein anderer Gedanke durch den Kopf. „Zur Presse gehöre ich nicht, aber was ist mit den Spielerfrauen? Dürfen die durch?"

„Klar, die dürfen, aber ..."

Den Satz beendete er nicht mehr, denn schon schleuderte ich ihm meinen Geistesblitz entgegen. Ganz cool und mit leichter Arroganz blickte ich ihm in die Augen. „Nun, mein Lieber, dann hab ich ja das Glück auf meiner Seite, denn“, zögerte ich meinen vermeintlichen Triumph noch ein wenig in die Länge, „ich bin eine Spielerfrau!“

„Was, das wird ja immer besser. Sie? Eine Spielerfrau?“ lachte er zynisch. „Das glaub ich dann auch noch.“

Am liebsten hätte ich mit dem Fuß aufgestapft oder wie Rumpelstilzchen einen irren Tanz aufgeführt, doch Contenance war jetzt angesagt. Es bringt nichts, wenn du ihm an die Kehle springst. Hinter dieser Karikatur befindet sich der Laden, in dem deine Kamera liegt und jeden Moment geklaut werden könnte, sagte ich mir.

Ich holte tief Luft und bemühte mich um ein verständnisvolles Lächeln. Fast beschwörend sprach ich zu ihm. „Natürlich bin ich eine Spielerfrau, ich komme gerade aus dem Zelt da drüben. Da dürfen doch nur Spieler rein, wie Sie doch wohl wissen, nicht wahr?“ Ich zeigte mit dem Daumen über die Schulter in Richtung schräg hinter mir, ohne den Kopf zu drehen.

„Und welcher der Spieler ist denn Ihr Mann?“

Warum grinst der Kerl so unverschämt, dachte ich. Glaubt er mir nicht? Na warte. Und jetzt ging der Teufel mit mir durch.

„Ich bin die Frau von Rick Fields“, raus war es, nicht zu überhören. Zurücknehmen konnte ich es auch nicht mehr. Warum nicht Per? Das wäre das Naheliegenste gewesen. Aber nein, es musste Rick sein. Wenn da nicht Herr Freud seine Hände im Spiel gehabt hatte? Aber warum einfach, wenn es auch kompliziert geht. Rick saß sicher noch gemütlich mit Per im Zelt, hoffte ich und schaute mich verstohlen um.

Na klasse, nur zwei Körperlängen weit entfernt, lehnte Rick höchstpersönlich an einer dämlichen Hinweistafel und grinste in meine Richtung. War er mir gefolgt? Warum? Und ganz wichtig, wie lange stand er da wohl?

Leider war auch der Hüter dieses Durchgangs meinem Blick gefolgt und bei Rick gelandet, den er erstaunlicher Weise auch noch erkannte. Pech für mich.

„He, hallo, Sie da, Mr. Fields, bitte kommen Sie doch mal her!“ Um seine Worte zu unterstreichen, auch für den Fall, dass Rick möglicherweise kein Deutsch konnte, wedelte er unmissverständlich mit den Armen.

Ich wäre am liebsten in ein Mauseloch geschlüpft, so peinlich war das ganze Manöver. Mittlerweile waren im Umkreis von mindestens zehn Metern einige Passanten Zeuge der Diskussion geworden und interessiert stehengeblieben. Ich hatte das im Eifer des Gefechtes natürlich nicht mitbekommen. Alle diese Menschen warteten natürlich begierig auf die Fortsetzung der Story, John Wayne gegen Lügnerin.

Erschwerend kam hinzu, Insider wussten, dass Rick Fields seit einigen Jahren geschieden war und seither nichts von einer neuen Heirat bekannt war.

Ich bekam Panik, aber weglaufen konnte ich nicht. Erstens ließ das mein Stolz nicht zu und der Mensch da vor mir auch nicht. Der freute sich sichtlich diebisch darauf, mich vor allen Leuten zu entlarven. Er würde mich auf keinen Fall so kurz vor dem größten Triumph seiner Aufseherlaufbahn entkommen lassen.

Mit seinem typischen Grinsen, das ich so sehr an ihm mochte, schlängelte sich Rick wie ein elegantes Raubtier durch die Gaffer. Sorry, eine andere Bezeichnung fiel mir nicht ein.

Er gab sogar noch einem Jungen ein Autogramm. Es vergingen sicherlich nur ein paar Sekunden, aber vor meinen Augen lief alles wie in Zeitlupe ab.

Dann war er bei mir. Lieber Gott, lass ihn mitspielen, ich gelobe auch Besserung!

„Diese Frau hier sagt, sie ist Ihre Frau. Ist sie das?“ Fast hämisch genoss der Ordner voreilig seinen sicheren Triumph.

„Falsche Grammatik, es heißt: *sei* seine Frau“, murmelte ich zum Glück fast unhörbar und erschrak gleichzeitig. Nicht einmal in einer solch brenzligen Situation kannst du den Mund halten, schimpfte ich mich. Wie würde Rick reagieren? Er war berüchtigt für seine Abfuhren. Genauso wie er aufdringliche Reporter in ihre Schranken verwies, würde er mich anschauen, mit erhobenen Augenbrauen und herablassendem Lächeln.

Als ich den Kopf hob, um den Tatsachen ins Auge zu sehen, war ich gewappnet, die Schmach zu ertragen und dann ganz schnell zu verschwinden. Vor mir standen nun beide: der erwartungsvolle Wachmann und Rick. Tapfer lächelnd sah ich zu Letzterem auf.

„Excuse me“, rettete ich mich ins Englische, in der Hoffnung der Aushilfssheriff wäre dieser Sprache nicht mächtig. Doch Rick ließ mich gar nicht erst ausreden, ganz schnell nahm er mich in den Arm und sagte: „Liebling, ich habe dich schon überall gesucht, wo hast du nur gesteckt?“

Gesucht, du Lügner, du hast die ganze Zeit da drüben gestanden und diese Komödie beobachtet.

„Ich muss mich entschuldigen! Ich habe dir deinen Ausweis noch nicht geben können, denn ich habe ihn noch nicht. Komm mit, wir holen ihn zusammen ab, dann hast du keinen Ärger mehr und kannst dich frei bewegen.“ Zu dem verdutzten Ordner sagte er freundlich: „Danke, dass Sie mich gerufen haben, meine kleine Frau ist manchmal ein wenig hilflos.“ Wie zur Bekräftigung seiner Worte drückte er mich fest an sich und küsste mich auf den

Mund, nachhaltig, ausgiebig und fest. Dieser Kuss war voller erotischer Versprechungen.

Sprachlos lag ich in seinen Armen und bestätigte so seine Aussage. Der Kuss war atemberaubend, und ich leistete keinen Widerstand, als er mir seinen Arm um die Schultern legte und mich mit sich fortzog.

Einige Minuten später, wieder einigermaßen klar denkend, ließ ich mir ausführlich das verdutzte Gesicht des Sheriffs und der Umstehenden beschreiben. Vor Aufregung hatte ich nichts mehr registriert. Dann löste ich mich, sehr ungern, aus seinem Arm und aktivierte meine abhandengekommenen Sinne.

„Danke für die Rettung, normalerweise bin ich nicht hilflos, aber dieser Mensch hat mich fürchterlich aufgeregt. Jetzt hole ich schnell meine Brille und die Kamera, die hoffentlich dort sind, und dann bist du mich los."

„Was, wenn ich dich gar nicht loswerden will? Ich finde, ein wenig mehr Dankbarkeit wäre schon angebracht, meinst du nicht auch?"

Was eigentlich finde ich an diesem Kerl so gut? dachte ich und schaute ihn genau an. Er ist impertinent, arrogant, ärgert mich laufend und ... sieht umwerfend gut aus. „Was genau meinst du mit Dankbarkeit zeigen?"

„Für den Anfang bin ich zufrieden, wenn du mit mir heute Abend essen gehst, mein Schatz."

Was meinte er wohl mit „für den Anfang"? Und warum schlug mein Herz so laut und heftig?

„Wann? Und wo sollen wir uns treffen?"

„*Fein, Rick, mein Liebster, ich gehe gern mit dir essen*, wäre eine gute Antwort. Das hast du doch sicher sagen wollen, oder?"

„So ungefähr kommt das hin", brachte ich zwischen den Zähnen hervor.

Immerhin hatte er mir sehr elegant aus der Patsche geholfen und hatte sich etwas mehr Freundlichkeit von mir verdient. Im Augenblick aber wollte ich nur weg. Fort von ihm, seiner unwiderstehlichen Anziehungskraft. Mal in Ruhe nachdenken, meine Gefühle sortieren und wieder zu der normal denkenden Emma werden, die ich vor kurzem noch war. Sein Tempo war sogar für meine Verhältnisse zu schnell, und das wollte was heißen, denn ich war sehr entschlussfreudig.

Er sprach unbekümmert fröhlich weiter: „Ich gehe jetzt auf die Proberunde, schöner wäre es natürlich, du würdest mich begleiten, aber ich glaube, du brauchst erst einmal eine Verschnaufpause."

100 Punkte! Er konnte Gedanken lesen. Er wurde mir allmählich unheimlich.

„Am besten ist es, wir treffen uns nach der Runde und gehen zusammen los.“ Er musste das Fragezeichen in meinen Augen gelesen haben, denn er beantwortete sogleich meine unausgesprochene Frage. „Sunny geht zu deiner Beruhigung erst mal mit, was wir dann später machen, wird sich zeigen. Also, my love, ich freue mich auf unseren ersten Abend, bis später.“

Sprach's, gab mir noch einen nicht gerade flüchtigen Kuss und entfernte sich mit raschen Schritten in Richtung der Spielerkabinen. Zurück ließ er eine etwas ratlose, auf jeden Fall aber sprachlose Emma.

Was war das eben eigentlich? Vorsichtig schaute ich mich um. Gab es hier vielleicht eine versteckte Kamera? Ich kniff mir in den Arm. Au! Ich träumte nicht. Nüchtern betrachtet hatte ich ein Rendezvous mit Anstandswauwau. Himmel, und küssen kann er, dachte ich. Emma, reiß dich zusammen, das heißt alles noch gar nichts. Purer Zufall, hat nichts zu bedeuten. Trotzdem, er küsst fantastisch. Küssen ist wundervoll, ich hatte schon lange nicht mehr geküsst. So geküsst wie gerade eben.

Schade eigentlich, dass immer am Anfang einer Beziehung viel und ausgiebig geküsst wird. Leider verliert sich das meistens. Mit fortschreitender Beziehung wird es immer weniger. Die Intimität wächst, das Küssen geht verloren. Woran liegt das? Küssen ist doch sooo schön. Vor allem wenn man so küsst wie Rick. Nicht feucht und eklig, nein, zärtlich und fordernd zugleich, mit einem leisen Versprechen auf mehr. Reiß dich zusammen und komm auf den Boden zurück! rief ich mich zur Ordnung. Das hat alles gar keine Bedeutung! Ich bewegte mich vorsichtig vorwärts. Trotz der immer noch weichen Knie funktionierte alles wieder, dem Himmel sei Dank.

Der erste Brief

Soll ich die ganze Geschichte unter netter Episode abhaken, oder was mach ich nun? Ich war in meiner lästigen Büroarbeit noch immer nicht weitergekommen. Irgendwie war ich nicht bereit, so einfach aufzugeben. Ich bekam diesen Kerl einfach nicht aus dem Kopf. Er hatte mich zwar fürchterlich geärgert, mit seinem partiellen Machogehabe, aber der Kuss, die Küsse – es waren immerhin zwei, und das in der kurzen Zeit – waren wunderbar. Sie schmeckten nach mehr. Er reizte mich, alles an ihm war für mich reine Provokation. Das Necken, seine freche Art und dass er mich so gar nicht ernst genommen hatte. So gern wollte ich ihm zeigen, wie ich wirklich war, nicht so zwischen Tür und Angel, oder besser zwischen Wut und Verzweiflung, Kamera und Sonnenbrille, Abendessen und Wehen.

Die Wehen waren natürlich falscher Alarm gewesen, typisch, aber wehe, wenn ich nicht heimgefahren wäre.

Ob ich ihm schreiben sollte? Ich könnte ihn trösten, er hatte wieder schlecht gespielt. Ein Versuch war es wert, ich konnte ihm ja schlecht als Groupie hinterherreisen, da war Schreiben schon unverbindlicher. Wahrscheinlich war er sowieso sauer, dass ich ihn versetzt hatte – einen so tollen Mann versetzt man doch nicht –, und er hatte mich schon längst vergessen. An seinem Weg lauerten bestimmt so einige Blondinen, die willig waren, risikobereit und die sich von keinen Wehen der Welt abhalten ließen, mit ihm den Abend und mehr zu verbringen. Vielleicht war es Schicksal, es hat nicht sollen sein und war deshalb sicher gut für irgendetwas. Das „Irgendetwas" müsste sich nur rausstellen. Schluss jetzt mit dem Grübeln, jetzt wird geschrieben. Punkt, aus, fertig.

Hi Rick,

Du kennst mich nicht. Ich bitte Dich zuerst mal um Entschuldigung, dass ich Dich mit meinem Schreiben belästige. Keine Angst, ich will nichts von Dir, und Du brauchst mich weder unter „Stalker" noch unter „scharfe Blondine" einzuordnen. Zudem gelobe ich hoch und heilig, Du musst mich niemals treffen, es sei denn, Du möchtest es. Ich schreibe Dir, weil ich einfach nicht mehr meine Klappe halten kann und es nicht mehr ertrage, Dich seit Monaten so erfolglos von Turnier zu Turnier reisen zu sehen. In Heidelberg hast Du nicht mal den Cut geschafft, und das war kein Ausrutscher. Ich werde niemals das Vertrauen in Dein unvergleichlich geniales Golf verlieren. Außerdem fühle ich, dass Du immer noch die Kraft für ein großes Comeback hast, Du musst es nur wollen. Du schafft es zurück in die Top Ten der Welt, ich fühle das. Beweg Deinen Hintern, wirf Deine Zweifel auf den Müll und sei stark. Die Zeit des Lamentierens ist vorüber! Du siehst, ich sage Dir frei von der Leber weg meine Meinung, auch wenn es Dir nicht passt. Ich habe den Mut dazu, weil wir uns wahrscheinlich nie begegnen werden, auch wenn Du damit die Chance (Frau) Deines Lebens verpasst. (Joke!)

Habe ich Dich wachgerüttelt? Hoffentlich!

Es gibt viele Menschen, die an Dich glauben.

Alles Gute, Rick,

Emma

Diesem ersten Brief folgten vier weitere. Immer unterschrieb ich mit Emma. Die Abstände differierten, je nach Turnierort, meistens jedoch ließ ich drei bis vier Wochen verstreichen. In keinem meiner Briefe gab ich mich zu erkennen, ich blieb Emma, eine Freundin, die ihn aufbauen wollte und an ihn glaubte. Ich änderte aber mehr und mehr die Art der Schreiben. Wo ich anfangs noch zögerlich war und nur auf seine golferische Zukunft einging, wurde ich dann immer frecher, erzählte kleine Anekdoten und schimpfte aber weiterhin vehement, wenn er Dinge tat, die mir gar nicht gefielen. So zum Beispiel trennte er sich drei Monate nach unserer ersten Begegnung von Sunny, seiner Caddie-Frau, die zehn Jahre sein Bag getragen hatte.

Hält es eigentlich keine Frau bei dir aus? Was hast du getan, dass sie nicht mehr bei dir bleiben will? fragte ich ihn.

Die Trennung von Sunny ging durch die gesamte Golfpresse, denn er war mit ihr länger zusammen gewesen als je mit einer seiner Ehefrauen. Sie reisten gemeinsam von Turnier zu Turnier, von Sieg zu Sieg. Sie erlebten miteinander seine größten Triumphe, und Sunny blieb auch treu bei ihm, als die Erfolge ausblieben. In den Pausen bei den Wettspielen joggten sie gemeinsam oder fuhren auf Rollerblades durch die Gegend, zum Ausgleich für den anstrengenden Job. Jetzt gab es das nicht mehr. Das konnte für mich nur den totalen Abstieg bedeuten.

Was hatte er sich dabei wohl gedacht?

Ich kam nicht in einer Sekunde auf die Idee, Sunny könnte Rick verlassen haben. Nein, das war seine Handschrift, sein Stolz ließ es wahrscheinlich nicht zu, sie noch länger zu behalten. Sie sollte „Auf zu neuen Wegen“, O-Ton Rick. Er engagierte daraufhin einen neuen Caddie, einen Australier, dem Vernehmen nach ein guter Mann, aber es war nicht mehr dasselbe. Never change a winning team, dieser Satz hatte immer noch seine Berechtigung. Rick flog von Turnier zu Turnier mit Bob, dem Australier. Er hatte mal mehr, mal weniger Erfolg, oft schaffte er nicht einmal den Cut und reiste nach zwei Tagen wieder ab, um zu Hause, in Florida, zu üben.

Vor der Presse spielte er immer noch den Sonnyboy, aber sein Charisma war sehr angekratzt, er war nicht mehr überzeugend, weil er nicht mehr an sich glaubte. Zu den großen Turnieren, den Masters, wurde er nur eingeladen, weil er einmal dort gewonnen hatte, das war so üblich. Eine Favoritenrolle hatte er schon lange nicht mehr, er spielte halt mit, unter ferner liefen. Man rechnete nicht mehr mit ihm, und er war auch kaum im Fernsehen zu sehen, denn die Kameraleute waren angehalten, bei den Spitzenflights zu bleiben und die Golfer zu filmen, die zu den ersten Zehn auf dem Leader Board gehörten. Pro Übertragung sah man ihn höchstens einmal kurz, bezeichnenderweise gerade dann, wenn er einen einfachen Putt vorbeischob. Der Kommentar war für mich bitter zu hören. Ich hasste es, wenn man mitleidig über ihn sprach und die großartige Vergangenheit hervorhob, wie bei einem, der schon Geschichte war.

Für mich war es wie ein Lichtblick und ein erster Schritt in die richtige Richtung, als ich aus der Presse erfuhr, dass er seine Sunny wieder zurückgeholt hatte. Was auch zwischen ihnen passiert war, „the winning team" war wieder zusammen.

In diesen Monaten lebte ich mein Leben weiter wie gewohnt. Ich ging viel aus, war wie immer und liebte meine kleine Familie mit Stolz und Inbrunst. Nur eines war anders geworden, äußerlich nicht zu sehen: Rick lebte mit mir. Er war bei mir beim Aufwachen, und ihm galten meine letzten Gedanken beim Einschlafen.

Manche Leute würden dies schon Besessenheit nennen und hätten auch ansatzweise recht damit. Ich war aber nicht wirklich besessen, er war nur einfach bei mir. Unbemerkt von meiner Umwelt hatte ich mir eine eigene kleine Welt geschaffen, in die ich mich zuweilen zurückzog, wenn ich ihm schrieb oder vor dem Bildschirm saß, in der Hoffnung, einen Kameraschwenk auf seinen Flight zu erwischen.

Ich war mir sehr wohl bewusst, dass ich keinem davon erzählen konnte. Alle würden mich auslachen und mit einen verliebten Teenager vergleichen, deshalb hatte ich meine zwei Welten, eine mit Rick und mein normales Leben. Männermangel kannte ich nicht, durch meine offene Art auf Menschen zuzugehen, lernte ich immer und überall Leute kennen, und es waren auch einige Herren der Schöpfung darunter, die für wert befunden wurden, sich näher mit ihnen zu befassen.

„Wo lernst du nur alle diese Typen kennen?" argwöhnte die inzwischen wieder schlank gewordene Nina, die ihre Mama lieber öfter bei sich und dem Kleinen gesehen hätte als auf der „Rutsche", wie sie es nannte. „Du hast gar keine Zeit für uns, mit deinen vielen Verabredungen."

„Ich bin einmal in der Woche bei dir oder hole Janni zu mir, das muss reichen, meine Süße. Zu viel Schwiegermutter tut deinem Mann nicht gut, und außerdem habe ich jede Menge zu tun."

„Ach, Mami, du arbeitest doch nicht mehr und genießt dein Leben, da kannst du ruhig öfter herkommen." Nina war sehr hartnäckig, wenn ich etwas erreichen wollte, ließ sie nicht locker. Stimmt genau, ich arbeitete nicht mehr.

Nach fünfzehn Jahren Dienst am Kunden in den Boutiquen meines Ex wollte ich nicht mehr: keinen Laden, wo ich jeden Morgen pünktlich auf der Matte stehen musste, keine Mitarbeiter, die viel Geld kosteten, keine Sorgen mehr, wenn es trotz hohen persönlichen Einsatzes nicht lief, einfach in den Tag leben bei freier Gestaltung, viel Freiraum für Dinge, zu denen man mit Geschäft nie kam. Erschwerend kam mein letzter Ausflug ins Berufsleben hinzu, als ich sogar mit höchstem körperlichen Einsatz, dem Erlernen des Traumsports Golf, mein sonniges Gemüt aufs Spiel setzte und zum Spielball der First class Ladies wurde.

Nein danke!

Zwar hatte mir der Wechsel zur Arbeitnehmerseite nicht geschadet, im Gegenteil, dieser Lebensabschnitt war lehrreich und zeigte mir in aller Deutlichkeit die Vor- und Nachteile beider Seiten auf, aber auch das wollte ich nun nicht mehr. Ein ungebundenes, freies Leben, selbstgebastelt und mit flexibler Gestaltung wollte ich. Die erste Zeit genoss ich alles sehr und freute mich an der neugewonnenen Freizeit. Ich besuchte alte Freunde, verreiste viel und schlief jeden Tag, so lange ich wollte. Aber das war mir auf Dauer zu langweilig. Alles, was ich früher nach Feierabend erledigt hatte, machte ich jetzt am Tag und hatte trotzdem keine Zeit.

„Ich komme mir schon manchmal vor wie eine echte Rentnerin, ich habe nie Zeit und mehr zu tun, als vorher“, klagte ich meiner besten Freundin Klara. „Und du, mit der ich am liebsten viel mehr Zeit verbringen möchte, arbeitest von früh bis spät, und wir sehen uns nur einmal in der Woche.“

„Und das auch nur, wenn die gnädige Frau mal in Wiesbaden weilt und nicht in der Welt herumstreunt“, lachte Klara über meine betrübte Miene.

„So viel bin ich gar nicht weg, aber du hast ja immer so viele Verpflichtungen, dass für mich kaum ein Abend bleibt“, frotzelte ich zurück. „Außerdem werde ich in Zukunft nicht mehr so viel wegfahren, ich muss sparen, du weißt ja!“

„So schlimm ist es?“

„Schlimmer.“

„Willst du dir nicht einen Job suchen? Da kommst du auf andere Gedanken und verdienst ein bisschen Kohle dazu, das hilft vielleicht.“

„Du wirst lachen, das habe ich mir auch schon überlegt, aber hast du mal daran gedacht, wer mich eigentlich noch will, in meinem Alter? Du lachst, du hast einen tollen, krisenfesten Job beim Fernsehen und gutes Geld, aber ich, ich bin Neueinsteigerin, da ist es wirklich schwer. Und was soll ich machen?

Wieder in eine Boutique gehen, als Verkäuferin? Vielleicht diesmal ohne Golf?“

„Nein, Mausel, das wirklich nicht, da sehe ich dich nicht, du sollst dich auf deine alten Tage“, Klärchen grinste bei meinen Worten, „nicht mehr mit launigen Schickimicki-Frauen herumschlagen müssen. Du hast doch studiert. Gibt es denn da keine Möglichkeiten?“

„Du spinnst doch, ich habe das Studium abgebrochen, weil Nina unterwegs war, und wer will einer abgebrochenen Germanistik-Biologin einen adäquaten Job geben?“

Wir sprachen immer liebevoll neckend und offen zugleich miteinander, Klara war nicht sauer über das respektlose „du spinnst wohl“. Wir kannten uns seit der Schulzeit und hatten eine enge Bindung.

„Mein Studium liegt hundert Jahre zurück, glaubst du, ich habe noch einen Funken Ahnung von Biologie? Die wollen heute junge, frische Leute, die auf dem neuesten Kenntnisstand sind und wenig Geld kosten. Und weiterhin schlecht bezahlte Glossen zu schreiben, danach sehne ich mich auch nicht.“

„Du hast einen großen Vorteil, Emma. Die jungen Frauen von heute wollen ein paar Jahre Karriere machen, und dann tickt plötzlich die biologische Uhr, und sie wollen Kinder. Du bekommst keine mehr und bist engagiert und begeisterungsfähig. Du kannst verkaufen, das hast du im Pro-Shop bewiesen, erinnerst du dich dunkel? Du hattest null Ahnung vom Verkauf von Golfutensilien und hast denen gleich in den ersten Monaten den Umsatz verdoppelt, allein mit deiner Ausstrahlung und deiner gewinnenden Art. Deinetwegen sind Leute auch von anderen Clubs in Scharen in diesen Laden gekommen. Dein David hat nicht schlecht an dir verdient, oder?“

Klara hatte recht. Wenn diese Sache mit dem Breitensport nicht gewesen wäre ... Aber Schwamm drüber, ich bereute es auf keinen Fall, und ad acta gelegt hatte ich dieses Thema noch längst nicht.

„Danke für die ehrliche Meinung, Klara, aber in Heidelberg hatte ich auch etwas zu beweisen. Jedenfalls glaubte ich das damals. Wahrscheinlich ist es deshalb so furchtbar in die Hecken gegangen. Alles, nicht nur das mit David. Ich hab mich einfach selbst zu sehr unter Druck gesetzt und wollte es ums Verplatzen richtig machen. Den Job, die Beziehung, die Erziehung, aber du weißt ja ...“

Klara schlang den Arm um mich und drückte mich kurz. Sie hatte die Trauer in meinen Augen gesehen. Scheitern stand nun mal nicht auf meinem Plan. „Das sollst du auch nicht, aber du hast doch bewiesen, dass du verkaufen kannst, und zwar nicht nur Stoffe, wie vor grauer Urzeit in deiner Ehe mit diesem furchtbaren Mann.“

„Ich weiß, Liebes, du konntest ihn nie leiden.“

„Wie so viele andere auch. Sie haben es dir nur nicht gesagt, weil sie zu feige waren.“

„Zugegeben, du hattest recht in allen Punkten, aber zurück zum Verkaufen. Du hast doch eine Idee, wenn du so beharrlich darauf herumreitest. Spuck es aus, eher lässt du mir doch keine Ruhe, woher weht der Wind?“

„Kleines, ich habe da eine Freundin ...“ Als ich die Stirn runzelte – ich erhob nämlich den Anspruch, Klaras einzige zu sein –, korrigierte sie sich sofort lachend: „... gute Bekannte, sorry, Snoopy, du kennst sie nur vom Hörensagen, deren Freundin wiederum ist Pharmareferentin.“ Sie machte eine bedeutende Pause und schaute mich an. „Na, geht dir ein Licht auf?“

„Pharmareferentin? Ich? Du glaubst doch nicht, dass die Arzneimittelfirmen gerade auf mich warten, ich habe doch null Ahnung von Medikamenten.“

„Warte doch mal, sei nicht so voreingenommen, du hast doch Bio studiert, das ist alles, was sie voraussetzen, ein naturwissenschaftliches Studium.“

„Auch wenn es Jahre zurückliegt? So ungefähr hundert? Und nicht abgeschlossen wurde, mit Examen und so?“

„Du wiederholst dich. Es gibt Dinge, die vergisst man nie, man sollte sie nur reaktivieren, und dabei helfen diese Pharmakonzerne. Die lassen dich nicht so einfach auf die Ärzte los, du wirst eingehend geschult, mindestens drei Monate lang, und ...“ Klara sprach ungerührt weiter, als ich Einwände geltend machen wollte, „lass mich ausreden. Ich weiß genau, was dir in Punkto Arbeit immer noch im Kopf herumspukt. Die Sache mit dem Breitensport Golf. Schmink dir das vorerst ab. Ich sagte *vorerst* ...“ Sie hatte genau gesehen, dass ich schon dagegen wettern wollte. „Damit kannst du am Anfang kein Geld verdienen, und das hat jetzt erst mal Priorität. Liege ich da richtig?“

Ich nickte ergeben, und sie fuhr zufrieden fort: „Du verdienst schon während dieser Anlernphase gutes Geld. Es sind drei Monate Schulung, die du hinter dich bringen musst, mit monatlichem Gehalt! Dann kannst du herumfahren, bei freier Zeiteinteilung. Du bist fast selbständig, mit festem, sehr gutem Salär, hast ein Auto, einen Laptop und keinen Chef, der dir während der Arbeit ständig über die Schulter blickt. Na, was sagst du nun?“ Beifallsheischend strahlte sie mich an.

Ich musste innerlich grinsen. Sie hatte sich so hineingesteigert, dass sie ganz rote Bäckchen bekommen hatte. Ja, ja, die sonst so pragmatische, eher besonnene Schönheit konnte auch mal so richtig aus sich herausgehen. Temperament war eher meine Unart.

„Du meinst, ich könnte das?"

„Du kannst!" Das war wieder die überlegte Klara.

„Hm, schlecht wäre es nicht, ich werde mal darüber nachdenken."

Ich war nicht abgeneigt. Blitzschnell schossen mir viele Dinge gleichzeitig durch den Kopf. Ich fuhr sehr gerne Auto, ich wäre mit intelligenten Leuten zusammen, es wäre kein langweiliger Schreibtischjob und auch kein niveauloses Verkaufen von Edelklamotten, und ich hätte keine Zeit mehr für Hirngespinste.

Doch mit dem Nachdenken hatte ich die Rechnung ohne die Freundin gemacht. Sie war schon immer eine Frau der Tat. Abwägen, Vor- und Nachteile durchgehen schon, aber Zeit verschwenden mit Träumen und „was wäre wenn"-Reflexionen nicht. Schon allein deshalb hatte ich ihr die Sache mit den Briefen verschwiegen.

„Quatsch, da wird nicht lange überlegt, glaub mir, das ist deine Chance. Snoopy hat alles arrangiert, du hast schon Übermorgen einen Termin, beim Chef ihrer Bekannten, Herrn Schneider."

Ich musste nun doch lachen, wusste ich doch genau, wie besorgt Klara in letzter Zeit um mich war. Es war genau ihre Handschrift: handeln ohne viele Worte und da sein, wenn die andere in Not war.

„Klasse, da bleibt mir ja noch riesig viel Zeit. Ich dachte, es ging schneller. Du spinnst wohl, alles hinter meinem Rücken zu arrangieren, ohne mich zu fragen. Noch etwas, was ich wissen sollte? Sag es lieber gleich, da geht alles in einem Aufwasch."

„Nein, das ist fürs Erste alles. Im Übrigen bin ich der Meinung, mit einem spannenden Job, der deine ganze Aufmerksamkeit fordert, kommst du nicht ins Grübeln und hast etwas anderes zu tun, als ständig über deine, zugegeben, miese Lage nachzudenken oder an irgendwelche weitentfernten Golfer. Gib es zu, seit dem abgebrochenen Turnierbesuch in Heidelberg bist du nicht mehr die Alte."

Klara musterte mich nun ganz aufmerksam. Sie hatte zwar meinen zensierten Bericht über das Golfturnier nie hinterfragt, aber wohl gespürt, dass da etwas gewesen war, was mich irritiert und aus dem Gleichgewicht gebracht hatte. Sollte ich Klara täuschen wollen, musste ich früher aufstehen.

Umgekehrt war es genauso. Wir kannten uns schon seit der fünften Klasse, also ewig.

„Du brauchst nicht zu antworten, Emma, aber du sollst wissen, ich bin für dich da, wenn du reden willst."

Nach einem kurzen innerlichen Kampf entschied ich mich nun, ihr die volle Version meines Ausflugs zu erzählen. Irgendwann musste ich es ja doch tun. Warum nicht jetzt? Seitdem uns keine Hunderte von Kilometern mehr trennten, waren wir so eng verbunden wie früher, vor meiner Ehe. Es gab, bedingt durch die Heirat und meine Jahre in Baden Württemberg, eine Zeit, wo wir nicht so den engsten Kontakt hatten, aber ganz aus den Augen verloren hatten wir uns nie. Wir hatten das große Glück, wann immer wir zusammentrafen, genau dort wieder anknüpfen zu können, wo sich beim letzten Treffen unsere Wege getrennt hatten, egal wie viel Zeit zwischen den Begegnungen lag. Ich war eher die Impulsivere, die sofort losstürmen und alles gleich erfahren wollte. Klara, die Verhaltenere, beobachtete und wartete ab, bis die andere bereit war zu reden. Sie hatte schlimme Zeiten hinter sich, in denen sie so verzweifelt war und mit dem Schicksal haderte und oft den Ausweg nicht fand oder einfach nicht mehr wollte. Sie hatte ihren Mann ganz plötzlich verloren und mit ihm ihren Lebensinhalt. Das wurde ihr erst bewusst, als er tot war und sie in ein ganz tiefes Loch fiel.

Die Tatsache, dass er 16 Jahre älter war, spielte in dieser Beziehung keine Rolle, sie brauchte und liebte diesen Mann, der ihr zugleich den Vater ersetzte, den sie nie hatte, und auch Partner und Geliebter war. Obwohl nach außen hin schon immer eine starke Frau, die beiden lebten seit acht Jahren zusammen, zerbrach sie fast an seinem so plötzlichen Herztod. In dieser Zeit wurde unsere Freundschaft noch inniger, war ich doch die Einzige, bei der sich Klara mal gehen ließ und Schwäche zeigte. Von mir ließ sie sich schelten und trösten, wie es gerade nötig war, und ging auch tapfer wieder mit unter die Leute, als ich es für richtig hielt. Als ich mit meiner Beichte zu Ende war, sah ich sie fragend an. Sie hatte mir aufmerksam zugehört, hatte bei meiner bildhaften Schilderung der Begegnung mit dem Mützenträger laut gelacht und bei meiner wohl etwas zu ausführlichen Schilderung dieses einzigartigen Kusses gelauscht, natürlich nicht ohne ein Stirnrunzeln.

„So, nun weißt du alles, sag ehrlich, hältst du mich für irre? Ich zweifele selbst an meinem Verstand, weil ich ihn nicht aus dem Kopf bekomme, zumal ich mittlerweile in das Stadium gelassener Ruhe eingetreten bin und er ein selbstverständlicher Bestandteil meines Alltags geworden ist. Irgendwo ticke ich doch nicht ganz richtig. Oder?"

„Gelassene Ruhe! Dass ich nicht lache, ein toller Ausdruck, aber völlig daneben. Du warst ja immer schon ein wenig verrückt, aber das lieben wir an dir. Mir würde direkt etwas fehlen, würdest du nicht ab und an mal ausflippen. Du bist mir viel zu ernst in der letzten Zeit. Willst du meinen Rat? Mach weiter, schreib ihm, gib dich zu erkennen, wenn du es für richtig befindest, und triff ihn, wenn er es will. Bis dahin hast du genug Abstand, um ihn zu beurteilen, und wenn er dir dann noch gefällt, greif zu. So wie du ihn geschildert hast, ist er ein guter Typ, der ziemlich genau erkannt hat, wie er mit dir umgehen muss."

Wenn ich geahnt hätte, wie Klara auf meine Story reagieren würde, hätte ich schon längst gebeichtet. Ich hatte scharfen Spott und Unverständnis befürchtet.

„Bin ich froh, dass du nicht mit mir schimpfst oder mich auslachst! Ich bin beinahe daran gestorben, es niemanden erzählen zu können, und jetzt bin ich erleichtert. Tut gut, es mal auszusprechen und nicht immer nur zu denken. Aber sag, du findest es okay? Du bist doch sonst so realistisch und würdest selbst nie in eine solche Situation kommen."

„Du hast recht, man muss schon ein besonderes Talent dafür haben", lachte sie fröhlich, „aber es passt zu dir, und ich denke, wenn du je noch mal eine Bindung eingehen solltest, muss es ein ganz besonderer Mann sein. Etwas Normales, so einer mit Schlips und Kragen, der seinen Tag hinter einem Wurzelholzschreibtisch verbringt, das wäre niemals das Richtige für dich. Ich sehe dich eher on the road again, unterwegs mit dem Mann deiner Träume."

„Meine Tochter sicherlich nicht, die hat die Nabelschnur eigenhändig wieder angenäht und wäre todunglücklich mit einer Mutter, die mit ihrem Liebsten um die Welt reist."

„Fang ja nicht damit an, du weißt, da reagiere ich allergisch. Ich habe keine Kinder und kann es nicht beurteilen, und ich liebe deine Nina sehr, aber sie ist erwachsen, hat eine wunderbare Familie. Sie soll dich gefälligst ein eigenes Leben führen lassen. Du bist nach dem Heidelberg-Fiasko in ihre Nähe gezogen, hast dein ganzes Leben neu geordnet, wieder mal, was will sie mehr? Gut, ich freue mich riesig, dass du wieder hier bist. Aber gib ihr die Chance, sich abzunabeln, lass es zu und spring nicht immer gleich, wenn das liebe Kind hustet. Sie ist schon ein bisschen sehr egoistisch, deine Süße, gib es zu."

Kurz schoss es mir durch den Kopf, dass David sich damals ähnlich geäußert hatte und unsere Beziehung nicht zuletzt dadurch gescheitert war. Klara jedoch kannte mich, und ich räumte ein, dass sie ziemlich richtig lag. David gegenüber hätte ich das nie zugegeben. „Stimmt, du hast recht, aber es ist nicht einfach. Ich traue mich jetzt schon wieder kaum, ihr von der Berufsgeschichte zu erzählen. Wenn ich das mache, werde ich viel unterwegs sein und bin nicht mehr so leicht verfügbar."

„Dann gewöhnt sich das gute Kind mit Sicherheit, sollte wirklich der Ernstfall in Form deines Ricks eintreten."

„Wenn ich nicht genau wüsste, wie butterweich du tief im Inneren sein kannst, würde ich sagen, du bist hart. Aber es stimmt alles, und ich werde mich bemühen, mon General." Ich salutierte und stand stramm. „Den sogenannten Ernstfall sehe ich noch nicht, das ist doch sehr weit hergeholt, aber ansonsten werde ich das mit dem Job in Angriff nehmen und das andere vielleicht auch. Ich gestehe, ich freue mich darauf."

Rick

Sunny streckte ihren Kopf durch die Tür und wedelte mit einem Brief vor der Nase des am Boden liegenden Golfprofis herum.

„Wie viele Liegestütze hast du gemacht?"

„Fünfzig ... was hast du da?" schnaufte er ziemlich fertig.

„Okay, brav, dann kannst du aufhören und bekommst diesen Brief. Der wievielte ist es eigentlich?" Sunny beäugte nun genauer den Umschlag. „Wieder kein Absender, das gleiche Briefpapier wie immer." Sie hielt sich den Brief an die Nase und schnupperte. „Hmmm, riecht gut, diese Emma ist hartnäckig. Die lässt nicht locker, diese Dame. Mich würde ernstlich interessieren, wer das ist, und wie sie immer exakt den richtigen Zeitpunkt erwischt, an dem wir zum Turnier aufschlagen. Wie macht sie das nur? Alle Briefe – wie viele, sagtest du, waren es bis jetzt?"

„Hab noch gar nichts gesagt", kam prompt eine grummelnde Antwort. Rick hatte sich aufgesetzt und schaute auf den Brief. „Sprich weiter, wie macht sie was?"

„Wie kann man es schaffen, dass diese vanillefarbenen Dinger immer gleich am ersten Tag ankommen? Ich denke ja, es ist die freche, kleine Blonde, die dich in Heidelberg versetzt hat. Der Name stimmt, oder? Emma, so hieß dein verpatztes Date doch auch, nicht wahr?" Sie konnte sich ein zufriedenes Grinsen nicht so ganz verkneifen, denn es hatte ihr gefallen, was Rick ihr erzählt hat. Und die Art und Weise wie er es erzählt hatte ... Ein ganz besonderes Funkeln, das sie schon lange nicht mehr gesehen hatte, war in seinen Augen gewesen.

Sein Blick war, was Frauen anbetraf, eher ironisch. So richtig gefunkt hatte es schon lange nicht mehr bei ihm. Bei dem Gedanken an die Letzte schüttelte es Sunny: groß, blond und doof, die kürzeste Beschreibung dieser Blondine. Er fiel aber auch regelmäßig auf die gleichen Frauen rein, viel Busen, wenig Hirn und ein albernes Kichern nach jedem Satz. Sunny vermutete stark, dass er sich genau solche Damen aussuchte, um nicht in die Verlegenheit zu geraten, sich über eine eventuelle gemeinsame Zukunft den Kopf zerbrechen zu müssen. Er hatte diesen Typ jedoch schnell satt, weil sie ihm so gar nichts zu bieten hatten außer Sex. Aber diese Emma in Heidelberg, die war anders gewesen, und er hatte auch ganz anders als sonst reagiert. Schade, dass sie ihn versetzt hatte.

„Na sag schon, was schreibt sie?“ Sunny wollte nach dem Brief greifen. Bisher hatte sie alle lesen dürfen. Aber er verweigerte die Übergabe und sagte stattdessen lachend: „Deine Vermutung könnte stimmen, aber es kann auch Zufall sein. Pass auf, das musst du dir anhören, Sunny, zum Totlachen, warte, ich lese es dir vor. Wo fängt es an, ... *schönes Wetter, ... Cut nicht geschafft*, bla, bla, bla, hier ist es: *Ich habe Dir ja schon erzählt, dass ich nicht so der Hit im Golf bin, übrigens, wie wäre es mit einer privaten Ausbildung (?), keine Angst, sollten wir uns je einmal treffen, fällt mir sicher etwas Besseres ein, als Golfspielen und Dir auch, hoffe ich.*“ Rick runzelte die Stirn. „Was sie da wohl meint? Sunny, dieses Mädchen versteht es, die Spannung zu halten, wenn sie nur endlich sagen würde, wer sie ist. Vielleicht könnte ich mich mal mit ihr treffen, so ganz unverbindlich auf einem Turnier?“

„Komm, lies schon weiter, solange sie keinen Absender draufschreibt, kannst du sie auch nicht erreichen, und das will sie augenscheinlich nicht.“

„*... Doch zurück zu meiner Story. Vor einigen Monaten habe ich meinen Freund David, jetzt Ex, auf eine Golfreise nach Berlin begleitet. Zwei weitere Paare waren mit von der Partie, das heißt sie hatten ihn gebucht und mich mit, weil es – O-Ton Marianne – ohne Emma nur halb so lustig ist. Kann mir zwar nicht genau vorstellen, was sie damit meinte, nehme aber an, sie mag es, wenn ich diesen elitären Sport, sorry, Rick, nicht ganz so ernst nehme. Also, am ersten Tag dieser Reise waren wir in Bad Sarow, dem Platz, den ein gewisser Rick Fields designed hat. Kennst du den vielleicht? Wohlweislich vergaß ich mein Bag im Hotel, denn diesen Höllenkurs wollte ich mir nun echt nicht antun. Du wirst es nicht glauben, die waren richtig enttäuscht und traurig und bettelten so lange, bis ich mich überreden ließ und mir zähne-*

knirschend im dortigen Pro-Shop einen halben Satz mit Bag auslieh. Ich war beigefarben gekleidet, also griff ich nach einer farblich passenden Tasche. Lach jetzt bitte nicht, so bin ich eben, basta. Du erinnerst dich sicher, der Weg vom Clubhaus, bis zum Abschlag des Rick Fields Platzes ist weit, auch mit Cart. Die Herren schlugen ab, dann war ich dran, Marianne ließ mir liebevoll die Ehre (eine zweifelhafte). Ich schnappte mir den Driver – egal, ob Par drei oder fünf, ich nehme immer den Driver – und marschierte zum Abschlag. Als ich gerade aufteete, unterbrach mich mein Freund und sagte trocken: „Du kannst mit dem Driver nicht abschlagen."

„Wieso?" fragte ich leicht irritiert. „Ich schlage doch immer mit dem Driver ab."

Er wiederholte nachdrücklich, mit stoischer Ruhe, ich glaube, Engländer sind alle so hinterlistig – sorry, nimm es nicht persönlich: „Du kannst mit diesem Schläger nicht abschlagen!"

„Himmel, sag mir endlich, warum denn nicht?" Nun war ich richtig sauer.

„Schau doch mal hin, Emma, es ist ein Driver für Linkshänder."

Alle schüttelten sich vor Lachen und ich mit, denn ich hatte mir einen Satz für Linkshänder gegriffen, weil ich in der Eile nur auf die Farbe geachtet hatte. Eigentlich war ich ganz froh, denn nun konnte ich ganz relaxt mitfahren und musste nicht spielen. Denkste, ich kam nicht davon. Marianne überließ mir einige Schläger, die sie nur selten benutzte, und so spielte ich nun doch mit. Stell Dir vor, ich spielte diesen schweren Platz mit vier Schlägern, einem Driver (natürlich für Rechtshänder, einem Eisen sieben, einem Holz sieben und dem Putter, den ich mir immer auslieh, von dem, der mir am nächsten war. Weißt Du eigentlich, wie viele Bunker dieser Platz hat?

E i n h u n d e r t d r e i u n d v i e r z i g. In achtzig davon war ich drin. Es sind, wie du weißt, Topfbunker. Hinein bin ich gehüpft, mit einem Satz, und auf allen vieren wieder hinausgekrabbelt. Ein Bild für die Götter, wie mir glaubhaft versichert wurde. Oft haben mich die anderen gar nicht gesehen, und ich musste den Schläger hochheben, damit man sah, wo ich war.

Welcher Teufel hat Dich geritten, als Du diesen Platz geplant hast?

Natürlich kenne ich das Interview in der Golfzeitung, in dem Du erklärst, dieser Course sei nur für Profis konzipiert. Dein arrogantes Lächeln auf dem Bild in dieser Zeitung sprach Bände ..."

„Mein lieber Rick", Sunny konnte kaum sprechen vor Lachen, „diese Frau ist dir gewachsen, wer immer sie sein mag. Sie versteht es, dich zu fesseln, und das nach nur ein paar Briefen, die, wie ich zugeben muss, sehr amüsant sind. Wie können wir herausfinden, wer sie ist?“

„Das weiß ich leider auch nicht. Zähme deine Neugierde, wenn es auch schwierig ist, warten wir noch eine Weile, vielleicht teilt sie es uns bald mit. Warum soll ich einer Frau nachlaufen, die ich nicht einmal kenne? Oh, ich sehe schon, das gefällt dir wieder gar nicht. Ich verspreche dir, ich lasse mir etwas einfallen. Und jetzt aber los, ich sollte noch ein paar Bälle schlagen, bevor wir auf die Runde gehen.“

„Jetzt reiß dich mal zusammen, du bist unkonzentriert, latschst schlapp durch die Prairie, was ist los?“ Sunny nahm kein Blatt vor den Mund und wetterte so richtig los. Sie waren schon eine Weile auf dem Platz unterwegs, als ihr der Kragen platzte. „Mach doch mal den Kopf frei und lass deine Probleme außen vor, du propagierst seit Jahren selbiges in deinen Büchern, du solltest es auch an dir selbst praktizieren. Komm, es hat keinen Zweck heute, wir machen Schluss und sollten einfach mal reden. Du hast diesen Platz tausendmal gespielt, sie haben ihn nicht verändert, du kannst ihn auch morgen ohne Proberunde schaffen. Natürlich vorausgesetzt, du hast deine fünf Sinne beisammen.“

Eine Weile später saßen sie gemütlich in Ricks Suite zusammen. Das obligatorische Videogerät blieb ausgeschaltet, heute gab es nichts zu korrigieren, es sei denn man korrigierte den gesamten Champion, so schlecht war sein Spiel heute gewesen. Sie hatten sich ein paar Sandwichs bestellt und tranken Bier dazu.

„Die heutige Halbrunde haken wir erst mal unter absolut katastrophal ab“, legte Sunny gleich los. Sie schob nicht gerne etwas auf die lange Bank, und es war ihr Job, Kritik zu üben. Nur ehrliche, harte Worte konnten hier noch helfen.

Rick war im Moment in einer Verfassung, die ihn stetig bergab führte, es konnte so nicht weitergehen. Die Sponsoren zogen sich zurück, die Einladungen zu den Turnieren wurden zusehends spärlicher, es war bitter.

„Rick, was ist los mit dir? Ich muss dich das noch einmal fragen. Ich weiß, ich wiederhole mich. Ich weiß auch, dass du genug Geld auf dem Konto hast und du nie wieder Turnier spielen müsstest. Ist es das? Ist die Lust weg, an deinem Sport? Weg, weil du nicht mehr um das tägliche Brot spielen musst? Es muss doch eine Erklärung geben. Sprich mit mir. Vielleicht finden wir gemeinsam einen Weg.“

„Ach Sunny, ich kann es mir doch auch nicht erklären, glaubst du wirklich, ich würde mich auf meinem Geld ausruhen? Wenn du das glaubst, dann kennst du mich schlecht. Ich bin mental nicht gut drauf, das ist bekannt, und ich arbeite daran, es zu ändern, glaub mir. Es ist zudem die ganze Situation, die mir zu schaffen macht. Ich bin oft einsam. Ich beneide zuweilen die Kollegen, die ihre Familien dabeihaben. Lach nicht. Ja, ich habe mich aus der Ehe ausgeklinkt, weil es mir zu viel wurde und weil ich das ewige Trara mit der Familie satthatte und mich nicht mehr auf meinen Beruf konzentrieren konnte. So paradox es ist, ich bin mir fast sicher, wenn ich wieder unter der Haube wäre oder wenigstens eine feste Beziehung hätte, ginge es mir besser. Ich fühle mich so rastlos und immer auf der Suche, weiß aber nicht so genau nach was. Letztes Jahr in der Schweiz, das Vater und Sohn Turnier, da war ich so richtig glücklich. Judith war da mit den Kindern, und ich habe mit meinem Sohn das Turnier gespielt. Sam war auch dabei, mit seinem Sohn. Es war eine runde Sache. Es hat richtig Spaß gemacht.“

„Klar, das war richtig nett, du als Caddie für Harry, aber das mit der Familie war auch nicht so harmonisch. Judith hat mit den Mädels, ihrem neuen Mann und einem Au-pair-Mädchen im Hotel gewohnt, wir waren mit Harry im Chalet. Gut, du hattest Familie, aber nur wenn dir danach war. Dann haben wir uns getroffen und miteinander den Abend verbracht. Sozusagen auf Abruf. Wenn es dir zu viel Familie wurde, hast du dich ausgeklinkt und bist ins Chalet geflüchtet. Zum Glück versteht ihr euch jetzt nach der Scheidung besser, aber so richtig Familie kann man das nicht nennen. Oder sehe ich das falsch? Willst du noch mal von vorne anfangen? Mit Frau und womöglich mit Kindern? Babygeschrei? Ständig wechselnde Nannies? Das kann ich nicht glauben. Dafür bist du auch zu alt.“

„Sunny! Ich bin 43! Okay, Kinder habe ich genug und liebe sie sehr, wenn du das auch in Frage stellst. Judith möchte ich auch nicht wieder zurückhaben, auf keinen Fall. Aber trotzdem bin ich der Meinung, in mein Leben würde wieder ein gewisses Maß an Ausgeglichenheit einkehren, wenn ich eine Freundin habe. Ja, ja, ich hör dich schon wieder sagen, das kann doch nicht so schwer sein, bei deinen vielen weiblichen Fans, aber du bist die Allererste, die lästert, wenn ich wieder die Falsche bringe.“

„Richtig, mein Freund, Busen, Beine, Po, wenig Hirn, viel blond. Es kann ja auch mal etwas anderes sein. Wie zum Beispiel diese Emma.“

„Hör auf mit Emma, sie hat mich versetzt, warum auch immer. Sie ist nicht einmal mein Typ, außer dass sie blond ist. Sie ist winzig, vorlaut, eine wilde Hummel und nicht viel jünger als ich. Meine Freundinnen waren allesamt groß und mindestens fünfzehn Jahre jünger und redeten nicht wie ein Wasserfall."

„Weil sie allesamt dämlich waren."

„Shut up, Sunny, lass mich ausreden, aber verdammt, ich bekomme diese Frau nicht aus dem Kopf. Meinst du wirklich, ich soll ihr nachlaufen? Aber wie bitte soll ich das anstellen? Soll ich in der Zeitung einen Aufruf starten, mit Telefonnummer und: Emma, bitte melde dich! Was glaubst du, wie viele Emmas sich da melden würden?"

„Nicht mehr so viele wie früher. Dein Ruhm hat Risse, mein Lieber", konterte Sunny unverblümt. „Aber", nachdenklich runzelte sie die Stirn, „Per, mein Landsmann, der ist doch mit mir befreundet, warum fragst du ihn nicht mal nach ihr? Lässt das dein Stolz nicht zu?"

„Quatsch, Stolz, warum bist du eigentlich so boshaft, von wegen nicht mehr viele ... reihenweise würden sie anstehen, da bin ich sicher. Vielleicht will mich diese Frau nicht näher kennenlernen, schließlich ist sie nicht zur Verabredung erschienen. Sie hätte zumindest eine Nachricht hinterlassen können, oder?"

Rick konnte einfach nicht begreifen, dass sie so spurlos von der Bildfläche verschwunden war. Und vergessen konnte er sie auch nicht. So sehr er sich darum bemühte und Ablenkung suchte, er hatte immer das Bild von ihrem schönen Mund vor seinen Augen, als er sie küsste und das Gefühl, das ihn dabei durchströmte. Wenn sie sich an diesem Abend getroffen hätten ...

Knallhart rief ihn Sunnys Stimme in die Realität zurück. „Nachricht! Auf einem Golfplatz! Während der Proberunde! Wie das denn? Hätte sie eine Brieftaube senden sollen? Vielleicht hat sie ja irgendwo eine Nachricht hinterlassen, und du hast sie nicht erhalten. Wer weiß?"

„Möglich ist es, sie war wirklich süß, so ganz anders, frech, fröhlich, natürlich. Genauso, wie die Briefe von Emma. Diese beiden Frauen beschäftigen mich, mir geht es einfach nicht aus dem Kopf, ich vermute ..."

Sunny fiel ihm ins Wort: „Warst du deshalb so out of order in der Proberunde?"

„Ich kann die Briefeschreiberin und Emma nicht trennen in meinen Gedanken, irgendwie glaube ich auch, Emma ist Emma." Und eine kleine Weile später fügte er noch sehr nachdenklich hinzu: „Sie hatte so große, wunderschöne braune Augen."

„Wie kommst du jetzt darauf, dass die Schreiberin die Emma aus Heidelberg ist? Vorhin hast du noch was anderes behauptet. Du bist doch sonst kein Romantiker. Himmel, du irritierst mich. Aber es wäre möglich. Und zudem wäre es klug von ihr. So bleibt sie in Kontakt mit dir, wenn auch einseitig, und wartet, wie und ob du reagierst. Nicht dumm, könnte von mir sein. Aber hast du einen Anhaltspunkt?"

„Ja, ich bin mir jetzt ganz sicher, denn ich erinnere mich, dass Emma, als sie da mit Per im Zelt saß, Bad Sarow erwähnt hat. Ich habe es noch im Ohr, wie sie gesagt hat: „Bad Sarow? Hör mir bloß auf mit diesem Platz. Dann hab ich nicht mehr hingehört, weil Colin mich etwas gefragt hat. Sunny, ich möchte diese Frau treffen."

„Welche jetzt, Emma oder Emma?"

„Beide."

Sie lachten im Duett, und die aufgestaute Spannung löste sich.

„Gut, dann fragen wir einfach Per, der wird zumindest Emmas Telefonnummer haben. Aber jetzt wenden wir uns mal deinen anderen Problemen zu. Wie willst du morgen spielen? Tell me, Angriff oder Defensive?"

Für Sunny war das Thema vorerst erledigt, jetzt hatten die naheliegenden Aufgaben Priorität. Und schon waren die beiden wieder bei der Sache, und es schien, dass Rick viel lockerer war. Die Aussprache hatte den beiden gutgetan.

Das Turnier war ein guter Schritt in die richtige Richtung. Rick schaffte den Cut, er war unter den Top Twenty nach zwei Runden und beendete das Turnier mit dem zehnten Platz. Das bedeutete gutes Geld für Pro und Caddie, und, was noch wichtiger war, es gab Rick neuen Mut und baute ihn auf.

Und Emma schrieb dazu: „You are on the way, go on with it!"

Der große Frust

Das glaube ich jetzt aber nicht ... Mist, wenn das wahr ist ... tief betroffen starrte ich auf die vor mir liegende Golfzeitung. Da stand es schwarz auf weiß. Rick wollte heiraten.

„Was hast du erwartet? Du hast doch selbst gesagt, du glaubst nicht an eine Reaktion auf deine Briefe." Klara war sofort zur Stelle, denn sie war bestürzt über den aufgelösten Anruf der Freundin. Schluchzend und sicherlich kaum zu verstehen hatte ich sie am Morgen angerufen. Klara musste vermuten, es wäre etwas Schlimmes geschehen, da meine Worte wohl keinen Sinn ergaben.

Sie hatte eine Weile gebraucht, bis sie kapiert hatte, dass es sich um keine wirkliche Katastrophe handelte, sondern nur um meinen Mr. Golf.

„Lieb von dir, dass du gleich nach der Arbeit zu mir gekommen bist. Keine Sorge, ich bin schon wieder okay, es war nur der erste Schreck. Weißt du, ich lese ganz ahnungslos das Golfjournal, freue mich riesig über das Interview mit Rick, denn über ihn wurde schon lange nicht mehr ausführlicher berichtet. Und dann das. Die Ankündigung einer baldigen Hochzeit."

„Wen soll er denn laut Zeitung ehelichen? Seine Caddiefrau?" Klara war cool wie immer und ließ meine Hysterie ein wenig lächerlich erscheinen.

„Das ist ja so eigenartig, genau geht das nicht aus dem Artikel hervor, ich habe es nicht begriffen. Genauer gesagt, ich habe nicht einmal alles gelesen, eigentlich nur den Part mit der Hochzeit."

„Gib her, lass es mich mal lesen, du bist so von der Rolle, dass du momentan gar nichts blickst." Sie nahm mir die Zeitung aus der Hand und vertiefte sich in den Artikel, in der Hoffnung endlich Licht in das Dunkel zu bringen. „Das klingt aber alles sehr vage, warum hast du es nicht genau gelesen? Hier steht nichts Konkretes drin."

„Aber da steht doch, er sei es leid, Single zu sein und ..."

„Ja, klar, aber es gibt keinerlei Angaben über die zukünftige Frau Fields, geschweige denn über einen Hochzeitstermin. Er hat sich lediglich über seine mentalen Probleme ausgelassen, und zwar in epischer Breite, und dann in einem einzigen kurzen Satz erwähnt, er spiele mit dem Gedanken, sich zu binden, er habe sich nun lange genug unter den Schönen des Landes umgesehen und gedenke, nicht mehr allzu lange allein durchs Leben zu gehen. Übrigens scheint das eine sehr schlechte Übersetzung zu sein, denn so gestelzt drückt man sich heute nicht mehr aus, und schon gar nicht dein Rick."

„Er ist nicht mehr mein Rick!" Ich wollte noch nicht aus meinem Schmollwinkel hervor. „Ich habe ihm heute geschrieben: It's time to say goodbye."

„Mein Gott, wie theatralisch ist das denn?" Klara war außer sich. „Du hast das hoffentlich nicht abgeschickt? Oder?"

Kleinlaut gab ich es zu. „Leider doch, als er im Kasten war, hätte ich am liebsten diesen gelben Vielfraß von Briefkasten wieder mit dem Brecheisen aufgebrochen, so sauer war ich über mich selbst. Ich bin sofort nach Hause gerannt, habe mich mit einer Grillzange und einem Kochlöffel bewaffnet und damit versucht, den Brief wieder herauszuangeln."

Klara bemühte sich verzweifelt um Fassung. Sie war kurz davor, laut loszulachen, als sie sich die Situation bildlich vorstellte. Zum Glück bemerkte ich davon nichts.

„Es war schrecklich peinlich, immer wenn Menschen vorbeikamen, habe mich harmlos pfeifend abgewandt und meine Angelutensilien hinter meinem Rücken versteckt. Zwei Briefe habe ich erbeutet, aber nicht meinen. Wie in einem schlechten Film habe ich mich aufgeführt, ich konnte einfach nicht mehr klar denken. Es war doch nur ein Spaß, das mit den Briefen, ich habe es witzig gefunden, anonym einem Menschen zu schreiben, den ich, zugegeben, echt stark finde. Mir ist es heute wie Schuppen von den Augen gefallen, wie sehr ich mich da hineingesteigert habe. Aber es war zu spät, der Brief schwimmt schon über den Ärmelkanal. Scheiße, wenn er den bekommt, denkt er, die Alte spinnt. Verübeln kann ich ihm das nicht."

„Wie gern hätte ich dich beim Stochern beobachtet." Klara prustete nun endlich los. „Was deinen seelischen Erguss anbetrifft, der ist bestenfalls auf der Hauptpost und wird vielleicht gerade in einen Sack gesteckt und in ein großes, gelbes Auto geworfen. Aber egal, zurückholen kannst du ihn nicht. Was hast du noch geschrieben? Doch nicht nur diesen einen kitschigen Satz?"

„Nee, nee, ich habe mir doch extra das Buch ‚Message in a Bottle' gekauft, natürlich in Englisch, und habe ganze Sätze übernommen, die mir passend erschienen." Und als ich sah, wie Klara erst ungläubig schaute und dann wieder einen Lachanfall bekam, fügte ich noch trotzig hinzu: „Romantischer hätte ich es selbst nie verfassen können! Es ist ein richtig schöner Abschiedsbrief geworden, und ich will nie mehr etwas von einem gewissen Rick Fields hören. Soll er doch heiraten, wen er will!"

Warum nur verschwieg ich meiner liebsten Freundin, den eigentlichen Grund meiner großen Enttäuschung? Ich hatte ihm nämlich in meinem letzten Brief, meine Handynummer mitgeteilt und gedacht: Jetzt oder nie. Vielleicht würde er darauf reagieren. Aber vier Wochen waren verstrichen, und nichts war geschehen. Und dann dieser Artikel. War das die Antwort? Seither hatte ich täglich diesen Schritt bereut. Ganz besonders dann, wenn mein Handy die Miss-Marple-Melodie intonierte. Jedes verdammte Mal hatte ich mit zitterndem Finger auf die grüne Taste gedrückt und ein zaghaftes „Hello" in den Apparat gehaucht. Mindestens fünf englische Gesprächsvarianten hatte ich prophylaktisch eingeübt, für den Fall der Fälle. Eine coole, taffe Version: „Wow, I can't believe it. What's up, tell me ..." Eine zarte, charmante: „Hi Rick, nice to hear you! Where are you? ..." Und noch drei weitere, je nach Bedarf.

Wie bei einem Arzt in Bereitschaft war dieses Ding ständig angeschaltet. Lächerlich! Sogar den Spruch auf der Mailbox hatte ich auch noch in englischer Sprache draufgesprochen. Zu blöd. Mittlerweile hatte ich Letzteres wieder rückgängig gemacht, weil ich es leid war, ständig erklären zu müssen, warum ich auf einmal so anglophil geworden war.

Doch Klara war ja nicht dumm und hatte plötzlich die Erleuchtung. „Sag mal, meine kleine Romantikerin, hat dein mittlerweile gelöschter englischer Spruch auf deiner Mailbox etwas mit deinem Zorn und deiner Trauer zu tun?"

Ertappt! „Frag nicht, ich bin geheilt. Die Geschichte ist vorbei, und ich möchte wieder zur Tagesordnung zurückkehren. NIE WIEDER GOLF! Das schreibe ich mir ab sofort auf die Stirn."

„Gut, abgehakt, dann berichte mal, wie dein Vorstellungsgespräch war."

„Oh Himmel, das habe ich dir ja vor lauter Mr. not Right noch nicht erzählt. Es ist eigentlich genauso abgelaufen wie die vergangenen drei. Die Herren in grauem Zwirn, mit Schlips und Kragen, waren sehr angetan von meiner Eigendarstellung und hatten keinen Zweifel an meinem Verkaufstalent. Einer hat sogar gemeint, ich könne einem Scheich Sand für die Wüste verkaufen. Aber es fehlen immer noch meine Papiere, und damit haben die Personalbüros inklusive deren Chefs so ihre Probleme."

„Erzählst du denen die Wahrheit über das Fehlen der Dokumente? Oder was sagst du? Es ist doch peinlich, vor versammelter Mannschaft zugeben zu müssen, welches Arschloch man zum Mann hatte. Sorry, aber für deinen Ex finde ich keinen anderen Ausdruck. Wie kann man denn diese Papiere so mir nichts dir nichts verbrennen? Nur aus Wut? Hast du denn versucht, die Unterlagen nochmals von der Universität zu bekommen?"

„Ja, klar, aber das dauert, du kennst doch den Amtsschimmel! Bis dahin muss man mir halt glauben. Sollte eine Bewerbung daran scheitern, dann ist es sicher nicht die richtige Firma für mich. Nächste Woche habe ich wieder ein Gespräch, dieses Mal in Frankfurt. Diese Runde spiele ich noch mit, und danach cancel ich die ganze Sache. Weißt du, wenn es klappt, ist es okay, wenn nicht, mache ich mir auch keine Gedanken. Ich bin mir nicht so sicher, ob ich es so richtig möchte. Ich bin mit diesem Job doch sehr verbunden, denn wenn ich die kostspielige Ausbildung mache, fühle ich mich verpflichtet, länger zu bleiben. Ich werde dann mein ganzes Leben umorganisieren müssen und bin gar nicht mehr flexibel. Ich frage mich immer wieder, ob ich das nach den Monaten Freiheit noch kann und will."

„Dann geh mal in dich und überleg es dir genau, es könnte doch schneller, als du denkst, eine Zusage kommen. Was dann? So, jetzt sollte ich wieder los, ich schaffe gerade noch den Termin beim Steuerberater. Ich glaube, du hast dich beruhigt, Emel oder? Wir sehen uns ja am Donnerstag." Meine Klara, wenn sie ganz besonders sanft gestimmt und in Trösterstimmung war, nannte sie mich bei meinem Kindernamen.

„Schade, ich könnte uns noch was Feines kochen, aber du hast recht, es besteht kein akuter Notfall mehr. Ich verziehe mich in meine Rotlichtkammer und tue etwas für meine Gesundheit. Dank dir auch schön für deine moralische Unterstützung, es geht mir schon wieder besser. Vielleicht war es gut so und kam zum richtigen Zeitpunkt, damit ich wieder auf den Boden zurückkehre. Mach's gut, meine Liebe, bis übermorgen."

„Bussi, Bussi, tschüss. Denk immer daran, was uns deine Mama gesagt hat, wenn wir Liebeskummer hatten: Andere Mütter haben auch schöne Söhne."

Ich saß wohlig in meiner Kammer und grübelte. Meine Kammer war eine Art Sauna, nur mit Rotlicht und nicht so heiß. So etwa sechzig Grad, sagt die Beschreibung, und auch die Menschen, die was davon verstehen, sagen, es sei die richtige Temperatur. Deshalb und weil das auch schrecklich gesund sein soll, hatte ich mir dieses Ding aufschwatzen lassen, und zwar von Christian, an einem verkaterten Morgen bei Nina und Family.

Christian war der Nachbar von Nina. Sehr attraktiv und ledig war er, auch für ältere Mädels wie mich. Und er war ein Strahlemann par excellence. In seiner Gegenwart fühlte man sich im Mittelpunkt seiner Sinne, er war eine Sünde wert. Das fand auch Nina, aber sie war im Nachteil, schließlich war sie verheiratet. Ich jedoch war Single und Christian flirtbereit. Was sind schon zehn Jahre Altersunterschied an einem lauen Sommerabend bei eisgekühltem Aquavit? Christian war Däne und trinkfest. Ich weniger. Nach dem fünften Jubi und einem sehr feuchten Zungenkuss riss mir der Film.

Am nächsten Morgen hatte ich einen riesigen Kater, und Christian war noch oder schon wieder da. Dann begann er, meine Verlegenheit ausnutzend, mit einer genialen Verkaufstaktik.

Zugegeben er war professionell und richtig gut, besser als sein schlabbriger Kuss, dachte ich immer noch leicht benebelt. Altpromille nannte man das wohl. Eingewickelt in eine dicke Portion echter geheuchelter Freundschaft, laberte er uns beim Katerfrühstück voll.

„Ich will euch hier auf keinen Fall etwas aufs Auge drücken, mit guten Freunden mache ich keine Geschäfte", und mit einem Augenzwinkern in meine Richtung, schuldbewusst lief ich sofort puterrot an und verfluchte die vielen Aquavits, fuhr er fort: „nach einer so tollen Nacht schon gar nicht. Dann hielt er uns, die wir uns wegen großer Lethargie nicht wehren konnten, einen Vortrag über das Wunderding aus dem elterlichen Geschäft, einer Weltneuheit namens Rotlichtkammer. Bereits in sämtlichen First Class Hotels waren sie vorhanden und nun auch erschwinglich für Privathaushalte.

Gut gegen alle Krankheiten, ob Herz/Kreislauf oder Knochen, Asthma oder Gefäße und bla bla bla ... Meine Aufmerksamkeit ließ nach, ich fühlte mich schlecht, musste aber doch bewundernd seine Standfestigkeit anerkennen. Er hatte mindestens doppelt so viele Kurze getrunken wie ich. Den Dänen wurde augenscheinlich die Kunst des Vielsaufens in die Wiege gelegt.

Es interessierte mich herzlich wenig, was er da so plapperte, als er einen rhetorischen Schachzug landete. So ganz nebenbei, fast als Postskriptum, fügte er, als ich schon fast eingeschlafen war, noch hinzu, es gäbe da noch eine nette kleine Nebenwirkung: „Man nimmt ziemlich ab, und die Orangenhaut, unter der viele der Ladies leiden, vermindert sich erheblich.“ Ich war wieder da und hellwach.

Hinterher, als der charmante Scheißkerl den fetten Scheck, fett trotz dickem Freundschaftsrabatt, kassiert hatte, amüsierte ich mich nun doch sehr über seine tolle Strategie. Wie dem auch sei, ich war im Besitz dieses Jungbrunnens und benutzte ihn auch. Mindestens jeden zweiten Tag sollte man laut Anweisung hinein. Das war zu machen. Eine halbe Stunde Zeit konnte man leicht erübrigen. Sollte ich jeden Tag nur hundert Gramm abnehmen und dann nur noch ein wenig fettarm essen, dann ... ja dann wäre ich in einigen Wochen schlank wie Twiggy. Obwohl ... Rick hatte mich so wie ich war kennengelernt! Da war er wieder!

Emma, diesen Namen hatten wir gestrichen, ermahnte ich mich.

Die Anfangseuphorie ließ schnell nach. Jeden Tag schaffte ich es nur in der ersten Woche.

Dann klappte es nur jeden zweiten Tag, und schließlich war ich froh, wenn ich zweimal pro Woche in die Kammer ging. Denn es war ja nicht nur die halbe Stunde Zeitaufwand. Das Ding sollte vorher aufgeheizt werden, 15 Minuten, hinterher möglichst eine Ruhezeit eingeplant werden, zwanzig Minuten. Anschließend heiß und kalt duschen, noch mal 15 Minuten. Eincremen, natürlich mit Anti Cellulitesalbe (schweineteuer), zehn Minuten. Haare auch bei nur sechzig Grad verschwitzt und wischmoppähnlich, also Lockenstab, zehn Minuten. Anziehen, fertig. Summa summarum eine Stunde vierzig Minuten Zeitaufwand.

Immer noch Frust

„Diese Fernsehzeitung kaufe ich auch nicht mehr!" In hohem Bogen warf ich das Objekt meines Zornes quer durch das Zimmer. Es landete knapp neben dem Putzeimer.

„Was hat dir denn diese arme Zeitung getan?" Anna schüttelte fragend den Kopf. Solche Ausbrüche war sie nicht gewöhnt von mir.

Anna, mittlerweile in die Jahre gekommen, war klein, rothaarig und Analphabetin. Sie war schon bei meinen Großeltern im Haushalt gewesen und hatte fünf Kinder auf die Welt gebracht, von vier verschiedenen Männern. Der letzte hatte sie dann geheiratet, und ihm gebar sie aus Dankbarkeit ein weiteres Kind, diesmal ehelich. Ich hing sehr an Anna, denn ich kannte sie schon von Kindesbeinen an. Ich erinnerte mich noch genau, wie sehr ich mit meinen Cousins zusammen die gute Seele geärgert hatte. Denn als wir herausbekamen, dass Anna weder lesen noch schreiben konnte, hatten wir Oberwasser. Soviel zum Thema Kinder können grausam sein! Immer wieder versuchten wir die arme Frau aufs Glatteis zu führen.

Anna hatte ihre Söhne alle nach berühmten Fußballspielern benannt. Uwe (Seeler), Jürgen (Klinsmann), Stanley (Libuda), Sepp (Maier) und Franz (Beckenbauer). Stanley hatte es uns dreien besonders angetan. Wir hatten damals das erste Jahr Englischunterricht in der Schule, und das brachte uns auf eine gemeine Idee.

„Anna, wie heißt dein Jüngster?"

„Stanley." Sie sprach es Schtanläi aus.

„Das ist Englisch, gell, Anna?" ließ Rolf nicht locker.

„Ja, ja, Englisch, wie der Fußballer, der gute do (deutsch: da) aus England."

„Wie schreibt man das denn, Anna?"

„Ei, Rolf, du Dummer, wie man es spricht", konterte sie bauernschlau und artikulierte überdeutlich diesen Namen, indem sie ihn halb buchstabierend in die Länge zog: „S c h t ä n l ä i."

So schlug sie uns böse Kinder mit eigenen Waffen.

Später, als ich begriff, was es bedeutet, Analphabet zu sein, tat mir alles schrecklich leid, und ich bewunderte diese einfache Frau, die eine echte Lebenskünstlerin war und alle ihre fünf Kinder ordentlich erzogen hatte.

Nun war Anna einmal pro Woche bei mir, teils aus Sentimentalität, denn beim gemeinsamen Mittagessen sprachen wir beide gerne über die alten Zeiten, teils aus Notwendigkeit, denn trotz ihrer inzwischen 65 Jahre war die zierliche Frau noch wieselflink und sah jeden Schmutz, eine Gabe, die mir gänzlich abging. Außerdem wusste ich, dass das Geld bei ihr knapp war, und ich wollte sie einfach etwas unterstützen.

Was nun hatte die harmlose Zeitung mir angetan?

Beim Überfliegen des Vormittagprogramms – Anna putzte besonders gründlich bei „Dr. Frank, der Arzt, dem die Frauen vertrauen" – entdeckte ich in der Spalte „Eurosport" ein Bild, nein ein Bildchen eines Sportlers, eines Golfers, des Golfers, meines Golfers. Diese Zeitschrift kostete eins vierzig. Gut, sie war nicht so ausführlich und bedachte nicht jede Sendung mit Kommentar, aber musste sie von Hunderten bekannten Golfern der Welt, ach was, Tausenden, ausgerechnet diesen einen abbilden, den, der nicht einmal zu den Top Ten gehörte, geschweige denn sonst irgendwie aktuell war, warum? Wo ich doch gerade dabei war, zu vergessen.

Belüg dich doch nicht selbst, Emma Elisabeth. Du hast doch nur auf einen solchen Wink gewartet. Vergessen ...! Dass ich nicht lache, du denkst morgens beim Aufwachen an ihn und gehst abends mit ihm ins Bett. Und tagsüber kommt er dir mindestens hundert weitere Male in den Sinn.

Auch der intensive Flirt mit dem Tiefgaragennachbarn aus dem Haus hatte nicht den gewünschten Erfolg gehabt. Eher könnte man sagen, einen bitteren Nachgeschmack. Dabei fing es so niedlich an, auf hohem Niveau, vielversprechend. Er traf mich oder ich ihn, in der TG. Er ging, ich kam. Man tauschte die üblichen Höflichkeiten aus.

„Na, lange nicht gesehen, wie geht es denn, wohin des Weges?"

„Gut, danke, ich muss zur Arbeit, hab dich auch lange nicht gesehen."

„Was, zur Arbeit? Jetzt, am Nachmittag, was ist denn das für ein Job?"

Ich wollte natürlich wieder einmal alles ganz genau wissen, denn dieser nette Mensch war nachts nie da, dafür stand sein Auto fast den gesamten Tag auf seinem Platz. Ich hatte schon vermutet, er sei möglicherweise ein militanter Fußgänger oder grüner Radler, von denen es gar viele in dem schönen Taunus gab. Es stellte sich dann sehr schnell heraus, er war Croupier in der Spielbank, das Rätsel war gelöst.

„Oh, nun geht mir der berühmte Kronleuchter auf, bei der Spielbank, toll, aber das nutzt mir auch nichts mehr. Ich glaube, ich habe weder Glück in der Liebe noch im Spiel."

Am gleichen Abend, als ich noch mal eben schnell zu Aldi wollte, fand ich einen Brief unter meinem Scheibenwischer.

Hier spricht WI-IO 35, zu WI-SF 17. Hallo, ich bin der Hannes, Dein Autonachbar. Dein trauriger Spruch von Glück und Liebe ist mir den ganzen

Nachmittag nicht aus dem Kopf gegangen, sogar auf dem Zahnarztstuhl nicht, da war ich nämlich noch vor der Arbeit. Letzteres könnten wir ja mal versuchen zu ändern. Wie wär's mit einem Date auf ein Bier oder ein Glas Wein? Ruf mich an, wenn Du auch Lust dazu hast. Ich bin Dir auch nicht böse, wenn Du nicht möchtest. Bis hoffentlich bald, Hannes.

Von SF 17 an IO 35.

Hallo Hannes,

klar möchte ich mit Dir ein Bier trinken. Ruf Du an, ich habe mehr Zeit und kann mich nach Dir richten. Übrigens, ich heiße Emma.

Bis bald, ich freue mich.

Tel.

Emma

Zwei Tage später saßen wir dann in einer urigen Kneipe, dem Nürnberger Hof in Frauenstein. Als wir uns in der Nacht trennten, keiner war so richtig müde, waren wir uns sicher, wir treffen uns wieder. Wir hatten uns unendlich gut unterhalten, wie zwei alte Bekannte, waren vom Hundertsten ins Tausende gekommen, und es war nicht eine Gesprächslücke entstanden. Er war gebildet, Jurist von Beruf, erzählte sehr amüsant Anekdoten aus seinem Croupierdasein und war wie ich Ureinwohner von Wiesbaden. Das verband uns beide sofort. Schade eigentlich, dass er erst 32 war. Entweder lernte ich Greise kennen, kurz vorm Abamseln, oder Buben, noch mit Eierschalen hinter den Ohren.

Hannes hatte zwar keine Eierschalen mehr hinter den Ohren, aber er war augenscheinlich halbblind. Ich wollte ihn erst mal zum Optiker schicken, denn er hatte den kleinen Altersunterschied von lächerlichen zehn Jahren total übersehen. Es war wirklich witzig, wir sprachen über alles, über die Gewerkschaft, er war Betriebsratsvorsitzender und parteilich ritzerot, ich war rabenschwarz und hatte in meiner Ära als Geschäftsfrau die Gewerkschaften bis aufs Blut mit aller Inbrunst bekämpft. Über Kondome, er als Single benutzte immer Kondome, ich hasste selbige, erstens wegen intensiven Gummigeruchs, zweitens wegen stark verminderter Gefühle.

Ja, klar, Aids, aber davor konnte man sich auch anders schützen, man musste ja nicht gleich am ersten Abend miteinander ins Bett hüpfen, aus dem Alter der One-Night-Stands war ich raus. Es war so rundherum ein schöner Abend, ich hatte nicht ein einziges Mal an Rick gedacht, und ich freute mich schon auf ein nächstes Treffen. Etwas zu viel in Richtung gemeinsame Planung war in seinen Worten angeklungen, das schien mir nun doch zu früh.

Trotz vieler guter Ansätze hatte es bei mir nicht „klick" gemacht. Wie auch? Mein Herz war auf Einbahnstraße programmiert und noch nicht wieder fit für einen neuen Probelauf.

Hallo Hannes,

es war ein supertoller Abend, und ich möchte mich dafür bei Dir bedanken. Ich habe es sehr genossen mit einem gebildeten, humorvollen Mann eine lange Nacht zu plaudern und freue mich auf ein nächstes Treffen. Bitte vergiss bei Deinen vielen Plänen nicht, ich bin ein sogenanntes gebranntes Kind und nicht gewillt, so schnell wieder eine engere Bindung einzugehen. Lass uns die Sache, auch in Anbetracht des Altersunterschiedes, gemächlich angehen. Sicherlich möchte ich, nach dieser langen Durststrecke gerne wieder mal mit einem Mann zusammen sein, aber ich liebe meine Freiheit zu sehr, um mich so schnell wieder zu binden.

Also, auf gute Freundschaft, mit vielen guten Gesprächen,

Emma

Es ist wirklich so, ich habe es zwar immer vehement behauptet und in vielen Büchern gelesen, aber nun erfuhr ich am eigenen Leib: Männer und Frauen sprechen zwei verschiedene Sprachen!

„Hallo Klara, danke, dass du wieder mal spontan Zeit für mich hast. Du glaubst nicht, in welche Situation ich mich wieder mal hineinmanövriert habe."

„Nun mal langsam und der Reihe nach, ich verstehe kein Wort", unterbrach Klara meine Redeflut, die über sie hereingebrochen war, als ich die Tür geöffnet hatte. „Hab ich das richtig kapiert, du hast ihm diesen Brief da", sie tippte auf das Schreiben vor mir auf dem Tisch, „geschrieben, und er hat dir darauf als Antwort diesen Wisch hier an dein Auto geklemmt?"

„Korrekt. Ich bin wahrscheinlich zum ersten Mal in meinem Leben rot geworden beim Lesen eines Briefes. Mir war richtig übel, und es ist mir auch entsetzlich peinlich, so missverstanden worden zu sein. Irgendetwas läuft falsch in meinem Leben, wenn man ein bisschen offen und fröhlich plaudert und meint, man habe eine verwandte Seele gefunden, wird einem alles falsch ausgelegt. Pfui Teufel. Klärchen, was mach ich, wenn er wiederkommt und gleich mit mir unter die Dusche will?"

„Reg dich ab, er ist erst mal 14 Tage fort, hast du gesagt, und bis dahin haben wir uns längst etwas überlegt."

„Er sieht aus wie ein leicht verknöcherter Buchhalter, der ab und zu über seinen Brillenrand hinausguckt, eher konservativ und harmlos, aber das sollen ja oft die Schlimmsten sein, hier ist der Beweis.“

Ich war empört und nicht leicht zu besänftigen. Es war auch starker Tobak, was da stand. Dieser Mensch mit Namen Hannes hatte detailliert beschrieben, und zwar auf eine äußerst pornographische Weise, was er mit seiner sexwilligen, jedoch bindungsunfähigen neuen Freundin zu tun gedachte, wenn er aus dem Urlaub, wohlgemerkt Urlaub mit seiner Mutter, zurückkäme. Es waren so ordinäre Details enthalten, die mich immer wieder erschaudern ließen.

Igitt. Allein den Ausdruck wilder hemmungsloser Sex fand ich im Zusammenhang mit ihm geradezu zum Kotzen. Klara fand wie immer die richtigen Worte, und es gelang ihr, mich auf den Boden zurückzuholen. Ihrer Meinung nach war er sicher nach den 14 Tagen Urlaub mit seiner Mutter stark geläutert, und ich sollte doch dann in Ruhe mit ihm über das Missverständnis sprechen. Das hatte ich auch vor.

Als er dann schon nach einer Woche anrief, war ich total unvorbereitet. Ich hatte den Gedanken an diese Auseinandersetzung immer wieder verschoben. Nun war es zu spät, er war an der Strippe und wollte gleich zu mir kommen. Passenderweise stand er dann fünf Minuten später im Jogginganzug, kaugummikauend (wohl wegen des guten Atems, dachte ich sofort und schüttelte mich) vor der Tür. Zum Glück bekam er gerade noch mehr oder weniger elegant die Kurve, ob der ernsten Worte und der sehr distanzierten Haltung des Objektes seiner Gelüste. Nach dem klärenden Gespräch verabschiedete er sich dann rasch mit der Bitte, ich solle doch diesen Brief vernichten, damit er nicht in falsche Hände käme. Er lachte dabei so nett verlegen, dass ich ihm nicht mehr böse sein konnte.

Verdrehte Welt. Hätte ein anderer einen ähnlichen Brief geschrieben, wer weiß?

Emma und Rick

Er war in Köln, stand da in diesem eins vierzig teuren Blatt, spielte dort bei der German Masters mit und war nur zwei Stunden entfernt von mir (bei einer Geschwindigkeit von circa 180 km/h).

Näh einfach weiter und vergiss es! sagte ich mir und widmete mich erneut den anzunähenden Knöpfen an der fertigen Decke. Es ging nicht. Nur zwei

Stunden Fahrt mit dem Auto, und du könntest ihn sehen. Vielleicht nur von weitem, du brauchst ja gar nicht hinzugehen, nur mal gucken, ob er so ist wie jede Nacht in deinen Träumen. Vielleicht magst du ihn ja nicht mehr und stellst fest, dass du dich geirrt hast. Man kann einen Mann nicht lieben nur wegen eines Kusses und einer Stunde Kennen. Sicher hat er auch seine Neue dabei, die, die er heiraten will. Schau sie dir nur an, dann bist du geheilt. Und sicher ist es das Au-pair seiner Kinder, die schöne Valerie, 25 Jahre, 90/65/90. Du hast doch kürzlich für dich beschlossen, du heiratest nur noch einen Mann mit 90/42/90. Neunzig Jahre alt, 42 Grad Fieber und neunzig Millionen Euro auf der Bank. Jetzt treffe ich mich erst einmal mit Conny und gehe mit ihr ins Café. So verschob ich die Entscheidung, ob oder ob nicht, auf später, packte die Näharbeit in die Ecke und zog los.

Eine der fertigen Decken nahm ich mit, um sie meiner Bekannten zu zeigen. Vor kurzem hatte ich die geniale Idee gehabt, Leoparden- Nerz- oder Tigerkuscheldecken zu nähen und dann zu verkaufen. Es gab eine Menge Leute, die nicht wussten, was sie ihren Lieben oder auch sich selbst zu Weihnachten schenken sollten. Den Einfall hatte ich schon ein Jahr zuvor gehabt, als ich eine Nerz-(natürlich alles Imitat)-decke für sündhaft teures Geld in einem Einrichtungsladen entdeckte.

Aus Spaß holte ich mir gleich alle Zutaten und zauberte ein kleines Nerzplaid für den Eigenbedarf. Die Resonanz meiner Gäste war erstaunlich. Sie waren uneingeschränkt begeistert und schlugen vor, ich solle doch in Serie gehen und nach Auftrag arbeiten. Damals hatte ich lachend abgelehnt, aber nun die Idee aufgegriffen und – den Leo-Boom ausnützend – mich an die Arbeit gemacht, um die Finanzsituation ein wenig zu verbessern.

Natürlich stellte ich in meiner kleinen privaten Heimwerkstatt ausschließlich Unikate her, nach dem Motto „Nobel geht die Welt zugrunde". Mal mit Steppfutter oder Seide abgefüttert waren die wilden Tierdecken kleine Kunstwerke, die ich mir auch gut bezahlen ließ. Schließlich war es ein Haufen Arbeit, diese Dinger zu nähen, und meine Arme waren hinterher bleischwer von dem beachtlichen Gewicht. Mein Favorit war ein Ozelotplaid mit Waschlederimitatunterseite, eingefasst mit Satinband – natürlich Ton in Ton. Eben dieses Teil, den Prototyp, wollte ich nun Conny zeigen, die wiederum die Kollektion verkaufen sollte. Ich hatte den dringenden Wunsch, im Hintergrund zu bleiben, und wollte nicht als Näherin auftreten.

Conny hatte sehr elitäre Kundschaft, sie besorgte nachgemachte Taschen der wichtigsten Nobelmarken aus aller Welt und hatte sich liebevoll bereit erklärt, meine Decken unter die Leute bringen. Es war schon zum Lachen, die Damen der High Society kamen in Scharen und schmückten sich mit den zugegeben exzellenten Imitationen.

Mein Großvater hatte zu uns Kindern immer schon gesagt: „Von den reichen Leuten kann man sparen lernen." Er wusste, wovon er sprach, denn war selbst reich und entsetzlich geizig.

Conny, eine große, attraktive Blondine, Mitte dreißig, für jedes Geschäft zu haben, war begeistert. Erstens von der Idee, denn sie war ebenfalls gerade auf dem Tigertrip, zweitens von dem Probeexemplar, welches sie am liebsten gleich für sich selbst behalten wollte, und drittens hatte sie die grandiose Idee, ich solle zu den Decken auch noch die passenden Kissen und Tischläufer anfertigen.

„An die Tischläufer müssen unbedingt Troddeln dran, das ist der neueste Hit, du wirst sehen, mein Schatz, du kannst dich vor Aufträgen nicht retten."

„Troddel finde ich fürchterlich und geschmacklos, außerdem hat doch jede Frau einen Trottel zu Hause, das langt doch, oder nicht?" fing ich den Ball gekonnt auf.

„Schatzi, wie bist du eigentlich momentan drauf? Ich bemerke das schon seit geraumer Zeit. Wieso bist du so männerfeindlich, nicht jeder liebevolle Ehemann muss gleich ein Trottel sein. Hast du nicht vor kurzem noch von einem trauten Heim und wunderbarer Zweisamkeit geträumt?"

„Inzwischen bin ich desillusioniert worden, auf raue Art und Weise. Nun bin ich der Meinung, wahre Liebe gibt es nur zwischen Frauen", lachte ich. „Aber Spaß beiseite, ich glaube fest daran, getrennte Wohnungen sind die Garantie für eine funktionierende Beziehung."

„Oh Gott, hoffentlich ist das nur eine Phase, aus der du wieder herausfindest, ich sehe dich so gar nicht als zweite Alice Schwarzer. Aber mal im Ernst, wie rasch kannst du so ein Set, bestehend aus Plaid, Kissen und Läufer fertigstellen?"

Conny war ganz schnell wieder beim Geschäft und hatte sich kurzerhand schon auf einem Schmierzettel die Namen der Damen notiert, die sie zuerst ansprechen wollte.

„Ich bin ziemlich schnell, es macht mir zudem großen Spaß. Für die Decke brauche ich etwa vier Stunden, wenn ich dranbleiben kann, und für ein Kissen mit Keder ungefähr ..." Mitten in meiner Hochrechnung läutete mein Handy. Unwillig, weil ich vergessen hatte, es abzuschalten, wühlte ich in meiner Tasche. Ich konnte Menschen nicht leiden, die ständig mit dem Mobiltelefon am Ohr herumliefen, und es war mir auch peinlich, diese Miss-Marple-Melodie gerade jetzt und hier in penetranter Lautstärke zu hören.

Während ich auf die grüne Taste drückte, hatte ich das Gefühl, alle im Umkreis von zehn Metern sitzenden Personen hätten schlagartig ihr Gespräch abgewürgt und schauten auf mich.

Mein „Hallo“ klang nicht gerade sehr freundlich, obwohl ich wusste, dass der Anrufer nichts dafür konnte, dass ich vergessen hatte, das Ding auf stumm zu stellen. Dann, als ich nichts hörte, sagte ich noch ein wenig lauter: „Hallo, wer ist denn da?“ Nach einer kleinen Pause hörte ich: „Hello, who is there? Are you Emma?“

Diese Stimme!!! Das kleine Telefon fiel mir vor Schreck aus der Hand. Von der Hand in den Schoß, und dann rutschte es im Zeitlupentempo auf den Boden. Von dort aus schlitterte es, in Fahrt gekommen, unter den Nachbartisch. Ich saß da, wie hypnotisiert. Ich nahm alles um mich wie durch eine Nebelwand wahr, sah, wie hilfsbereite Menschen sich nach dem Handy bückten, es weiterreichten bis hin zu meinem Tisch, aber ich selbst war unfähig, mich zu rühren.

Das hatten wir doch schon mal!

Erst als Conny es mir wieder in die Hand drückte und mich dabei ansah, als sei ich total bekloppt, reagierte ich. Es waren sicherlich tausend Minuten vergangen, und der Anrufer hatte aufgelegt. Doch dem war nicht so.

Ich hielt es an mein Ohr und fing an zu lächeln, so als sei ich nicht von dieser Welt, so wenigstens beschrieb es die Freundin mir später.

„Hello. Yes, it’s me, Emma. Who are you?“

„Hi Emma, wonderful to hear you. I think, you can imagine, who I am.“ Ziemlich eingenommen von sich, der Herr. „I don’t want to wait any longer, we should meet. I am in Germany. Do you want to see me?“

Mein Gott, diese Stimme, ich war froh, dass ich saß, ich hatte weiche Knie und zittrige Hände. Doch meine Stimme hatte ich wieder unter Kontrolle. „Guess, you are Rick. Aren’t you? Nice to hear your voice. Okay, let us meet in Köln, I live not far away.“ Pause. „But before all I have one question.“

„Only one, dear? Are you sure?“

Er war schon wieder frech und hatte dabei bestimmt sein besonderes Lächeln, von dem ich hoffte, dass er es nicht so oft zum Einsatz bringen würde. Es hatte auf mich eine verheerende Wirkung, wenn er auf diese Art lächelte und sein Blick dabei an Tiefe gewann. Sein sonst eher hartes Gesicht wurde für diesen kurzen Moment ganz weich und verletzlich.

„Yes, I am sure.“ Ich ließ mich nicht aus der Spur bringen. „The one and only question. Are you married?“ Ich musste das Telefon vom Ohr weghalten, so sehr lachte Rick am anderen Ende der Leitung.

„You are great, darling. No, I'm not married, not yet.“

Was heißt jetzt das schon wieder? Noch nicht. Und eine Weile später sagte ich dann zu Conny: „Du musst mir ein Alibi geben, ich habe keine Lust, meiner Familie großartig Erklärungen abzugeben. Ich werde nach Köln fahren.“

Nie wieder Golf?

Verdammt, ich glaube, ich habe mich verfahren. Ein Kilometer kann doch gar nicht so lang sein, schimpfte ich innerlich. Ich fuhr an den Straßenrand, um die ungeduldigen Autofahrer vorbeizulassen. Die kannten augenscheinlich ihren Weg, so schnell, wie sie an mir vorbeidüsten. Es war ja recht, man kann nicht mit dem Golf-Führer hantieren und dabei fahren. Hier stand: Nach einem Kilometer biegen Sie rechts ab, in Richtung Lärchenhof, es ist sehr gut ausgeschildert. Und nach etwa 500 Metern sehen Sie schon die ersten Parkplätze.

Nix war zu sehen. Hier stand ich nun, bis jetzt noch gut in der Zeit, und fluchte laut vor mich hin: „Jetzt bin ich in aller Herrgottsfrühe aus den Federn gekrochen, um ja pünktlich zu sein, und nun, so kurz vor dem Ziel, mache ich schlapp. Das kann's doch nicht sein. Ganz ruhig bleiben, keine Hektik, du kannst es noch schaffen.“

Ich zwang mich zur Ruhe, wendete den Wagen und fuhr zurück auf die Hauptstraße. Manchmal ist ein Navigationsgerät schon toll, aber die gab es damals nur in großen Autos. Für meine kleine, blaue A-Klasse hätte es extra gekostet, und das war es mir nicht wert gewesen.

Dann entdeckte tatsächlich ein Hinweisschild, das ich wohl übersehen hatte. Na endlich, da war schon in der Ferne die für ein Golfturnier typische Silhouette: die weißen Zelte, die vielen Wagen und ... Ich schnupperte, es roch nach Turnier.

Schon am Morgen hatte ich es gespürt, es war Golfwetter. Ich liebte es, obgleich ich immer stöhnte, wenn ich so früh rausmusste, an einem frühen Herbstmorgen, wenn der Tau noch auf den Blättern lag und die Wiesen fast regennass waren, über einen Golfplatz zu stapfen. Überall hatten dann die Spinnen ihre Kunstwerke in die Äste der Bäume und Büsche gespannt. Es war so ruhig, ein wenig kühl, der Nebel machte die Welt noch diesig, aber der Tag versprach wieder richtig schön zu werden. Warum nannte man eigentlich diese warmen sonnigen Herbsttage Altweibersommer? fragte ich mich.

Parkplatz A war der Richtige. Doch der Mensch mit Mütze und Kelle winkte schon ab. Wie viel Uhr war es? Zehn. Rick wollte um 11.30 Uhr auf die Runde, das reichte noch, gesetzt den Fall, ich käme an diesem Parkwärter vorbei.

„Hier ist alles voll, oder haben Sie eine Sondererlaubnis?“

Richtig höflich dieser Mann. Mein Gott, bin ich aufgeregt. Was sage ich ihm? Bin ich wieder Frau Fields? Nein, lieber nicht, das hat mir kein Glück gebracht. Ich war fürchterlich abergläubisch. Freitag, der Dreizehnte, schwarze Katze von rechts nach links, Spinne am Morgen bringt Kummer und Sorgen, Spiegel zerbrochen gleich sieben Jahre Pech, man könnte diese Liste noch ewig fortsetzen.

„Ich habe keine Sondererlaubnis, aber ich werde dringend erwartet.“

Mein Lächeln war zwar ein wenig schief, aber es verfehlte nicht die Wirkung. Der Offizielle beugte sich ein wenig vor und lachte mich an. „Das kann ich mir gut vorstellen, so eine hübsche junge Frau wird immer erwartet. Wer ist denn der Glückliche?“

„Einer der Spieler.“ So ganz geheuer war mir seine Freundlichkeit nicht, gleich würde er bestimmt wieder sein Amtsgesicht aufsetzen und wollte Ausweise sehen.

„Hallo! Jetzt lassen Sie sich doch nicht so die Würmer aus der Nase ziehen. Welcher Spieler? Ich habe die Anweisung, eine bestimmte junge Dame durchzulassen, wenn sie den richtigen Namen sagt. Also, heraus mit dem Zauberwort, und dann können Sie zu Ihrem Herzallerliebsten.“

Himmel, jetzt war ich mal zurückhaltend, dann war es auch wieder nicht recht! „Rick Fields erwartet mich.“ – Bravo, du hast es geschafft, du hast seinen Namen ausgesprochen.

„Dann sind Sie Emma, herzlich willkommen, fahren Sie bitte ganz durch bis an die Kassen. Dort melden Sie sich nochmals. Viel Spaß dann noch.“ Freundlich winkte er mir zum Abschied zu.

Na, das war doch ein gutes Omen. Ich konnte es nicht fassen, ich war durch und fuhr an allen geparkten Wagen vorbei bis zum Eingang. Welch ein Unterschied zu damals! Es stimmte, es gibt Namen, die Türen öffnen.

Irgendetwas passiert bestimmt noch, so glatt geht es bei mir doch nie, unkte ich vor mich hin. Ich traute dem Frieden so gar nicht. Wahrscheinlich wird er entsetzt abdrehen, wenn er mich erkennt.

„Hallo, ich bin die, die dich versetzt hat in Heidelberg. Erinnerst du dich?“ Oder „Versuchen wir es heut noch mal?“ Wen erwartete er eigentlich? Emma? Oder Emma? Ob er es gecheckt hatte, dass wir ein und dieselbe waren? „Zwei Seelen wohnen ach in meiner Brust“, würde ich ihm poetisch vortragen. (Hoffentlich gibt mein Englisch genug Poetik her!)

„Die eine ist Emma, die Stolze, die dich versetzt hat, und die andere ist Emma, die Liebe, die dich nicht vergessen konnte und versucht hat, dich aus deinem Tief zu ziehen. Wenn du mich willst, wirst du beide akzeptieren müssen – oder keine!“ Was aber, wenn er sich nur einen Scherz erlaubte und sich auf meine Kosten amüsieren wollte? Oder gerade auf einem sozialen Trip war und einem treuen Fan sehr pressewirksam mal einen unvergesslichen Tag bereiten wollte? Es war eine extreme Situation, der Countdown lief, gleich würde ich dem Mann meiner Träume gegenüberstehen.

Ich nehm’s mit Humor, egal, wie es ausgeht, das wird das Beste sein.

Innerlich war ich bis aufs Äußerste gespannt. So sehr, dass ich für einen kurzen Moment abdrehen und wegfahren wollte, zurück nach Hause. Ich stand nun auf der Schwelle in eine andere Welt – mit allen Konsequenzen? Sollte ich den Schritt gehen, es trennten mich nur noch fünf Meter vom Eingang. Einen solchen Mann hatte man nie allein. Er gehörte seinem Sport und seinen Fans. Er war ständig auf Reisen, lebte aus dem Koffer. Ich war zwar ein reiselustiges Wesen, schätzte aber doch eine heile Welt und ein Heim, in das ich mich zurückziehen konnte, wenn ich mal relaxen wollte. Könnte eine solche Kombination überhaupt gutgehen?

Witzig, ich hatte nie daran geglaubt, dass man in besonderen Situationen sein Leben nochmals im Zeitraffer sieht. Aber es war tatsächlich so. Man dachte an ganz viele Dinge gleichzeitig, die Bilder verschoben sich: Ehe, Kinder, Geschäft, die Flucht aus der alten in die neue Welt, die neue Emma. Bilder, die aneinandergereiht waren wie bei einem Leporello, das man durch die Finger laufen lässt, alles nicht wirklich real, ganz eigenartig.

„Alles Quatsch, Emma, du stürzt weder gerade ab, noch wirst du zu großen Entscheidungen gezwungen. Du hast lediglich ein Date mit einem tollen Mann, und du hast es dir seit Monaten gewünscht. Mach nicht einen solchen Akt daraus und genieße es.“ Ich hörte förmlich Klaras Stimme und lachte. Resolut stapfte ich zu den Kassen und erklärte dort mit Nachdruck, dass ich erwartet wurde.

Das „Sesam öffne dich“ klappte auch hier, und die beflissene Frau griff gleich zum Funkgerät. Ich war angekündigt, und man sagte mir, ich würde abgeholt. Da stand ich nun, fühlte mich der Situation ausgeliefert, zum Warten verdonnert. In dieser Rolle fühlte ich mich nicht wohl, Warten war nicht so meine Stärke. Also ging ich zum Leaderboard, sah mir die Teilnehmerliste an und suchte natürlich nach einem bestimmten Namen. Mit dem Finger in der Luft fuhr ich die Tafel runter und wieder rauf. Nichts.

„Hallo, schöne Frau, wenn du mich suchst, ich stehe hinter dir.“

Noch im Umdrehen fühlte ich seine Umarmung und schaute dann in sein Gesicht. Bevor ich irgendetwas sagen konnte, fühlte ich seine Lippen auf den meinen und ließ mich fallen. Das war es, wonach ich mich die ganzen Monate gesehnt hatte und was ich nicht vergessen konnte. Er hatte eine ganz eigene Art zu küssen. Erst heftig, fordernd, mir keine Chance lassend zur Gegenwehr, und dann wurde sein Kuss sanfter, zärtlicher, bis er schließlich mit meinen Lippen nur noch spielte. Ich ließ es einfach geschehen. Es war wundervoll und sollte bitte schön nicht aufhören.

„Bist du auch die Emma, die mir die Briefe geschrieben hat?“ Rick hielt mich immer noch im Arm,

„Ja, ich bin Emma, ich bin beide.“ Etwas verwirrt kehrte ich zurück in diese Welt.

„Ich habe es gehofft und mit Sunny gewettet, komm, wir suchen sie und trinken erst mal einen Kaffee zusammen, ehe wir auf die Runde gehen. Du bist sicher hungrig, bist früh aufgestanden. Ich verspreche dir, morgen darfst du länger schlafen.“

Dazu sage ich mal lieber gar nichts, dachte ich. Zumindest scheint er ganz selbstverständlich über das Heute hinauszuplanen.

Ich freute mich auf Sunny und erinnerte mich wieder an den Tag in Heidelberg. Vor dem Zelt hatte er mich damals noch Sunny vorgestellt, die nicht hineindurfte, da es nur den Spielern und ihren Frauen vorbehalten war. Die Caddies hatten einen anderen Aufenthaltsraum, was ich ungerecht fand. Rick, der mich darüber aufgeklärt hatte, schmunzelte, als ich etwas von Status und Klassengesellschaft vor mich hinmurmelte. Ich hatte mich nämlich gleich sehr gut mit Sunny verstanden, nachdem er mich ihr augenzwinkernd als seine Frau vorgestellt hatte.

„Endlich mal eine Nette“, war ihr kurzer, trockener Kommentar gewesen. „Bisher hat er nur Tussis ohne Hirn angebracht und sie zuweilen sogar geheiratet.“

Jetzt wird er böse, dachte ich damals und blickte ihn vorsichtig von der Seite an. Aber er hatte nur gutgelaunt gemeint: „Das haben wir doch alles schadlos hinter uns gebracht, Sunny, und du bist mir trotz allem treu geblieben. Außerdem habe ich jetzt Emma, und die hat augenscheinlich Gnade vor deinen kritischen Augen gefunden. Oder täusche ich mich?"

„Wer mit einer so tollen Idee die Marschalls austricksen kann, der muss mir gefallen. Und du hast Geistesgegenwart bewiesen und ihr aus der Patsche geholfen, das war sehr gut. Also, dann erholt euch mal erst von dem Schreck, aber anschließend wird noch gearbeitet", hatte sie gesagt und war in ihrer Kantine verschwunden.

Nur ungern hatte ich mich gleich wieder von ihr getrennt. Ich hoffte, dass ich noch Gelegenheit finden würde, mit Sunny zu quatschen. Wer dann das Thema sein würde, war wohl klar.

Rick hatte den Arm um meine Schulter gelegt und passte seinen Schritt rücksichtsvoll dem meinen an. Wir schlenderten zusammen über das Gelände, und es sah alles so selbstverständlich aus. Er war mir gar nicht fremd. Wie auch, oft genug hatte ich mich mit ihm beschäftigt, die Turniere angeschaut und mitgefiebert, wenn er gut spielte, und ebenso gelitten, wenn er wieder mal nicht weitergekommen war. Wie ich schon Klara sagte, er gehörte zu meinem zweiten Leben, dem Leben, das ich noch niemandem außer der Freundin offenbart hatte, weil es so verrückt war.

Ich blickte heimlich zu ihm hinauf und dachte: Vielleicht träume ich nur, und meine Fantasie geht wieder mal mit mir durch. Schnell zwickte ich mich in den Arm und war erleichtert, als es wehtat. Auf Ricks fragenden Blick hin, er hatte mich genau beobachtet, erzählte ich ihm einfach meine Gedanken. Warum auch nicht? Koketterie war nicht mehr angebracht.

„Ich glaube, alles war Schicksal. Auch ich habe dich nicht vergessen können. Immer musste ich daran denken, wie du mit der Kamera wild herumgefuchtelt hast und so süß aussahst in deiner verzweifelten Anstrengung, mich zu filmen. Und als du dann mit Per im Zelt warst, war ich fast schon eifersüchtig, bis ich merkte, dass du ihn nur als guten Freund betrachtest."

„Gib es zu, du hast gelauscht."

„Klar, ich wollte doch wissen, ob er dein Freund ist."

„Ich mag ihn sehr, aber er ist zu jung, ich könnte seine ..."

„Mutter sein, so fing alles an, do you remember, Love, und außerdem liebst du mich!"

„Du bist ganz schön eingebildet, mein Lieber, Liebe ist ein starkes Wort. Ich habe dich gehasst, weil du mich damals nur gefoppt hast. Die ganze Zeit hast du mich geneckt und nicht ernst genommen."

„Bist du deshalb nicht zu unserer Verabredung gekommen? Magst du nur Weicheier, die errötend deinen Spuren folgen?"

„Das hat wohl dein Ego verletzt? Hast du lange gewartet?" Auf die Weicheier ging ich mal lieber erst gar nicht ein.

„Mindestens fünf Minuten", lachte er frech, „dann habe ich mir gesagt, wer nicht will, der hat schon. Nein, Spaß beiseite, hattest du Angst vor mir? Warum bist du nicht gekommen? Per hat gemeint, es müsse etwas passiert sein, du seist sonst sehr zuverlässig."

„Du hast mit Per gesprochen? Wann?"

„Vor ein paar Tagen. Ich wollte es erst nicht, ich war einfach zu stolz, aber dann hat Sunny mich überredet, von ihm habe ich auch die Telefonnummer."

Dann hat er meinen Brief mit meiner Nummer nicht erhalten. Und ich Depp hatte alles vermutet, nur nicht das. Ganz scheinheilig fragte ich ihn daraufhin: „Wie viele Briefe hast du denn von mir bekommen?"

„Lass mich nachdenken, ich glaube, es waren sechs oder sieben. Der letzte war etwas merkwürdig. Was meintest du mit: It's time to say goodbye?"

Nein, er war wirklich nicht wie die anderen, er freute sich diebisch, wenn er mich in Verlegenheit bringen konnte, wie gerade eben.

„Vergiss es, ich will nicht darüber reden, wenn die Zeitungen aber auch jeden Quatsch schreiben."

„Vielleicht wollte ich ja, dass das Golf Journal diesen Quatsch schreibt? Vielleicht wollte ich damit eine gewisse Dame aus dem Hinterhalt locken?"

„Du willst aber nicht sagen, du hast das absichtlich getan? Doch, du hast es, du Schuft, ich seh es dir an, lach nicht so, ich kann es nicht glauben. Du hast Millionen von Menschen angeschwindelt und, und ..." Ich geriet ins Stottern.

„Siehst du, kleiner Aufwand, große Wirkung. Aber mal ehrlich, ich habe lediglich verkündet, dass ich es satt habe, allein durch die Welt zu jetten und deshalb daran denke, wieder zu heiraten."

„Wen? Valerie?" Jetzt wollte ich es wissen! Wenn er schon mal dabei war, ging es in einem Aufwasch.

„Bullshit, Valerie ist das Au-pair meiner Kinder und ohne Chance, was mich anbetrifft. Mein Schatz, ich heirate nur dich."

Da war es wieder, dieses Lächeln, das ich so fürchtete.

„Sorry, du sagst besser mal nichts, denn jetzt muss ich dich erst noch mal küssen, ich habe viel zu lange darauf gewartet.“

Er blieb stehen, zog mich an sich und küsste mich. Kurz und sehr zart, so als wolle er mich nicht erschrecken.

Das Turnier

Rick fuhr den Buggy, ich saß auf dem Beifahrersitz, und Sunny thronte hinten. Konzentriert fuhren wir Loch für Loch ab, schauten nach den Entfernungen und schrieben alles fein säuberlich in das Meterbuch, der Bibel aller Golfer. Ohne dieses Büchlein wäre der Spieler aufgeschmissen. Darin befanden sich alle Abmessungen, wo und wann, welcher Schläger zum Einsatz gekommen war, wie weit der Schlag war, und wie weit er hätte sein müssen, laut der Abmessung und der Reichweite des gewählten Schlägers.

Die Routine vieler Turniere war sehr hilfreich, und die beiden gut eingespielten Profis waren sich ohne große Diskussion schnell einig, wo welcher Schläger eingesetzt werden konnte und wie das Grün zu attackieren war. Unterwegs trafen wir natürlich auf einige Kollegen, die auch den Platz abschritten oder eine Runde spielten. Ich stellte enttäuscht fest, dass die Profis nicht miteinander kommunizierten, man winkte sich oft nur einen kurzen Gruß zu, und jeder erledigte für sich sein Tagespensum. Eigentlich dachte ich, alle seien wie in einer großen Familie. Man sah sich ja Woche für Woche und wuchs dementsprechend auch zusammen, aber das war hier nicht zu spüren. Vielleicht lag es auch daran, dass Rick unter den Kollegen nicht sonderlich beliebt war. Er war ein Außenseiter und nicht immer bequem, kein Strahlemann und Sonnyboy wie einige andere auf der Tour. Ich beschloss, ihn bei Gelegenheit danach zu fragen. Zwischendurch trafen wir auf Ian, einen der wenigen, echten Freunden von Rick. Das wusste ich aus der Presse. Der kleine Waliser hatte einige Ryder Cups mit ihm zusammen gespielt, erfolgreich, und gehörte auch zu den besten Golfern der Welt.

Ian und seine Frau Susan waren auf dem Weg zum ersten Abschlag, kamen aber sofort zu uns und beäugten mich interessiert. Während die Männer kurz über den Platz fachsimpelten, kam Su zur mir rüber und setzte sich mit in den Buggy. Rick hatte uns einander kurz vorgestellt und mich, wieder mal mit einem Augenzwinkern, Frau Fields genannt. Das Erlebnis mit dem Marschall in Heidelberg hatte sich wohl bis zu den beiden herumgesprochen, und Su wollte es nun genau wissen.

„Sie müssen Emma sein, oder? Keine Sorge“, fügte sie beruhigend hinzu, als sie mein Stirnrunzeln sah, „nur mein Mann und ich wissen davon, und wir haben uns gewundert, wie hartnäckig unser guter Rick die Sache verfolgt hat, das entspricht so wenig seiner sonstigen coolen Art. Aber“, fuhr sie fort und schaute mir dabei offen ins Gesicht, „jetzt, wo ich dich kennengelernt habe, schon in dieser kurzen Zeit, ist mir klar, warum.“

„Da bin ich aber gespannt, Sunny hat etwas Ähnliches behauptet und von Tussis ohne Hirn geredet. Ziemlich respektlos“, lachte ich. Susan war eine sympathische Frau mit einer guten Aura.

„Respektlos, aber wahr. Wir müssen uns unbedingt bald einmal mehr über dieses Thema unterhalten“, und an ihren Mann gewandt rief sie: „Macht doch gleich mal was aus für die Players Night, wir wollen zusammen sitzen“, dabei drehte sie sich wieder zu mir um und fragte: „Ist dir doch recht? Oder bin ich wieder mal zu spontan?“

„Das ist auch meine große Schwäche“, freute ich mich und sagte gerne zu, denn Susan gefiel mir ausgesprochen gut. Schwachsinn, dachte ich gleich darauf. Players Night, davon war bis jetzt keine Rede. Ich kann doch nicht eine Zusage geben, wenn ich noch gar nicht weiß, was morgen ist. Vielleicht bin ich morgen schon Geschichte.

Nach etwa zwei Stunden war dann diese Arbeit erledigt. Etwas schneller als gewöhnlich, da wir das Buggy genommen hatten. Mir war die Zeit viel zu schnell vergangen. Es war hochinteressant, diesem Mann bei der Arbeit zuzusehen. Jetzt erst hatte ich den Unterschied von Teaching Pro und Tour Pro begriffen. Es waren tatsächlich zwei Welten. Ich konnte es immer noch nicht richtig glauben, dass das alles wirklich geschah.

Ricks Stimme riss mich aus meinen Gedanken. „Gibt es bei dir in der Nähe einen Golfplatz, auf dem ich morgen irgendwann zwei Stunden putten kann?“

„Natürlich, kein Problem, viele ... Halt mal.“ Die Tragweite seiner Frage wurde mir leicht verzögert klar. „Du willst mit zu mir kommen?“

Ich war perplex, ich hatte zwar gesagt, ich wolle ganz bestimmt später noch heimfahren, um der unumgänglichen Bettenaufteilung bei einer Übernachtung in seinem Hotel zu entgehen, aber von gemeinsamem Heimfahren war nie die Rede gewesen.

Die Erklärung folgte auf dem Fuße: „Natürlich, was sonst. Da du auf keinen Fall bei mir im Hotel bleiben willst, auch nicht in einem separaten Zimmer, wie ich vorgeschlagen habe, und ich mich nicht von dir trennen will, bleibt uns nur diese Möglichkeit, denn ich habe Angst, du gehst mir verloren, also komme ich mit dir. Du hast doch hoffentlich ein Gästezimmer, denn ich bin kein Mann für eine Nacht."

Ich war sprachlos, kurzfristig, dieser Mann verstand es stets aufs Neue, mich zu überraschen. Nix Geschichte, zumindest noch nicht. „Emma, sei nicht immer so pessimistisch", würde Klara schimpfen, „lass einmal den Dingen ihren Lauf. Spiel hier nicht den Regisseur, lass ihn mal machen. Das ist eine neue Erfahrung für dich. Lehn dich zurück und genieß es." Sie hätte recht gehabt. Trotzdem hatte ich das Gefühl, jenseits aller Realität zu sein.

Aus seinem Mund klang es so selbstverständlich, für mich aber war es alles andere als das. Bis vor zwei Tagen war er noch eine Fiktion, ein Abdriften in romantische Träume. Jetzt stand er vor mir, als wäre es nie anders gewesen, und wollte tatsächlich mit zu mir nach Hause.

In welchem Film war ich denn nun?

Ich schaute ihn an, er wartete sichtlich auf mehr Begeisterung und eine Antwort.

„Meinetwegen, dann zeige ich dir auch gleich meine Heimat im Zeitraffer an einem Tag, was den Vorteil hätte, dass du mal was anderes siehst von Deutschland als nur Flughäfen und Golfplätze."

Mehr konnte ich mir zu diesem Zeitpunkt nicht abringen.

Mit Ricks Golfbag im Kofferraum und seiner kleinen Reisetasche, die er immer mit Ersatzkleidung dabeihatte, fuhren wir dann gemeinsam zurück.

„Es ist noch früh, wir können noch etwas einkaufen, was willst du essen?"

„Du willst für mich kochen? Kannst du kochen?" Mein Blick sprach wohl Bände, denn er lenkte sogleich ein: „Gut, gut, ich frag ja nur ... ich glaube es! Au ... das war gemein."

Ich hatte ihm einen kräftigen Boxhieb in die Seite verpasst.

„Ich habe in einem anderen Leben für eine ab und zu fünfköpfige Familie gekocht und außerdem erfolgreich Gäste bewirtet. Was hältst du von Risotto mit Pfifferlingen? Sonst noch Fragen?"

„Nein, nein, ist ja gut, aber das mit der fünfköpfigen Familie musst du mir noch erklären."

„Das kommt später, irgendwann, ist übrigens auch Geschichte. Ist Risotto okay?"

„Esse ich sehr gern, wenn's gut gemacht ist."

Er konnte es nicht lassen, ich lachte schallend.

„Oder möchtest du von mir zum Essen eingeladen werden?"

„Nein, wenn du schon mal bei mir bist, was ich als große Ehre empfinde", jetzt gab ich's ihm zurück, „finde ich es gemütlicher, zu Hause zu essen. Ich bin ziemlich müde, es war viel heute für einen Tag, und ich bin nicht mehr die Jüngste."

„Fishing for compliments? Du Baby, für mich bist du gerade jung genug. Und ... ich freue mich, mit dir allein zu sein. Am Freitag auf der Runde bekommst du einen Buggy, erstens, weil ich möchte, dass du abends noch fit bist, zweitens kannst du mit dem Buggy immer in meiner Nähe sein, ohne zu hetzen. Ich werde das organisieren." Und mit einem zärtlichen Seitenblick setzte er noch einen drauf: „Ich möchte dich an jedem Abschlag anschauen können, du bist mein Talisman."

„Talisfrau, meinst du wohl, zum Mann fehlt mir eine nicht unwesentliche Kleinigkeit."

Ganz locker ging ich endlich auf seine Worte ein, konnte wieder unbeschwert mein loses Mundwerk einsetzen. Ich hatte es kapiert.

Am Morgen war ich fröhlich in aller Frühe losgefahren, zu einem Blind Date (beinahe blind), nicht ahnend, was auf mich zukommen würde. Jetzt saß ich hier wie selbstverständlich in meinem Auto neben Rick Fields. Ich wagte einen verstohlenen Blick nach rechts, er saß wirklich neben mir, es war kein Traum. Unglaublich, wie real er war. Ich konnte seine Präsenz körperlich spüren.

Geschehen lassen und nicht so viel hineininterpretieren!!

Ich konnte nur gewinnen, zu verlieren gab es nichts.

Das Leben war schön.

Vielleicht war ich eine Laune des gefeierten Golfstars und Frauenlieblings, der Lust hatte, von seinem Olymp herabzusteigen und sich unter die normalen Erdenbürger zu mischen. Und da war ich ihm mit meinen Briefen gerade recht gekommen. Vielleicht hatte er spontan zugegriffen, um mal abseits vom Golfgeschehen etwas zu erleben.

Gut, wenn dem so sein sollte, spiele ich die Runde mit und genieße egoistisch, was sich mir bietet, sagte ich mir. Er ist ein toller, wenn auch ziemlich von sich eingenommener Mann, ich kann mich mit ihm sehen lassen und habe die Chance festzustellen, ob ich ihn wirklich wollen würde.

Wollen würde ... Emma, was für ein Satz, sag doch einfach klar heraus: Ich will diesen Mann, wenigstens für eine Nacht!

Die erste Nacht

Mir war klar, wo ich noch schnell hinfahren musste, um die Sachen für das Essen einzukaufen. Reis für das Risotto war vorhanden. Risotto war Klaras und mein Lieblingsgericht. Die Pfifferlinge bekam ich bei meinem Türken in der Markthalle. Sein Laden war mindestens bis zehn Uhr abends noch auf, seine Ware war stets frisch vom Großmarkt.

Ich war so mit dem Auswählen der Pilze beschäftigt, dass es mir total entging, dass noch weitere Spätkunden ihr Gemüse aussuchten und immer wieder verstohlenen Blicke in unsere Richtung warfen. Erst als eine quietschige Frauenstimme ertönte, wurde ich aus meinen Pfifferlingen gerissen.

„Heinz, guck doch mal, da drüben, beim Gemüse, der Mann neben der blonden Frau da, Heinz, wo guckst du denn hin, da rechts, hiiiieeeer“, sie wies mit dem Finger genau in unsere Richtung und schubste dann ihren Mann an, „das ist doch der Golfer, du weißt schon, den du so gut findest, der große, der Engländer ...“

Heinz schaute brav in unsere Richtung. „Ach Spatzel, du siehst wieder mal Gespenster, immer meinst du jemand Bekanntes zu sehen, neulich war es Sasha, der Sänger, dann die Nina Ruge und und und, erinnerst du dich? Was soll denn ein Rick Fields hier tun? Der ist doch in Köln, da spielt er am Wochenende das große Turnier mit. Der ist dort am Üben, was glaubst du denn?“

Beim Bezahlen an der Kasse, sah ich, wie Heinz, nun doch neugierig geworden, Rick in einem Sicherheitsabstand umkreiste und aufgeregt zurück zu seiner Frau lief. Der Entfernung wegen konnte ich nur aus seiner Gestik entnehmen, dass er Rick für echt befunden hatte und das aufgeregt seiner Frau mitteilte. So in etwa wie: „Himmel, Grete, du hast recht, er ist es!“

Ich zerrte den verdutzten Rick zum Auto. Nur fort von hier, dachte ich. Es fehlte noch, dass man ihn ansprach und in ein Golfgespräch verwickelte. Auch eine größere Stadt war in solchen Dingen ein Dorf, und wie überall lebte man auch hier vom Klatsch.

Als wir dann endlich zu Hause waren, es war mittlerweile halb sieben, kam der gemütliche Teil. Noch in der Tür schleuderte ich die Schuhe von mir, ich hatte beschlossen, mich ganz normal zu verhalten.

„Mach es dir bequem, fühl dich wie zu Hause.“

Ich erschrak sofort. Diese Aufforderung war vielleicht doch ein zu freigiebiges Angebot? Es gab Leute, die das allzu wörtlich nahmen und sich dann genauso unmöglich wie zu Hause aufführten.

Nicht so Rick, er war gelöst und natürlich. Ich merkte, ihm gefiel meine Wohnung. Er schaute sich alles genau an. Die Bildergalerie im Flur, mein ganzer Stolz, begutachtete er anerkennend. Ich hatte schon ganz früh mit dem Sammeln angefangen. Damals, als die Maler noch nicht so bekannt waren. Heute waren meine Litos mindestens das Zehnfache ihres Kaufpreises wert und gehörten zu den wenigen Dingen, die ich aus ehelichen Zeiten mitgenommen hatte. Sie waren von meinem eigenen, hartverdienten Geld gekauft, deshalb hatte ich kein schlechtes Gewissen, dass sie jetzt mein Heim verschönerten.

„Du sammelst moderne Maler", stellte er sachkundig fest, „Penck mag ich auch, aha, ein Baselitz." Er kannte sich aus. „Ich habe auch einige Exponate deiner Lieblingskünstler zu Hause, aber ich bevorzuge noch mehr die Impressionisten. Ich habe erst kürzlich einen Monet ersteigert, bei Sotheby's. Einen nicht sehr bekannten, aber immerhin ein Monet. Weißt du, er erinnert mich ein wenig an Turner. Immer wenn ich in London bin, zieht es mich in die Tate Galery, und ich muss einen Blick auf die Turners werfen."

Jetzt war ich geplättet. Das hatte ich nicht vermutet, er liebte Kunst und schien auch etwas davon zu verstehen.

Sei nicht so sehr begeistert, dämpfte ich sogleich meine Euphorie. Auch wenn er diese Leidenschaft mit dir teilt, heißt das noch lange nicht, dass die Sache Zukunft hat.

Mittlerweile war er schon weitergegangen und hatte den Garten entdeckt. Er war erstaunt. Ein Garten im ersten Stock einer Wohnung war ja auch selten. Das Haus war am Hang gebaut, und deshalb hatte ich diese Wohnung mietet, weil sie ein kleines Haus im Haus war und ich einen Garten haben wollte. Eine Wohnung in einem Mehrfamilienhaus und doch fast wie ein kleines Haus mit Garten, sogar mit einem Goldfischteich.

Als der Immobilienfritze mir diese Wohnung angeboten hatte, war ich entsetzt über die laute Straße und das Haus mit den sechzehn Wohneinheiten.

„Sie kennen mich doch mittlerweile sehr gut", hatte ich geschimpft, „Sie glauben doch nicht, dass ich mich in diese laute Durchgangsstraße verpflanzen lasse."

Der aber lachte nur und bat mich, ich möge sich doch erst die Wohnung ansehen, bevor ich ein Urteil fälle. Nach fünf Minuten Besichtigung war alles klar, das war mein neues Zuhause.

Jetzt war ich sehr glücklich hier in der Wohnung. Hundert Quadratmeter waren super, und die hatte ich für mich allein. Die enge Dreizimmerwohnung in Heidelberg war nur noch eine ungemütliche Erinnerung.

Ich schaute nach Rick. Er saß im Garten.

„Es ist schön hier, eine richtige Oase. Man vermutet das nicht, wenn man die laute Straße unten sieht."

„Ja, ich bin sehr glücklich hier, ich möchte auch nicht wieder fort. Nach dem letzten Umzug habe ich mir geschworen, nie wieder umziehen. Deshalb habe ich diese Wohnung auch sofort gemietet mit der Option, sie später kaufen zu können. Nach 22 Jahren bin ich zurück in meine Heimatstadt gekommen und möchte nie wieder fort, ausgenommen Urlaubsreisen."

„Was, wenn eines Tages dein Prinz kommt und dich in seine Heimat entführen will?" Rick sagte es mit einem Lachen, aber seine Augen blieben ernst.

„Ich habe schon einige Prinzen hinter mich gebracht, und es hatte sich nach einiger Zeit ausgeprinzt. Ich glaube nicht, dass ich mich noch einmal einfangen lasse, zumindest heiraten, und fort von hier möchte ich auf keinen Fall." In Gedanken ergänzte ich meine Worte: ... und wieder Eheverträge machen, die dann doch wertlos sind, auch nicht.

Rick schien betroffen von der ernsten Wendung unserer Konversation, ging aber nicht weiter darauf ein. Ich sah ihn an und vermutete, er hätte mich am liebsten in die Arme genommen und mir die ernsten Gedanken vertrieben.

Doch sein Schweigen verriet mir, er respektierte meine Distanz und hatte das Stoppzeichen wohl registriert. Er merkte sehr wohl, wie ich ihn plötzlich abblockte, ihn nicht sehr viel näher heranlassen wollte, um nicht verletzt zu werden. Vielleicht war auch ihm klargeworden, dass wir uns von dem lockeren Flirtstadium fortbewegt hatten und in die nächste Phase vorgedrungen waren.

Mir wurde schlagartig bewusst, ich hatte mich verliebt, die Situation hatte sich verselbständigt. Ich hatte nun den Wunsch, aus der soeben geschaffenen Distanz heraus den wahren Rick zu entdecken, der sich hinter einer Fassade aus Arroganz, Herrschsucht und Stolz versteckte.

Als wir uns später über mein gelungenes Risotto hermachten und dabei die Nachrichten, natürlich auf BBC, anschauten, sagte Rick schmunzelnd: „Wir sitzen hier wie ein altes Ehepaar bei leckerem Essen und einem Glas Wein. Wenn man bedenkt, wie kurz wir uns kennen, überleg mal, wir haben uns heute Morgen erst nach einer Zwangspause wiedergetroffen ..."

Er sprach das aus, was ich schon gedacht hatte. Ich wehrte mich immer noch, zu viel hineinzuinterpretieren.

„Bilden Sie sich darauf nur nichts ein, junger Mann, ich angele mir meine Lover immer auf Golfturnieren, und meistens nehme ich sie gleich mit nach Hause. Damals klappte es leider nicht, weil ich etwas Besseres vorhatte. Übrigens, falls du es noch nicht kapiert hast, ich steh auf Professionals.“

Er reagierte unerwartet verärgert. „Mach bitte keine Scherze, diese Art zu reden passt nicht zu dir. Ich ...“, er ließ den Satz unvollendet, „ach lassen wir das, du glaubst es doch nicht.“

„Bitte sag mir offen, was du denkst. Ich entschuldige mich auch für den dummen Ausrutscher von eben. Es war blöd von mir, aber ich bin etwas durcheinander.“

„Genauso geht es mir auch. Ich möchte gern mit dir über meine Gefühle reden, trau mich aber nicht.“ Er stand auf und machte einen Schritt auf mich zu. Dann hielt er inne, ging zurück, setzte sich wieder und nahm meine Hand. Ich war irritiert, er schien so ernst, also schwieg ich, was sehr ungewöhnlich für mich war. Mir fiel sonst immer irgendein lockerer Spruch ein, der eine solche Situation entspannte.

„Ich will dich nicht verunsichern mit Liebesgeständnissen. Ich spüre die Mauer, die du in punkto Liebe und Bindung um dich herum aufgebaut hast. Nur soviel, ich bin sehr verliebt in dich. Ich ...“ Er stockte wieder, so als ob er vorsichtig seine Worte abwägen wollte. „Ich möchte dich näher kennenlernen, ganz nah, so nah, wie du es zulässt. Wäre das okay für dich? Willst du das auch? Mich kennenlernen?“ Seine Hand lag immer noch auf meiner.

Heraus brachte ich kein Wort. Meine Kehle war trocken, wie zugeschnürt. Ich schaute in seine Augen. Sie erwiderten offen und ehrlich meinen fragenden Blick. Von dem arroganten Kerl war fast nichts mehr übrig. Doch die kleine, steile Falte zwischen seinen Augenbrauen war wieder da.

„Lass uns darauf anstoßen.“ Ich erhob mein Glas, stieß damit leicht gegen seines und nickte. „Bevor wir weiterphilosophieren, verteile ich jetzt mal die Betten, damit du weißt, wohin du dein müdes Haupt zur Ruhe legen kannst. Es ist spät, und wir haben einen straffen Plan für morgen.“ Ich grinste und war auf einmal wieder locker und fröhlich. „Du sitzt eigentlich schon auf deinem Schlaflager, man kann die Couch umbauen, es ist sehr bequem. Ich schlafe unten.“

„Hab schon verstanden, getrennt, obwohl ich dir nichts tun würde.“

Ich ging erst gar nicht auf seinen fragenden Blick ein und schleppte Bettzeug an. „Wann frühstücken wir? Ist es so gegen halb neun recht?“

Er brummelte etwas Zustimmendes vor sich hin, immer noch sichtlich unzufrieden mit der Bettenverteilung.

Gern hätte ich neben ihm geschlafen, aber ich war mir sicher, dabei würde es nicht bleiben. Ich sehnte mich so sehr nach körperlicher Liebe, dass ich für nichts garantieren konnte. Und so leicht wollte ich es ihm nicht machen. Ein wenig kämpfen soll er schon, er bekommt mich ja, wenn er will sogar mit Haut und Haaren, aber das darf er noch nicht wissen.

Wie hieß es noch mal? Blond, blöd und willig.

„Gute Nacht, schlaf gut, träume etwas Schönes, ich gehe jetzt duschen, dein Bad ist hier oben, du hast es ja schon besichtigt."

Ich gab ihm im Vorbeigehen einen flüchtigen Kuss und war auch schon auf der Treppe nach unten in mein Schlafzimmer. Nur schnell weg, gefährliche Augenblicke im Keim ersticken, dachte ich. Außerdem brauchte ich jetzt mein Refugium, mein Schlafzimmer für mich alleine.

Ich sollte dringend mit Nina telefonieren, Conny, meine Alibigeberin, auch noch kurz anläuten. Und überhaupt wollte ich allein sein und diese geballte Männlichkeit da oben erst mal verdauen.

Die heiße Dusche war herrlich, machte zwar keinen klaren Kopf, aber immerhin gewann ich so etwas Abstand. Der obligatorische kalte Guss gegen Krampfadern – brrrr, eklig kalt – brachte außer Gänsehaut auch nicht mehr. Schnell in das große flauschige Handtuch gekuschelt ...

„Ich habe kein Handtuch und wollte mir bei der Gelegenheit noch einen Gutenachtkuss abholen."

Rick stand plötzlich mitten in meinem Badezimmer.

Ganz schön frech! Wie lange ist er schon da? Hat er mich womöglich nackt gesehen? schoss es mir durch den Kopf. Egal, dann hat er halt. Vielleicht schreckt ihn das ab.

Ich kicherte, aber unverfroren war er wirklich.

„Tolles Bad hast du, und dein Schlafzimmer mit dem Schrankzimmer ist auch komfortabel. Wirklich eine super Wohnung." Er machte ganz zwanglos Konversation, so als ob wir noch zusammen am Esstisch säßen und ich nicht nackt in mein, zum Glück sehr großes Handtuch gewickelt wäre.

„Gleich da um die Ecke in der Schrankwand findest du Handtücher." Ich machte eine vage Handbewegung in Richtung Ankleideraum und wollte ihn damit auch gleichzeitig hinausscheuchen. „Dass ich das vergessen habe, ich dachte, bei der Bettwäsche sei eines dabei." Mir entging beim Grübeln das Grinsen in Ricks Gesicht.

Dann war er schon bei mir, nahm ich in die Arme, hob mit dem Zeigefinger mein Kinn hoch und murmelte, bevor er mich küsste: „Du sollst von mir träumen, und deine Gedanken sollen bei mir sein, wenn du einsam in deinem großen Bett liegst.“

Dieser Kuss wühlte mich so richtig auf und brachte mich beinahe aus dem wohlüberlegten Konzept. Anfänglich sträubte ich mich instinktiv gegen den Überfall, aber als er dann ganz zärtlich mit seiner Zunge an meinen Lippen spielte, entspannte ich mich unwillkürlich, die Zärtlichkeit genießend.

Meine Hände, die an seiner Brust zu Fäusten geballt waren, lockerten sich und umfassten seine Schultern. Ich spürte durch das Handtuch hindurch seinen durchtrainierten Körper und fühlte seine Erregung. Ich dachte nur noch: Lieber Gott, mach, dass ich mich später ganz genau daran erinnere. Später, wenn es vorbei ist, in männerarmen Zeiten.

Er spürte meine Schwäche, sein Kuss wurde sofort intensiver, und seine Zunge übernahm die Regie.

Atemlos versuchte ich meine Fassung wiederzuerlangen. Das war nicht einfach, denn ich wollte mehr.

Wie lange war es her, dass ich eine solche Leidenschaft gespürt hatte? Wie schön es war, so fest von einem Mann umarmt zu werden.

Was jetzt?

Ich war einen kurzen Augenblick so willig und bereit, weiterzumachen, mein Körper sehnte sich nach ihm, aber der Verstand hob mahnend den Zeigefinger.

„Gute Nacht, Liebling, träume schön, aber nur von mir!“

Rick war aus der Tür.

Gerade wollte ich etwas Ähnliches sagen wie „Bitte lass uns noch warten“ oder „Es ist noch zu früh, wir kennen uns doch noch kaum“ oder „Lass mir Zeit, ich kann noch nicht“. Ich war sauer, er hätte mir wenigstens die Chance geben können, nein zu sagen. Doch er war schon wieder oben, und ich hörte ihn fröhlich pfeifend ins Bad gehen.

War das nun rücksichtsvoll oder nur taktisch klug?

Ein gelungener Schachzug auf dem Weg ins Bett, sprich zum Beischlaf.

Ich war enttäuscht und frustriert.

Auch wenn es nur ein Kuss war, es gab viele Arten von Küssen, und dieser eben, der war viel mehr, mein gesamter Körper war im Einsatz gewesen, im Zusammenspiel mit dem seinen.

Früher hatte ich oft und gern geküsst.

In der Tanzstundenzeit hatte ich den ersten Kuss bekommen, mit 15. Kuss konnte man das eigentlich nicht nennen, sondern eher Austausch von Speichel. Es geschah damals auf dem Heimweg, kurz vor dem Elternhaus, und war nur scheußlich und sehr nass. Dieses Ereignis erzählte ich dann tagelang jeder Freundin mit schwärmerischem Blick und hinter hervorgehaltener Hand ob des verbotenen Genusses, der in Wirklichkeit keiner war.

Durch ständiges Üben wurden die Küsse besser und schöner.

Auch noch in der Ehe küsste ich gern. Doch die Küsse wurden weniger und verloren an Leidenschaft, und schließlich wurden Bussis daraus, kleine liebevolle, nur gehauchte Küsschen.

So wurde halt nicht mehr zungengeküsst im Hause Hartmann.

Auch mit David war die Küsserei allmählich eingeschlafen.

Wie schon gesagt: „Spielen Sie auch Golf oder ...“

Beim nächsten Mann küss ich, bis dass der Tod uns scheidet!

Über meinen Kussreflexionen schlief ich ein. Lange vor der Musik aus dem Radiowecker war ich wach. Nur mit dem kurzen Mickey-Mouse-Schlafanzug bekleidet, schlich ich sich die Treppe hoch in die Küche. Natürlich hatte ich vorher um die Ecke gelinst auf Rick, der noch schlief. Wie ein großer Bub sah er aus. So gar nichts von dem Profi-Superstar war übrig: entspanntes Gesicht, verstrubbeltes Haar, ein Bein über die Decke geschlagen ... War er nackt!??

Ich drehte schnell ab in die Küche.

Es war gemein, jemanden beim Schlafen zu beobachten, gemein, aber schön.

Teewasser kochte, der original English Breakfirst Tea war in der Glaskanne, Bacon brutzelte in der Pfanne, die Eier waren gequirlt, Toast im Toaster, alles paletti. Ich wusste, dass man Bacon am besten in der Mikrowelle zubereitete, aber mir schmeckte es auf „gut deutsch“ zubereitet besser. Erst wurde der Speck und darauf im gleichen Fett die Eier gebraten.

So sollte auch Rick es essen, nach meiner Art.

„Himmel, hast du mich erschreckt!“

Er hatte sich leise herangeschlichen und umarmte mich von hinten, während er mir über die Schulter schaute.

„Gut geschlafen?“

Er grinste auf meine Frage. „Nicht so gut, wie es hätte sein können, aber das Sofa ist bequem und die Matratze gut. Und du?“

„Gut, tief und traumlos“, antwortete ich und ließ mich auf nichts ein, musste aber auch lachen, weil ich es so auffällig betont hatte.

Der Tag

„Machen wir Logistik! Ich schlage vor, wir fahren zuerst in den Golfclub, damit du deine Hausaufgaben machen kannst, anschließend ist fast Mittag, und wir müssen eine Kleinigkeit essen, da hab ich ein ganz nettes Plätzchen am Rhein im Auge. Der Rheingau ist für Touristen wie dich ein Muss und außerdem ein herrliches Fleckchen Erde."

Ich war in meinem Element. Meine Freundin und meine Tochter nannten mich mit einem winzigen spöttischen Unterton Miss Logistik – Organisieren war mein Ding, das konnte ich, gleichgültig ob Kindergartenfeste, Kunstreisen oder Partys.

„Einverstanden, Herr General", salutierte Rick. „Nimm bitte deine Kamera mit und filme mich beim Putten, dann kann ich sehen, woran es liegt, wenn es nicht klappt."

„Schrecklich gerne!"

„Ach übrigens, da fällt mir ein, hast du inzwischen gelernt, mit diesem Ding umzugehen, oder soll ich dir eine Nachhilfestunde zum Thema Videokamera und die möglichen Folgen geben?"

„Du mieser Macho, gerade wollte ich dir erzählen, was ich mit dem ‚Rick Fields beim Putten Special' vorhabe, und schon wirfst du mir so einen blöden Spruch vor die Füße. Es war mir peinlich genug damals, du musst nicht noch mal darin stochern. Merk dir diesen Kinderspruch aus meiner Jugend: ‚Wenn über einer dummen Sache mal endlich Gras gewachsen ist, kommt sicher ein Kamel getrampelt, das alles wieder runterfrisst.'"

„Das hast du schön gesagt, ich werde es mir aufschreiben, für unsere Kinder."

Ich brachte ihn mit einem weiteren bösen Blick zum Verstummen, musste mich aber abwenden, weil ich schrecklich lachen musste. Rick erkannte, dass ich mich vor Lachen schüttelte, und fiel erleichtert mit ein. Er zog mich an sich und küsste mich zart. „Bitte bitte sag mir, was du mit dem Special vorhast."

Ich kicherte noch immer, als ich es ihm erzählte. „Dann hab ich ein ‚Rick Fields Special' für später, wenn du wieder fort bist aus meinem Leben. Und auch fürs Altersheim. Wenn ich dann dort meinen zahnlosen Altersgenossen von den Erinnerungen erzählte, könnte ich mit dem Video beweisen, dass der berühmte Golf Pro bei mir zu Hause war. Wahrscheinlich würde dort niemand wissen, wer Rick Fields war, aber auch das würde ich dann mit Zeitungsausschnitten belegen."

„An was du jetzt schon denkst, du Küken, werde erst mal so alt. Außerdem müssten wir, wenn überhaupt, eine Altersresidenz mit Golfplatz finden, denn du darfst mich nicht vergessen."

„Mensch, das ist eine tolle Idee, mal abgesehen davon, dass ich dich nicht eingeplant hatte. Du baust doch Golfplätze! Konzipier doch mal einen Platz mit Seniorenresidenz und allem Drum und Dran, Wellness, Reha, das volle Programm. Du findest eine Lobby dafür, da bin ich mir sicher."

Ich war begeistert von meiner Geschäftsidee und schaute ihn beifallsheischend an.

„Liebes, wenn du schon was tun willst, stürz dich auf dein Vorhaben Breitensport Golf. Das mit dem Altersheim gehen wir später an, aber die Idee ist gut. Ich denk mal darüber nach."

Woher weiß er das mit dem Breitensport? Ob Per wohl geplaudert hat? schoss es mir kurz durch den Kopf.

„Aber mal im Ernst, glaubst du wirklich, dass du ein Video von mir brauchst, um dich an mich zu erinnern? Ich hoffe doch, ich werde dir mehr hinterlassen als das."

Dein Wort in Gottes Ohr, mein Lieber, dachte ich nur.

Am späten Nachmittag fuhren wir wieder zurück nach Köln.

Der Tag war ereignisreich und interessant gewesen. Ich war entspannt und ließ mich treiben. Ich dachte weder an morgen noch an gestern.

Ich lebte das Heute. Carpe diem!

Im Golfclub waren wir gut zwei Stunden, und Rick hatte geputtet. Anfangs hatte ich mich auf eine Bank gesetzt und zugeschaut. Aber dann hielt ich diese Passivität nicht mehr aus. Er puttete sauschlecht und machte wieder und wieder den gleichen Fehler. Nicht dass ich etwa viel Ahnung hätte, aber putten konnte ich, und was noch wichtiger war, ich sah die Fehler. Schon David war verblüfft gewesen, als ich ihm einen Tipp gegeben hatte, der funktionierte.

Ich dachte, wenn ich jetzt nichts sage, ersticke ich, und marschierte energisch zu ihm hin.

„Du, kann ich dich mal stören?"

Ich war mir nicht so sicher, wie er auf die Unterbrechung reagieren würde. Doch er war ganz locker. „Du immer, meine Liebe, komm zu mir. Was hast du auf dem Herzen?"

„Ich traue mich fast nicht, es zu sagen, so als Laie und nicht gerade gute Golferin, aber ich glaube, ich weiß, warum du die Kugel so oft vorbeischiebst."

„Tatsächlich?" Das klang ironisch.

O weia, nun ist er doch ärgerlich, aber egal, nun hab ich schon damit angefangen, nun sag ich auch, was ich meine. Mehr als böse sein kann er nicht.

„Ich glaube, wenn du den Schläger etwas mehr aufrecht hältst, hast du den besseren Winkel zum Ball und kannst ihn so direkter lenken."

Mit hochgezogenen Augenbrauen, sein Markenzeichen vor großem Sturm, schaute er mich ungläubig an. Ich verstand ihn nur zu gut, war ich selbst auch sauer, wenn ich bei einer Sache belehrt wurde, die ich im Schlaf konnte.

„Warte, ich zeig dir, wie ich es meine."

Ungeachtet seiner immer noch gerunzelten Stirn, richtete ich ihn aus, stellte mich dann zwei Meter hinter ihn und gab die Richtung an.

Der Ball ging ins Loch.

Zufall. Rick war nicht überzeugt.

„Pass auf, du machst es jetzt auf deine Weise und dann noch einmal aus der gleichen Position, wie ich es mir denke, zwei Zentimeter steilerer Winkel, nur zwei. Bitte, mir zuliebe, einmal."

Sein erster Ball ging knapp daneben, der zweite voll rein.

Wieder Zufall?

Nach zwei erfolgreichen Wiederholungen knurrte er zu mir rüber: „Sagtest du, du verstündest nicht viel von Golf?"

„Ich kann nicht gut spielen, nur so hobby-freizeit-schönwettermäßig. Aber ich sehe die Fehler, das habe ich schon immer getan, seit ich mit meinem Ex auf den Turnieren war. Ich sehe, wenn einer falsch steht beim Putten. Es ist einfach so, ich kann es nicht erklären."

Wir übten nun gemeinsam weiter, und es klappte immer besser. Ich richtete ihn aus, fixierte ihn in der neuen Position, und er lochte jedes Mal ein.

„Kannst du es Sunny zeigen, denn beim Turnier darfst du nichts zu mir sagen, geschweige denn, mich ausrichten. Nur mein Caddie darf das."

„Nie im Leben, das überlass ich lieber weiterhin deiner Sunny. Aber wenn du möchtest, werde ich versuchen ihr zu zeigen, was ich meine."

„Ob ich das will? Du bist genial, ich fühle mich richtig gut, ich glaube, das ist es."

Meine Belohnung war eine dicke Umarmung und ein langer Kuss, der nach mehr verlangte.

Wir hatten den Rest des Tages genutzt, um uns fernab von irgendwelchen Zuschauern näher zu beschnuppern. Beim Essen in Johannisburg, hoch über dem Rhein, hatte jeder von uns ein wenig von sich erzählt. Keine Lebensbeichte in epischer Breite, nein, es waren eher kleine Ausflüge in die Vergangenheit. Ich erwähnte kurz meine böse Scheidung und die folgende unendliche Geschichte meiner Golferlebnisse im Heidelberger Club.

„Deshalb werde ich nie eine turnierspielende Golferin, und heiraten werde ich auch nicht mehr, nicht mal den Kaiser von China, würde dieser noch leben. Oder Rockefeller. Lebt der eigentlich noch?"

„Nein, er lebt nicht mehr, aber man soll trotzdem nie ‚nie' sagen", war Ricks einziger Kommentar zu diesem Thema.

Das hatte mir mein Anwalt damals auch gesagt. Das war jetzt schon über ein Jahr her, und ich hatte mich daran gehalten. Es war mir auch wirklich ernst damit. „Man kann auch ohne Trauschein glücklich zusammenleben."

Rick war daraufhin sehr ernst geworden und hatte mir direkt in die Augen gesehen. „Ich möchte schon noch einmal heiraten, ein letztes Mal. Es wird dann die Richtige sein, mit der ich alt werden möchte."

„Bei dir möchte ich auch lieber die Letzte sein als die Erste", neckte ich ihn lachend. Das Gespräch hatte mir nun doch eine zu ernste Wendung genommen.

Doch Rick ging nicht darauf ein. Er sprach von seiner Kindheit, wie entsetzt die Eltern waren, als der einzige Sohn Berufsgolfer werden wollte. Seine Mutter sah ihn eher als Pianist. Der Vater wollte ihn spontan enterben, denn was sollte aus den Ländereien werden, die er von seinem verstorbenen Bruder geerbt hatte, wenn der einzige Sohn anstatt Agrarwirtschaft zu studieren als Golfer um die Welt jettete?

Mit Ian, dem kleinen Waliser, hatte er dann die Ausbildung gemacht. Als Rick dann so richtig gut wurde, war die Mutter sehr stolz auf den Jungen gewesen, der nun sogar viel Geld verdiente, allein mit dem Golfspiel. Der Vater zeigte in letzter Zeit erst etwas mehr Interesse an seinem Beruf.

Aufmerksam folgte ich seinem Bericht.

Der Mann, der heute Nachmittag neben mir saß, war ein anderer, als der, der in einigen Golfzeitungen so negativ geschildert wurde. Man bezeichnete ihn dort als kalt und unnahbar, übertrieben ehrgeizig, völlig humorlos und anmaßend, und sein Verhalten gegenüber seinem Caddie sei gefühllos und erbarmungslos. Ein echter Egomane also.

Keiner der Journalisten stellte sich einer Diskussion mit ihm oder bekannte sich namentlich zu auch nur einem dieser vernichtenden Attribute.

Dass er heimlich mehr als eine Million Pfund an wohltätige Einrichtungen für Kinder gespendet hatte, wurde nur kommentiert mit: „Er kann es sich doch leisten. Wenn man so reich ist, dann ist dieser Betrag ein Taschengeld."

Das Essen war köstlich.

Insgeheim beobachtete ich, wie er seinen Fisch aß. Es gab Menschen, die dem armen Tier zuerst Kopf und Schwanz absäbelten und dann den Mittelteil in Angriff nahmen. Das hasste ich. Keine Ästhetik und keine gute Kinderstube.

Nicht so Rick, er zerlegte den Fisch mit seinen Chirurgenhänden fein säuberlich, klappte zuerst die Brust auseinander, legte dabei die Mittelgräte so frei, dass er zum Schluss dieselbe ganz entfernen konnte, mit Kopf und Schwanz, und begann dann erst den Fisch zu genießen.

Test bestanden, genauso machte ich es auch.

Früher, als ich noch verheiratet war, und Cornelia, die Tochter meines Ex, anfing, die Freunde bei ihren Besuchen mit zu uns zu bringen, mussten diese, wenn es denn ernster wurde mit der Freundschaft, auch den Fischtest bestehen. Einige verschwanden danach von selbst von der Bildfläche: gemein, aber hilfreich.

Zum Abschluss, kurz vor der Heimfahrt, im schon gepackten Auto, hatten wir noch einen Abstecher auf den Neroberg gemacht.

„Weißt du, ich bin viel herumvagabundiert in dem letzten Jahr nach meiner Scheidung. Wenn man mit einem Pro zusammen lebt, ist das obligatorisch. Ich bin dabei in sehr vielen, sehr schönen Städten gewesen und habe sie gründlich geprüft, sozusagen auf Herz und Nieren. Ich habe mich auch überall schnell zurechtgefunden und jede dieser Städte auf ihre Art schätzen gelernt. Berlin, Stuttgart, Heidelberg, München – alle haben ihren Reiz. Immer, wenn ich erwähnt habe, dass ich in Wiesbaden geboren und aufgewachsen bin, fingen die Leute an zu schwärmen. Heimweh direkt habe ich nie gehabt, ich bin ja oft zu meiner Mama hierhergefahren, aber ich war mir über eines ganz im Klaren, hier in der Gegend möchte ich alt werden, hier bin ich zu Hause. Ich kenne hier jeden Winkel, weiß genau, wo ich was bekomme. Ich kenne die schönsten Plätzchen zum Erholen und Ausflüge machen, die besten Restaurants zum Schlemmen oder einfache Kneipen für Hausmannskost.

Im Juni fahre ich nach Frauenstein und hole mir von den Ständen am Straßenrand meine Kirschen und Erdbeeren, direkt frisch vom Feld. Im Juli schaue ich mir die Burgfestspiele in Bad Vilbel an. Wenn ich Oper will, hab ich das Staatstheater in Wiesbaden und die Oper in Frankfurt. Und dann die

Straßenfeste! Du solltest mal hier sein, wenn Weinfest ist oder Wilhelmstraßenfest. Da ist alles auf den Beinen. Es ist einfach wunderbar.

Schau, da unten, das große Gebäude mit der filigranen Fassade, das ist die Marktkirche, dort wollte ich früher mal heiraten, und dort hinten, weiter links, da liegt die Nobelwohngegend von Wiesbaden. Dort wohnen meine Cousins.

Hier oben bin ich einfach gerne. Schau, da rechts unten siehst du den Weg dahinunter?“ Ich zeigte in die Richtung. „Da sind zwei riesige Steinlöwen. Auf denen sind wir als Kinder rumgeturnt, zum Schrecken unserer Mütter.“

„Wer wir?“

„Rolf und Axel, meine Cousins und ich. Unsere Mütter sind Schwestern, leben leider nicht mehr. Wie spät ist es, können wir noch hin?“

„Es ist jetzt vier, wir fahren zwei Stunden, sagst du, das reicht heute nicht mehr, ein andermal, mein Schatz.“

Ein wenig traurig war ich schon, ich hätte so gerne meinen Löwen einen Besuch abgestattet.

Rick nahm mich in den Arm. „Du zeigst mir ein anderes Mal deine Löwen, ich möchte sie auch gerne sehen, eine entzückende Vorstellung, dich als kleines, freches Mädchen auf einem Steinlöwen. Außerdem hast du mir Appetit auf Wiesbaden gemacht und bist mir eine Insiderführung schuldig, mein Liebes. Ich möchte deine Geburtsstadt mit deinen Augen kennenlernen.“

Ein anderes Mal, hatte er das wirklich gesagt? Sollte es denn wirklich ein anderes Mal geben?

Ich war bereit daran zu glauben, nach diesem Nachmittag sofort.

„Und dein Rick war auch schon wieder fort, er soll eine Frau dabeihaben, hat man erzählt und muss schrecklich verliebt sein! Bist du jetzt enttäuscht?“ Jane, die Freundin aus Marbella, war in Köln gewesen und berichtete mir sogleich telefonisch darüber.

„Hör auf zu lachen“, zischte ich leise zu Rick, der sich neben mir halb totlachte. Dank Freisprechanlage konnte er jedes Wort mithören, und zu Jane gewandt sagte ich: „Nein, ach wo, ich weiß ja, was für ein Filou er ist.“

Rick schubste mich und lachte noch lauter.

„Wer ist bei dir im Auto und lacht?“ fragt Jane.

„Es ist Rick ... Übrigens, wusstest du noch nicht, dass ich diese Frau bin?“

Jetzt wollte Jane sich totlachen. „Ich freue mich, dass du so gut drauf bist, also bis morgen dann, tschüss.“

So ist es nun mal, sagte man die Wahrheit, wird es nicht geglaubt. Wir lachten noch lange und herzlich über das Gespräch.

Ich war vor dem Hotel angekommen, der Wagen war gut in der Tiefgarage geparkt, als mir einfiel, dass ich noch etwas zu erledigen hatte. „Ich springe mal schnell in die Boutique nebenan, vielleicht finde ich noch etwas Nettes zum Anziehen für heute Abend."

„Das fällt dir aber früh ein." Rick musste lachen. „Ich komme mit, obwohl ich nicht glaube, dass du so nebenbei etwas finden wirst."

Der kennt mich nicht, dachte ich. Ich hatte es fertiggebracht, mir am Tag der Hochzeit meiner Tochter ganz schnell noch mal eben nebenan ein neues Kleid zu kaufen. Und zwar während die Tochter aufgeregt beim Friseur saß und sich dort für den schönsten Tag ihres Lebens die passende Frisur machen ließ.

Die Boutique war wirklich nur ein paar Schritte vom Hotel entfernt, und wenn ich schon mit Rick zu dieser blöden Players Night gehen musste, wollte ich auch exorbitant gut aussehen, und das in einem neuen Outfit.

Ich konnte nicht verstehen, was die Hobbygolfer so toll an diesem Event fanden. Es war der Abschluss eines jeden Pro-Am. Für die Pros eine Routineveranstaltung, für die Amateure ein Erlebnis, war man doch hier mit den besten Golfern der Welt sozusagen auf „du und du", was einige ekelhaft aufdringlich ausnutzten. Rick weigerte sich schon seit langem, daran teilzunehmen, was ihm stets eine schlechte Presse einbrachte.

Tatsächlich machte ich schon nach kurzer Zeit Beute. Die Hose des mitternachtsblauen Anzug mit gestepptem Jäckchen war wie immer zu lang, aber die Chefin erkannte ihre Hotelgäste, denn die Boutique gehörte ihr, das Hotel dem Gatten.

„Wir kürzen Ihnen die Hose noch, in einer Stunde bringe ich sie Ihnen mit ins Hotel, Frau Fields. Das Blau steht Ihnen sehr gut. Sie wollen den Anzug doch sicher zur Players Night tragen, oder?"

„Wunderbar, danke sehr, kann ich gleich bezahlen, auch die Änderung?"

„Nicht nötig, wir setzten es auf die Rechnung."

Alle Einwände halfen nichts, da hatten sich zwei hinter meinem Rücken gegen mich verschworen.

In der Suite wartete schon Sunny auf uns.

„Hallo, ihr beiden, habt ihr einen schönen Tag gehabt? Meiner war grässlich!" Ärgerlich warf sie die offenen Haare zurück. Richtig weiblich sah sie so aus mit der anderen Frisur, nicht mehr so frech wie mit Pferdeschwanz.

Temperamentvoll sprudelte es weiter aus ihr heraus: „Übrigens, ich wohne jetzt auch hier, bei euch. Das war die schlechte Nachricht, man hat mich mit einem anderen Caddie zusammenlegen wollen, aus Zimmermangel, und weil sie glaubten, Sunny sei ein Männername. Tut mir leid, Rick, aber diesen Caddie kann ich nicht ausstehen, und ich will ein Zimmer für mich allein haben."

Auf dem Absatz machte Rick kehrt und verließ die Suite.

Sunny und ich blickten uns verdutzt an.

„Keine Sorge, er wird es schon klären", beruhigte sie mich zuversichtlich, „wenn er sauer ist, wird er ganz cool und arrogant."

Ich lachte. „Dann möchte ich nicht die Schuldige sein. Er hat dann so einen gewissen Blick, der töten könnte."

„Wie viele Zimmer hat denn diese Suite?"

Ganz plötzlich begriff ich die Tragweite dieser Zimmerstory.

„Na ja, dies ist das Wohnzimmer, und rechts und links sind die beiden Schlafzimmer, mit jeweils einem Bad, wobei eures das Größere ist und meines wohl mehr als Kinderzimmer gedacht ist."

Sie begriff nicht, was in mir vorging. Wie sollte sie auch? In ihren Augen waren wir längst ein Paar und hatten ebenso längst miteinander geschlafen.

Unbeeindruckt plapperte sie munter weiter: „Keine Angst, ich störe euch nicht, ich bin viel unterwegs mit den Kollegen, und wenn ich ins Bett komme, dann schlafe ich gleich ein, weil ich so müde bin."

In diesem Moment kam Rick zurück, er hatte noch die Zornesfalten auf der Stirn. „Ich habe alles probiert, es geht wohl für heute Nacht nicht anders", und mit einem Blick in meine sicher tellergroßen Augen, sagte er: „Liebling, kommst du mal mit, ich möchte mit dir reden."

„Ich muss euch noch kurz etwas Wichtiges erzählen", hielt Sunny uns zurück. „Ich habe Ian, Colin und Sam die Ehefrau-Story von damals erzählt. Ian wusste davon, die anderen haben sich köstlich amüsiert und spielen mit. Sonst weiß es niemand, aber das fand ich wichtig."

„Gut, Sunny, wann habe ich Startzeit?"

Mit der einen Hand hielt er meinen Arm fest, so als fürchte er, ich könne fortlaufen. Er hatte meinen Fluchtblick wohl richtig interpretiert.

„Du startest um 9.30 Uhr auf Loch eins, also wir fahren hier um sieben los, richtig?"

„Einverstanden. Wo bist du heute Abend?"

„Ich gehe mit den anderen in ein englisches Pub hier in der Altstadt, es soll gut sein. Viel Spaß euch beiden."

Sie hatte die Spannung zwischen uns zum Glück nicht bemerkt. Wie hätte sie auch ahnen können, dass das Kinderzimmer für mich bestimmt war und ich nur bereit war, mit ihm im gleichen Hotel zu bleiben, wenn ich ein separates Zimmer hatte. War ich eigentlich blöd? Eine Zicke ersten Grades, die sich nur ein bisschen ziert, um sich interessant zu machen?

Nein! Ich hatte einfach nur Angst. Genau definieren, vor was ich Angst hatte, konnte ich nicht.

War es die Angst, er könnte mich nicht gut finden im Bett?

Oder die Angst, ihn danach nicht mehr hergeben zu wollen?

Mich ganz an ihn zu verlieren?

Keine Ahnung. Fast hätte ich mich selbst blöde Kuh genannt.

„Hör mir mal jetzt gut zu.“ Rick nahm mich fest in die Arme. „Ich möchte, dass du bei mir bleibst, hier in diesem Zimmer, heute Nacht. Ich verspreche dir, dich nicht anzurühren, wenn du es nicht willst. Es tut mir leid, dass es nicht anders geht, morgen bekommt Sunny ein Zimmer. Ich konnte ihnen nicht mal so genau erklären, warum ich mit meiner Frau nicht zusammen in einem Zimmer schlafen möchte. Ich habe etwas von unruhig schlafen vor dem Turnier gemurmelt und“, jetzt lachte er, „gesagt, dass du schnarchst.“

„Das hast du nicht!“

Ich lachte herzlich mit, er sah aber auch so unglücklich aus, dass ich ihm nicht böse sein konnte und ... er war ja wirklich nicht schuld an der Situation. Oder doch?

„Bleib bitte hier, ich brauche dich.“

Mit großen Augen sah ich zu ihm auf, eine Frage auf den Lippen, dann klopfte es an der Tür. Ein Hotelangestellter brachte die geänderte Hose, und ich musste mich beeilen, es war schon spät.

Auf der Fahrt zog er mich an sich. „Ich möchte es jetzt wissen, bleibst du bei mir heute Nacht?“

Ich nickte und lehnte mich an seine Schulter.

Die Sache begann mir aus den Händen zu gleiten, wenn ich nicht rasch etwas unternahm. Andrerseits fühlte ich mich so beruhigend geborgen an seiner Schulter.

Das Fest war so ganz nach meinem Geschmack. Ironisch gemeint. Ganz viele, ganz schreckliche Leute standen in aufgesetzter Cocktaillaune herum und tauschten Nichtigkeiten aus. Die Männer waren hauptsächlich da, um Geschäftsbeziehungen aufzufrischen oder zu knüpfen, und schoben ihre angetrauten Damen voll Besitzerstolz mit Imponiergehabe vor sich her. Sie demonstrierten dickbauchig mit den Juwelen der Gattin ihren Reichtum, den sie selbst höchstens in handgemachtem Schuhwerk oder güldenen Rolex zeigen konnten.

Die Damen trugen deswegen schwer an den Juwelen, die eigens für diesen Abend den Safe verlassen durften, und überboten sich gegenseitig an Nettigkeiten. Sie waren durchgestylt, vom sassoongelockten Kopfe bis zu den mit Pailletten glitzernden, hochhackigen Partyschuhen von Prada, Gucci und Co.

Ich fragte mich, wie die wohl über diesen Rasen hier auf dem Gelände gestapft sein mochten – diese Partys fanden nämlich meistens im VIP-Zelt mitten auf dem Golfplatz statt –, und schaute auf meine flachen Samtballerinas, mit denen ich wenigstens laufen konnte.

Die hochgezogenen Augenbrauen von Rick und seine strenge Falte auf der Stirn verrieten mir, dass er Ähnliches dachte, als er sich mit mir einen Weg durch die Schickimickis bahnte.

Mit „Hallo Rick, wie geht es?“ und „Na, wie viele Birdies fallen morgen, Rick?“ sprach man ihn von allen Seiten an.

Nur weil sie ihn schon ein paarmal im Fernsehen gesehen hatten, glaubten manche Leute, ihn zu kennen und sich solche Vertraulichkeiten erlauben zu können.

Ich bewunderte ihn, wie er mich nach allen Seiten freundlich lächelnd – zugegeben, ein etwas gezwungenes Lächeln – an den Menschen vorbeiführte in Richtung Fenster, wo er die anderen Pros, seine Landsmänner, erspäht hatte.

Vielleicht hatte er ja recht, gestand ich ihm zu, schließlich bezahlten diese Leute wahnsinnig viel Geld, um einen solchen Abend mit ihren Stars zu verbringen. Aber die Art, wie so manch einer das raushängen ließ, das störte ihn gewaltig.

„Du siehst wunderschön aus, es gefällt mir sehr, was du anhast. Der Kauf hat sich gelohnt“, flüsterte er mir ins Ohr. Er ließ mich auch jetzt nicht los, und es gefiel mir.

„Aaahh, da kommt ja das junge Paar, Mr. und Mrs. Fields! Na, wie geht’s denn so, Frau Fields?“

Die Freunde waren schon guter Stimmung und bestens von Sunny informiert. Alle wussten, dass sie es nicht lange hier aushalten mussten, denn man konnte den morgigen Turnierstart als Vorwand für ein frühes Zubettgehen nutzen.

Gerade als wir uns zu Ian und Su setzen wollten, die zwei Plätze freigehalten hatten, sah ich eine Hand auf Ricks Schulter.

„Hey, Fields, Sie sitzen doch an meinem Tisch, schon vergessen? Gnädige Frau, darf ich bitten?“

Den Arm rechts und links um uns gelegt, schob Herr Dr. Kaufmann uns weg von den Freunden und einem entspannten Abend zu seinem Tisch.

Ich konnte gerade noch einen bedauernden Blick auf die nette Runde werfen. Es wäre bestimmt sehr lustig geworden hier. Susan, die kleine, blonde Frau von Ian, signalisierte mir noch schnell, dass sie später noch mit mir plaudern wolle.

Rick war das Ganze so gar nicht recht, dennoch machte er gute Miene, denn Dr. Kaufmann war ein potentieller, sehr geldpotenter Kunde. Er hatte ein großes Projekt in Spanien, und diese Golfplätze sollten von Rick designed und bei entsprechendem Angebot auch von seiner Firma erstellt werden. Darum ging es, und deshalb saßen wir hier und nicht bei den Pros.

Der Abend schlich sich zäh wie Kaugummi dahin. Glücklicherweise gab es ein Buffet und kein gesetztes Essen, so konnte man wenigstens ab und zu aufstehen und für kurze Zeit entkommen.

Meine Mundwinkel waren schon ganz starr vom vielen keep smiling, morgen hatte ich bestimmt Mundmuskelkater, wenn es das gäbe.

Bei einem meiner Gänge an das Buffet traf ich, wie konnte es auch anders sein, auf eine frühere Bekannte. Bestimmt hatte sie mir aufgelauert, vermutete ich. Neugierig wie sie schon immer wahr und sehr redefreudig, wollte sie mich bestimmt über Rick, den Mann an meiner Seite ausforschen.

Sie legte auch gleich los: „Du Heimlichtuerin!“

Ihre Lautstärke übertraf sogar den Geräuschpegel des Festzeltes, und die Anwesenden in der Nähe verstummten schlagartig und stellten ihre Antennen auf Empfang.

„Eigentlich müsste ich dir böse sein, dass du mir das verschwiegen hast. Du und Rick Fields! Wie hast du das geschafft, wie hast du den an Land gezogen? Na ja, du wirkst immer noch recht gut auf Männer, mit deiner offenen Art. Aber solch einen Fang hätte ich selbst dir nicht zugetraut. Sag schnell, wie ist er denn so?“

Auf einmal hatte ich einen schalen Geschmack auf der Zunge, warum erschien mir das so billig, was diese Dame von sich gab. An Land gezogen ... war das wirklich so?

Plötzlich stand Rick neben mir, er hatte wohl geahnt, dass diese Frau nichts Gutes im Sinn hatte.

„Liebling, willst du mich nicht deiner Freundin vorstellen?“ Zu der verdutzten Dame gewandt, verbeugte er sich überhöflich. Ich allein ahnte, es war pure Ironie. „Darf ich mich vorstellen? Ich bin Rick Fields, der Mann von Emma.“

Pause.

„Mann? Seit wann bist du verheiratet? Du bist doch noch gar nicht lange allein?“

Ich konnte nicht antworten.

„Bei manchen Leuten schlägt die Liebe ein wie der Blitz“, konterte Rick, während ich sprachlos vor Wut über die Impertinenz der Dame neben ihm stand. „Wir haben erst vor zwei Wochen in London geheiratet. Und jetzt möchte ich gerne mit meiner Frau tanzen. Bitte entschuldigen Sie uns, einen schönen Abend noch.“

Mit diesen Worten wandte er sich ab und führte mich zur Tanzfläche.

„Was war denn das für eine blöde Ziege? Was hat sie gesagt, dass du so traurig geschaut hast?“

Er hatte mich also nicht aus den Augen gelassen, und das tat richtig gut.

„Ach, nichts Besonderes, sie ist einfach nur blöd“, wehrte ich ab. Ich wollte die spitzen Worte der dummen Tussi so schnell wie möglich wieder vergessen und glitt in seine Arme.

Sein Mund war auf meinem Haar. „Hm, du riechst gut, ich möchte dich küssen.“

„Tu dir keinen Zwang an!“

Ich hob den Kopf, mir waren all die Menschen um mich herum gleichgültig, stellte mich auf die Zehen und suchte mit meinem Mund seine Lippen. Es war das erste Mal, dass die Initiative von mir kam.

Wir vergaßen alles um uns herum, wir spürten nur den Körper des anderen. Zögernd löste ich mich nach einer Weile und schob ihn ein wenig von mir fort. Ich war etwas atemlos und holte erst mal tief Luft, um wieder zurück auf den Boden zu kommen.

„Mir ist heiß geworden.“

Die ungewollte Doppeldeutigkeit meiner Worte löste die Anspannung, und wir kicherten spontan los.

„Lass uns an die Luft gehen, dort, gleich hinter dem Buffet ist der Balkon.“

Fast hätten wir es geschafft, ich konnten schon Ian und Su draußen sehen, die sich offensichtlich auch dorthin geflüchtet hatten.

„Mensch, Emma, endlich erwische ich dich. Ich habe schon den ganzen Abend versucht, zu dir zu kommen, aber immer kamen andere Leute dazwischen. Zuletzt unsere gemeinsame Freundin Grit, das Biest, die ewig Lächelnde. Hat sie dich geärgert, du hast so betroffen ausgesehen?“

„Marianne, das ist aber nett, dich zu sehen. Endlich treffe ich mal normale Leute hier.“ Ich umarmte die Freundin aus den Heidelberger Tagen herzlich.

Mit Marianne hatte ich viel Spaß gehabt. Wir hatten uns so oft es ging und ich mal blaumachen konnte getroffen. Dann war Cappuccino-Time mit viel blauem Dunst bei fröhlichem Lästern über die golfgeilen Damen im Club. Es war herrlich, wenigstens eine seelenverwandte Gleichgesinnte dort im Club zu haben, bei der man nicht jedes Wort auf die Waagschale legen musste.

„Das ist Rick, ich brauche ihn dir sicher nicht vorzustellen. Rick, das ist eine Freundin von mir, Marianne. Übrigens, sie ist diejenige, die mir ihre Schläger in Bad Sarow geliehen hat, du erinnerst dich? Ich hatte dir davon erzählt in einem der Briefe.“

„Himmel, bist du mutig, Emma, du hast das Paradestück deiner Golflaufbahn dem Mann gebeichtet, der diesen Platz, sorry, verbrochen hat?“ Marianne kicherte. „Wenn ich an dein Gesicht denke, als du mit dem Driver für Linkshänder abschlagen wolltest! Irrsinnig komisch war das. Schade, die schönen Zeiten sind ja nun dahin, seit du weg bist.“

„Ich habe einen regelrechten Lachkrampf bekommen, als ich es Sunny vorgelesen habe“, schaltete sich Rick in das Gespräch ein. „Obwohl ich da noch ein Hühnchen mit euch beiden Damen zu rupfen hätte, wenn ich darüber nachdenke, wie ihr meinen wunderbaren Championsplatz niedermacht.“

„Ach was, Liebster, denk einfach nicht daran, einige finden ihn sicher toll.“

„Das einige hab ich auch überhört, Liebste.“

„Mein Gott, ihr seid ja wirklich schwer verliebt, und ich hab schon vermutet, es könnte eine Finte sein, um Grit und andere zu ärgern.“

„Nein, unsere Liebe ist echt, damit mache ich keine Scherze!“

„Übrigens, wo ist dein Mann, Marianne?“ Ganz schnell wechselte ich dieses heiße Thema, bestürzt über die überraschende Wendung und den unüberhörbaren Ernst in Ricks Worten.

„Er läuft irgendwo herum, du kennst ihn doch, erfühlt sich nicht wohl, wenn so viele Leute auf einem Haufen sind.“

„Da geht es ihm wie uns, wir werden sicher auch bald verschwinden. Ich muss früh spielen, das ist eine gute Entschuldigung.“

Rick war wieder ganz locker, diese natürliche Dame mit dem blonden Pagenkopf war ihm offensichtlich auch sympathisch.

Marianne sah mich bedeutungsvoll an. „Ruf mich in den nächsten Tagen doch mal an, dann schwätzen und tratschen wir wie in alten Zeiten. Du hast dich bisher nicht gemeldet und hattest es doch versprochen."

„Mach ich. Du hast recht, ich bin eine treulose Tomate, aber ich gelobe Besserung! Tschüss, grüß deinen Gerd."

„Kommen Sie doch bitte wieder an den Tisch, Herr Kaufmann möchte ein paar Worte sagen." Ein anderer Gast unseres Tisches war wohl ausgesandt worden, alle Schäflein einzusammeln, und vereitelte so ein weiteres Mal unsere Flucht auf den Balkon.

„Wir hören uns das jetzt noch an, das müssen wir wohl, und dann hauen wir ab", flüsterte Rick mir zu.

Widerwillig folgten wir dem Herrn an den Tisch.

Der Chef des Imperiums hielt eine endlose Rede (von wegen ein paar Worte), in der er alles lobend hervorhob. Angefangen mit dem gelungenen Pro-Am als vielversprechenden Auftakt der Veranstaltung. Die Organisation, den Platz und ganz besonders seine eigenen Verdienste. Strahlend setzte er sich endlich wieder hin und sonnte sich in dem tosenden Beifall.

„Wir verabschieden uns unauffällig, denn ich spiele früh." Rick beugte sich zu Dr. Kaufmann und sprach ihn leise an, denn er wollte keine Aufbruchsstimmung fördern.

„Mein Guter, das sehe ich ein. Morgen möchte ich von Ihnen viele Birdies sehen und keine Bogies. Eine gute Runde wäre mal wieder fällig, Rick, hab ich recht?" Er schaute lächelnd und beifallheischend in die Runde. Die treue Gefolgschaft stimmte im Chor natürlich zu, waren sie doch persönlich eingeladen am Tisch des Vorstandsvorsitzenden.

„Und beim nächsten Turnier machen Sie mir die Freude und spielen mit mir das Pro-Am. Ich lege dann auch noch ein paar Tausender drauf."

Ein widerlicher Kerl, ich musste mich abwenden, ich konnte mich kaum beherrschen.

Rick jedoch behielt Contenance, Engländer vom Scheitel bis zur Sohle. „Wenn ich in zwei Jahren noch Ihren Anforderungen genüge", dieser Mensch bemerkte natürlich nicht die feine Ironie seiner Worte, „dann gerne."

„Das haben wir geschafft!" Aufatmend ließen wir uns in die Polster der Limousine plumpsen, die uns ins Hotel brachte.

Sunny war schon da und räkelte sich auf der Couch vor dem Fernseher.

„Na, war's schön? Warum frag ich eigentlich, eine Players Night ist fast immer furchtbar öde, oder?"

Wir nickten beide.

„Ich habe schrecklichen Durst, wo ist die Minibar? ich glaube, ich muss jetzt ein Glas Champagner haben."

Irgendwie musste ich die Zeit dehnen, vielleicht so lange, bis wir alle blau waren und zu nichts mehr fähig. Gut?

Gar nicht gut. Rick sollte morgen fit sein. Mit zu viel Schampus konnte das leicht danebengehen.

Zweite Variante: Ich betrinke mich. Auch nicht so gut, aber besser als er.

Stößt ihn vielleicht ab, aber wirkt, denn ich werde dann sofort einschlafen, wahrscheinlich noch hier im Sessel.

Was, wenn er mich dann ins Bett trägt und mich auszieht?

Auch nicht wirklich durchdacht.

„Gibt es da etwas, das ich wissen sollte, Liebling?" Rick schaute mich liebevoll an. „Bist du eine heimliche ...?" Er machte die Handbewegung des Trinkens. Ganz klar, er hatte die Verzögerungstaktik bemerkt und freute sich diebisch.

„Gnädige Frau, voilà, der Champagner." Gekonnt öffnete er die Flasche und füllte drei Gläser. „Meine Damen, auf morgen, auf ein schönes Spiel und ein paar Birdies, drückt mir die Daumen. Ich habe das Gefühl, es könnte klappen."

In einem Zug lehrte ich mein Glas. So richtig entschlossen für eine Taktik war ich nicht. „Bitte, nochmals die Luft rauslassen!" Ich hob es erneut Rick unter die Nase.

„Wirklich? Du schaust schon ganz verklärt." Er füllte das Glas erneut, aber dieses Mal nur halbvoll. „Du bekommst einen Brummschädel davon, Liebes, einen Schwips hast du schon. Und dann wirst du müde und schläfst ein, ohne dass wir uns noch lieben können, und das wäre doch schade."

Sunny wollte sich kugeln vor Lachen, sie freute sich sichtlich. So ausgelassen und gelöst hatte sie ihn wahrscheinlich schon lange nicht mehr gesehen.

Meine Freude hielt sich dagegen in Grenzen. Ich war mir klar darüber, dass hier und jetzt ein Rick vor uns stand, den es in dieser ausgelassenen Form schon länger nicht mehr gegeben haben musste. Die Mienen der Fremden und die Bestätigung der Freunde hatten es mir verdeutlicht. Dieser fröhliche Lausbube mit den funkelnden Augen, der mich permanent anstrahlte, war eine noch größere Gefahr für mich und mein Herz.

Seit der letzten Scheidung, sagte man, sei er viel ernster und in sich gekehrter geworden, das Jungenhafte und Unbeschwerte war auf der Strecke geblieben.

Auch die Medien hatten viel dazu getan. Sie hatten ihn mit Hetzkampagnen fertigmachen wollen. Seither lagen seine Nerven blank, wenn er Pressemenschen auch nur von Weitem sichtete. So cool er auf dem Platz war, so aggressiv konnte er Reportern gegenüber sein.

Seine vielen Frauenbekanntschaften, hatte er mir beim Essen anvertraut, kamen daher, weil er militant auf der Suche war. Auf der Suche nach der Richtigen und mittlerweile aufgegeben hatte, eine Frau fürs Leben zu finden.

Geradeheraus, wie es meine Art war, hatte ich ihm geraten, mal nach einer anderen Sorte Ausschau zu halten, drei dumme junge Gänse waren genug. Fast alle Professionals, die auf der Tour ihr Geld verdienten, waren verheiratet und hatten Kinder. Waren die Kinder noch klein, war die ganze Familie mit auf Tour. Mussten sie dann zur Schule gehen, reisten sie mit den Müttern erst zu den letzten Spieltagen an. Viele hatten erst die ganz großen Erfolge, wenn das Familienleben in geordneten Bahnen war. Das brachte die Ruhe in das unstete Leben eines Pros, den Rückhalt, die Entspannung.

Es ist ein schwerer Beruf, ein Reisender in Sachen Golf zu sein. Ein Leben lang aus dem Koffer zu leben, Tag aus Tag ein nur Hotelzimmer und Golfplatz zu sehen ist nicht einfach. Kaum ist ein Turnier beendet, kaum hat man den Sieg gefeiert oder eine Niederlage eingesteckt, geht es ab in den Flieger und zum nächsten Austragungsort. Es ist nie Zeit da, sich Land und Leute anzuschauen oder gar nach schönen Mädchen Ausschau zu halten. Das Leben besteht aus Packen, Fliegen, Üben und Spielen.

Man musst in der Zeit, in der man ganz oben ist, so viel Geld verdienen, dass es für das weitere Leben reicht und es dabei auch noch so anlegen, dass es sich vermehrt.

Zwar bedeutet ein erster Platz viel Geld und gute Werbeverträge, aber der Weg dahin ist hart, knüppelhart. Ein Pro beginnt seinen Weg auf der Challenge Tour, in billigen Pensionen, von dem Geld lebend, das er in langen Jahren beim Unterrichten auf der Driving Range verdient hat. Sein vorrangiges Lebensziel besteht aus der Hoffnung auf den einen Sieg, der das Sprungbrett ist zu den großen Erfolgen und ihm die ersehnte Karte für die große Tour beschert. Ist er dann endlich dort angelangt, muss er ständig weiterkämpfen, denn nur die hundertzwanzig Besten behalten die begehrte Tourkarte für das nächste Jahr. Erreicht er das Ziel nicht, so geht es zurück auf die Tour School und oft zurück in die Anonymität. Hat er jedoch bei einem Major oder Masters gewonnen, sind die Würfel gefallen, und er ist dabei und wird zu allen Turnieren eingeladen.

‚... dass wir uns noch lieben können.‘ Ich fand das gar nicht so lustig, im Gegenteil, ich wurde rot. „Ich gehe schon mal ins Bad, ihr könnt ja noch weiterplaudern, ich werde langsam müde.“

„Hoffentlich nicht zu müde?“ Rick musste mich wieder necken. Dieser Schuft. Er ahnte genau, was in mir vorging, und nutzte die Situation voll aus.

Ich werde ihn mit meinen Waffen schlagen, wenn er dann aus dem Bad kommt, liege ich schon im Bett und schlafe ganz fest, nahm ich mir vor. Blöde Situation, es wäre so viel einfacher gewesen, wenn Sunny ihr eigenes Zimmer hätte behalten können. Oder ich ein klein wenig hemmungsloser gewesen wäre. Wo war die Emma geblieben, die sich fest vorgenommen hatte, ihn schon in der ersten Nacht zu vernaschen, für den Fall, dass es keine weitere gäbe?

Das Schlafzimmer war dunkel, als Rick eintrat, und ich atmete tief und gleichmäßig. Es gelang mir gut, die Schlafende zu spielen – glaubte ich, bis ich Rick leise lachen hörte.

„Es nützt dir nichts, Liebling, ich weiß, dass du noch wach bist.“

Er stieg ins Bett und rutschte zu mir rüber.

Ich lag schon ganz auf der Kante.

„Pass auf, dass du nicht aus dem Bett fällst, du liegst ja fast auf der Kante“, zog er mich auf und gleich darauf zu sich heran. „Hier ist dein Platz, hier ganz dicht bei mir, da gehörst du hin, als brave Ehefrau.“ Dann wurde er ganz ernst und drehte mich zu sich herum, damit ich ihm in die Augen schauen musste. „Glaubst du eigentlich wirklich, dass ich etwas von dir erzwingen will, was du mir nicht freiwillig zu geben bereit bist? Das habe ich nicht nötig. Ich liebe dich! Nein, dreh den Kopf nicht weg und sieh mich an. Ich habe es dir heute, bevor wir gingen, schon sagen wollen, und ich werde es dir so lange sagen, bis du es glaubst. Ich kann deine Zweifel gut verstehen bei dem Ruf, der mir vorauseilt, aber glaube mir, es hatte auch etwas Gutes: Man wird durch Schaden klüger. Ich verspreche dir, ich werde warten, bis du es auch willst, richtig willst. Mit deinem Körper und deiner Seele, meine Kleine, und dann werde ich dich lieben, dass du alles vergisst, auch deine Zweifel. Aber du musst ‚bitte‘ sagen, ‚bitte liebe mich‘. Dein Körper will mich und meiner dich, das haben wir wohl beide gespürt, heute Abend auf der Tanzfläche, nicht wahr?“

Ich brauchte ihm nicht zu antworten. Er hatte schon alles gesagt, und es stimmte. Mein Körper sehnte sich nach seiner Berührung, aber ich hatte einfach Angst davor, dass es wieder wehtat, nicht körperlich, sondern in der Seele. Liebeskummer ist etwas Grausames, und ich wollte es einfach nicht mehr erleiden. Ich wollte nie mehr so viel Gefühl investieren, dann konnte man auch nicht so viel verlieren.

Sei doch einfach cool und nimm, was sich dir bietet, genieße den Sex und die Zeit mit diesem tollen Typ, solange es dauert, heftig und unbelastet, und dann geht jeder seinen Weg, und man muss nicht reden, kitten, wieder aufbauen und retten. Ich sollte das probieren, aber konnte ich es durchziehen?

„Gute Nacht, mein Schatz, schlaf gut."

Jetzt drehte er sich doch tatsächlich auf die andere Seite, schüttelte das Kissen auf und legte sich zum Schlafen zurecht.

Da lag ich nun, aufgewühlt bis tief ins Innerste. Einschlafen, das konnte ich nun nicht mehr. Ich rollte mich von einer auf die andere Seite und wieder zurück. Warum bin ich jetzt eigentlich so unzufrieden? fragte ich mich, ich habe doch genau das, was ich wollte. Ruhelos drehte ich mich erneut um.

Plötzlich war Rick über mir und machte der Qual ein Ende. Mit einem Kuss verschloss er mir den Mund, noch bevor ich etwas sagen konnte.

„Sei bitte ganz ruhig, entspann dich, ich tue dir nichts."

Er schubste die Decke vom Bett und zog mir das Nachthemd über den Kopf, meinen Protest erstickte er mit einem Kuss.

„Bleib ruhig", wiederholte er. „Es passiert nichts, ich verspreche es, vertraue mir."

In der Dunkelheit konnte ich nur ahnen, was er tat. Mein Körper war angespannt und mein Geist hellwach, aber ich schwieg, war wie gelähmt.

Er fühlte meine Anspannung und flüsterte, beschwörend: „Bleib ganz ruhig, ich möchte dich nur ein bisschen verwöhnen, du musst gar nichts tun, bleib einfach liegen und genieße."

Er berührte meine Füße mit seinen Lippen, ganz langsam glitt seine Zunge um jeden meiner kleinen Zehen herum. Er massierte mit seinen Händen meine Fußgelenke und berührte mit der Zunge die kleinen Adern, die dort pulsierten. Ganz langsam glitt er mit den Lippen und der Zunge im Wechselspiel an den Waden hoch und murmelte beschwörend immer wieder die Worte: „Ganz ruhig, bewege dich nicht, es passiert nichts, ich will dich nur schmecken und küssen."

Sachte schob er mit der Hand meine Beine auseinander und hauchte seinen Atem auf die Innenseite meiner Schenkel.

Mein Atem ging jetzt stoßweise, aber ich wehrte mich nicht mehr. Wie in Trance lag ich da, mein Körper vibrierte unter seinen Berührungen, ich war hellwach und zugleich unfähig, mich zu rühren. Langsam krochen seine wissende Hände an der zarten Haut der Innenschenkel entlang, und seine Zunge wagte sich weiter und weiter. Mir schien es, als ob er viele Zungen und Hände hätte, denn ich spürte ihn überall.

In wohligen Wellen breitete sich die Lust über meinen gesamten Körper aus. Ich fieberte danach, ihm zu gehören, und gleichzeitig erschreckte es mich, welche Lust ich empfand. Leise stöhnend wand ich mich unter seinen Händen, und mein Körper begann sich rhythmisch zu bewegen.

„Bleib liegen, beweg dich nicht, sonst muss ich aufhören", kam die leise Mahnung. Er presste mich fest an sich, und ich spürte seine Erregung.

Als ich leise voll Lust stöhnte, ließ er mich langsam los und streichelte mich sanft weiter. Ich hielt den Atem an. War es vorbei?

Ganz zärtlich verschloss er meinem Mund mit einem Kuss.

„Pst, sag jetzt nichts, schlaf gut, mein Liebling."

„Aber ..." Ich war ein klein wenig enttäuscht.

„Wir haben alle Zeit der Welt, mein Liebes, ich möchte nichts überstürzen, dazu bedeutest du mir zu viel."

In seinen Armen schlief ich ein.

Umfangen noch von einer wohligen Müdigkeit, räkelte ich mich am nächsten Morgen im Bett. Langsam, nur sehr ungern öffnete ich die Augen, ich hatte einen wundervollen Traum. Ich sah mich um.

Eindeutig Hotelzimmer, ein sehr schönes Hotelzimmer, ich richtete mich langsam auf. Der andere Teil des Bettes war benutzt, aber leer. Neben mir auf dem Bett lagen ein Blatt Papier und ein dunkelblaues Kästchen verschnürt mit einer Goldkordel. Ich nahm beides in die Hand und entschied mich erst mal für den Zettel.

„Liebes, du hast so schön geschlafen und meinen Namen geflüstert, als ich dich zum Abschied küsste. Komm ganz schnell nach, ich brauche dich. Rick. Du machst mich glücklich, wenn du den Ring trägst."

Ring? ... Das Kästchen! ...

Der Ring war zauberhaft. Ein schmaler Platinreif mit einem gelben, herzförmigen Diamanten, der ebenso in Platin gefasst war. Ähnlich meinem Halskettchen, das ich immer trug, als Erinnerung an meinen Vater. Es war sein letztes Geschenk.

Ich probierte ihn sofort, er passte wie für mich gemacht. Wie konnte er das wissen? Meine Finger waren so zart, dass mir nie auf Anhieb ein Ring passte. Hatte er ihn am Ende extra machen lassen? Aber wann?

Gedankenverloren stand ich auf.

Oh Gott, er war schon nach zehn Uhr, jetzt aber schnell! Kurzdusche, warme Klamotten, das Wetter sah scheußlich aus. Ich entschied sich für mein rotes Polo Fleece Hemd, das ich schon damals in Heidelberg getragen hatte, mit der passenden dicken blauen Steppweste, ausziehen konnte man immer noch etwas, aber lieber zu warm als frieren. Und heute fror ich sowieso. Ich zwang mich angestrengt, nicht nachzudenken. Ich schob es einfach auf.

Eine halbe Stunde später saß ich schon im Shuttle zum Club.

Frau von Gruydener, die Hotelchefin hatte mir schnell noch einen Espresso besorgt, während ich das Auto rief und nach dem Ring fragte.

Dabei erfuhr ich die ganze Geschichte. Rick hatte genau diesen Ring im Schaufenster des Juwelierladens entdeckt, und er bestand darauf, dass er über Nacht auf meine Größe gerichtet wurde. Wahrscheinlich gehörte der Laden auch zum Hotel, ebenso wie die Boutique.

„Zu solch einem Mann kann man Ihnen nur gratulieren", rief sie mir noch beim Hinausgehen zu.

Die Fahrt ging viel zu schnell vorbei, meine Gedanken kreisten nur um das eine Thema, die vergangene Nacht.

Die hemmungslose Leidenschaft, die augenscheinlich in mir geschlummert hatte und die er in mir geweckt hatte, erschreckte mich, und zugleich machte es mich sehr glücklich. Ich hatte oft schon gedacht, es sei alles vorbei, die zweite Hälfte des Lebens fließe nun nur noch plätschernd dahin, aber dieser reißende Strom heute Nacht strafte diese Gedanken Lüge. Der Mann, der meine tiefsten Wünsche erkannt und erfüllt hatte, der mich mitgerissen hatte, willenlos, auf die andere Seite meiner Seele, faszinierte mich und ängstigte mich zugleich.

Gut, ich war schon immer sexuell gerne aktiv gewesen und war dabei sehr offen und direkt. Aber so unendlich genossen wie Ricks Liebkosungen in der vergangenen Nacht hatte ich noch nie zuvor etwas. Es war eine neue Erfahrung für mich, fast zum Höhepunkt zu kommen, ohne etwas zu geben, als Gegenleistung sozusagen. Ich hatte ihn nicht einmal berührt, aber von ihm die höchsten Wonnen empfangen, die man sich denken konnte, ganz selbstlos. Ich hatte beschlossen mich nicht zu schämen, es gab nichts zum Schämen.

Heute Nacht war ein anderes Kapitel in dem Buch meines Lebens aufgeschlagen worden, und das war fantastisch, ich lebte wieder, und das Leben war wunderbar, ich hatte es fast vergessen.

Mal sehen, was es noch für mich bereithielt.

Es ist eigentlich ganz nett, ein VIP zu sein, dachte ich, als ich direkt bis vor den Club chauffiert wurde, wo man mich schon erwartete.

Sunny hatte alles organisiert.

Ein Buggy stand da und mit ihm ein netter junger Mann, ich vermutete ein Student, der bereit war, mich überall hinzufahren.

„Ihr Mann ist am sechsten Loch, am besten wir fahren gleich zum siebten Abschlag", schlug er vor.

Ich erfuhr dann auch gleich, dass Rick nach fünf Löchern even lag, aber nun ins Wasser geschlagen und einen Bogey Putt hatte. Mein Fahrer, Sven, hatte immer sein Ohr am Walkie Talkie und war auf dem neuesten Stand. Wir fuhren zum siebten Abschlag, kamen dort ohne Probleme an, denn Sven machte seinen Job sehr gut. Er brachte mich mühelos zu einem der vorderen Plätze, direkt hinter der Absperrung. Klar, er hatte eine Uniform, die Platz schaffte. Auch er hatte mich mit Frau Fields angesprochen. Irgendwann würde dieser Schwindel auffliegen. Egal.

Als Rick kam, war alles vergessen. Alle Zweifel, die sich in mir hochgeschaukelt hatten, schmolzen dahin, wie ein Eisberg in der Sonne. Bei seinem Anblick liefen mir kleine, wohlige Schauer über den Rücken, und ich spürte für einen winzigen Moment wieder seine Hände über meinen Körper tanzen.

Ernst und sehr konzentriert ging er zum Abschlag. Kurz schaute er suchend in die Runde. Sunny hatte mir später berichtet, dass er an jedem Abschlag nach mir Ausschau gehalten und immer wieder enttäuscht weitergespielt hatte. Dann entdeckte er mich in der ersten Reihe, eingekeilt zwischen den Zuschauern, die ihn mit aufmunternden Rufen anfeuern wollten.

Er streckte der verdutzen Sunny schnell den Schläger hin, kam zu mir an die Absperrung, nahm ich heftig in die Arme und küsste mich sehr ausgiebig auf den Mund. Der Beifall der Zuschauer begleitete ihn zurück zum Tee, von wo er ohne weiteres Zögern abschlug. Es war ein grandioser Abschlag, Tigerline über das Wasser mitten auf das Fairway. Am Grün wartete ich schon auf ihn. Ich wollte das erste Birdie fallen sehen. Einen Acht-Meter-Putt lochte Rick ein, und ich jubelte mit in dem Chor der Zuschauer.

„Das war es, du schaffst es, ich weiß es", flüsterte ich ihm zu, als er mich auf dem Weg zum nächsten Tee kurz an sich drückte.

„Du bringst mir Glück, Liebling", war seine Antwort.

Von da an gelang alles. Immer das gleiche Ritual, Abschlag, Blick zu mir, ansehen, Konzentration, Maßnehmen und perfekt Rausdonnern. Ich hatte große Mühe, hinterherzukommen, trotz Buggy.

Die Menschen waren unbarmherzig in ihrer Gier, alles sehen zu wollen. Sie schubsten rannten, stellten sich dem Buggy in den Weg und versperrten sogar oft den Spielern die Wege zu den Abschlägen.

Nach den nächsten vier Löchern lag Rick schon drei unter. Er hatte vier Birdies in Folge gespielt. Am letzten Loch gelang es ihm noch einmal, den Birdie-Putt einzulochen unter dem Jubel der Zuschauer.

Das war er wieder, der „alte“ Rick, wie in seinen besten Jahren. So kannten ihn seine Fans. Das Tal der Tränen war vergessen, die miesen Zeitungskritiken auch. Die Fans hatten wieder einen neuen Favoriten, den Altmeister.

Rick Fields war zurück.

Strahlend stand ich am letzten Grün und fiel ihm in die Arme, die Zuschauer tobten, als er mich umarmte und innig küsste.

„Ich gebe schnell die Score-Karten ab, und dann brauche ich einen Kaffee.“

Sunny und ich gaben uns fest die Hand und drückten uns glücklich, dann folgten wir ihm.

„Hallo, Süße, hast du mir nichts zu erzählen?“

Jane stand urplötzlich hinter mir, als ich auf Rick wartete, und umarmte mich überfallartig von hinten. „Ich glaube, ich habe da irgendetwas verpasst. Kann das sein? Habe ich gerade richtig gesehen, Rick Fields hat dich umarmt und geküsst? Ist da etwas, das ich wissen sollte?“

„Oh Jane, schön, dass ihr da seid, wo ist Kai?“

„Lenk nicht ab, er holt Essen. Erzähle, los, mach schon. Was ist passiert? Ich denke, er ist mit seiner Frau da, so erzählt man es hier schon seit gestern.“

„Jane, du wirst es nicht glauben, die Frau bin ich. Gestern, als du angerufen hast, hab ich dir doch gesagt, dass er neben mir sitzt, aber du hast nur gelacht.“

Nun erzählte ich der staunenden Jane in kürzester Fassung und natürlich zensiert einen kleinen Teil der Story von Emma und Rick.

„Das gibt es doch nicht, aber das sieht dir wieder mal ähnlich.“ Jane konnte es kaum glauben. „Sag bloß kein Wort davon zu deiner Tochter, die flippt total aus, wenn sie die Geschichte hört, hoffentlich hat sie es nicht im Fernsehen gesehen. Kai hat gerade auch ganz eigenartig geschaut, er denkt immer noch viel an David. Immerhin hat er oft Caddie für ihn gemacht. Dass du nun und Rick Fields ... Wo ist er denn, dein Rick?“

„Hier ist er.“ Unbemerkt war er hinzugetreten und legte den Arm besitzergreifend um meine Schultern.

Mittlerweile war auch Kai wieder da mit, wunderbaren Thüringer Würsten im Brötchen.

„Hab ich einen Hunger, darf ich mal abbeißen?“ Mir lief das Wasser im Mund zusammen. „Ich kippe gleich aus den Pantinen, wenn ich nichts zu essen bekomme.“ Dabei grinste ich Rick an. „Ich habe nämlich nicht einmal gefrühstückt!“

„Du schwindelst, ich habe dich eine Banane essen sehen, am neunten Grün.“

„Was du alles gesehen hast! Du solltest dich doch auf dieses kleine, weiße Bällchen konzentrieren. Wieso hast du eigentlich trotzdem so gut geputtet? Das wundert mich. Und was die Banane anbetrifft, die hat mir ein Zuschauer geschenkt, als er gemerkt hatte, wie ich ihm vor Hunger dieses Ding fast aus dem Mund gestarrt habe.“

Alle lachten herzlich über meine Beschreibung, und die etwas steife Atmosphäre wurde dadurch aufgelockert.

„Fünf unter für den ersten Tag, das ist Platzrekord“, gratulierte Bernd gut erzogen.

„Ich musste euch wohl nicht bekannt machen, oder?“ fiel mir etwas zu spät ein.

Auf Janes Frage, ob man sich noch sähe, und in welchem Hotel ich wäre, wurde ich tatsächlich etwas rot, was wiederum Rick köstlich amüsierte. Er beantwortete bereitwillig alle Fragen. „Wir gehen jetzt eine Kleinigkeit essen, anschließend machen wir uns einen ruhigen Abend im Hotel. Emma bleibt bei mir, sie gehört zu mir.“ Ruhig und bestimmt machte er hier meinen Freunden seine Besitzansprüche klar, milderte aber gleich darauf den ernsten Ton, indem er lockerer fortfuhr: „Wie wär’s aber mit Sonntag nach dem Turnier? Sollte ich unter die ersten zehn kommen, lade ich Sie zu einer kleinen Feier ein.“

„Gerne, danke.“ Jane und Kai freuten sich sichtlich. Und als wir und zum Gehen wandten, schoss Jane noch eine letzte Frage ab. „Was sollen wir Nina sagen? Sie ruft schon dauernd bei uns an und fragt nach dir.“

„Die rufe ich später vom Hotel aus an, ich erzähle ihr alles selbst. Nichts verraten, bitte!“

„Na, dann viel Spaß dabei“, lächelte Jane, denn sie kannte Nina nur zu gut.

„Bist du auch nächste Woche in Wentworth dabei, Rick?“ Colin, der die Szene vor dem Abgabehäuschen lächelnd beobachtet hatte, kam zu uns. „Wir könnten doch die Proberunde gemeinsam spielen, wie in alten Zeiten.“

Mein Gott, nächste Woche! Ich lebte hier und heute, darauf hatte ich mich gerade mit mir selbst geeinigt. Jetzt fing Colin schon mit der nächsten Woche an. Ich war mal gespannt, was Rick dazu zu sagen hatte. Ich legte meine Stirn in Dackelfalten und signalisierte ihm eine kleine Warnung.

„Sicher spiele ich in Wentworth, ist doch mein Heimatplatz.“ Zu mir gewandt, erklärte er: „Ich stamme doch aus dieser Gegend, aber über Termine reden wir noch. Colin, ich möchte Emma gerne, wenn sie sich die Zeit nehmen kann und mitkommt, ein wenig die Gegend dort zeigen, damit sie auch meine Heimat kennenlernt, wo sie mir doch gestern ganz liebevoll Wiesbaden gezeigt hat.“ Seine Antwort war sehr diplomatisch, er musste meine Signale empfangen haben.

Eine halbe Stunde später lag ich auf dem Sofa der Suite und telefonierte mit Nina. Fünf Anrufe in Abwesenheit hatte das Handy angezeigt, alle von ihr.

„Mami, wo bist du? Ich habe mir Sorgen gemacht.“

Unzählige Male hatte ich diesen Satz von meiner Tochter gehört und immer die gleiche Antwort gegeben: „Ich bin erwachsen, Nina, du brauchst dir keine Sorgen zu machen, ich melde mich schon. Wenn ich es mal nicht tue“, fügte ich hinzu, „so ist das höchstens ein gutes Zeichen, dann geht es mir gut.“

„Dass es dir gut geht, habe ich gemerkt, schon fast zu gut. Ich habe nämlich ferngesehen. Das warst doch du, und zwar in Großaufnahme. Leugnen nützt nichts, ich habe dein rotes Fleecehemd erkannt, das wir zusammen gekauft haben. Frank hat zwar behauptet, das seiest du nicht, aber ich weiß, dass du es warst. Gib es zu!“

„Ich gebe gar nichts zu, bevor ich nicht erfahre, was du gesehen hast, und überhaupt, seit wann schaust du Golf?“

„Das ist wieder typisch für dich, du lenkst schon wieder ab und kommst mir mit einer Gegenfrage. Tu nicht so scheinheilig, Mami, du warst die Frau auf dem Grün beim Turnier, die Rick Fields umarmt und geküsst hat, und zwar sehr ausgiebig, ich habe es mir genau angeguckt. Er hat ihn sicher verdient, den Kuss, meine ich, aber musste es ausgerechnet meine Mutter sein, die ihn abknutscht? Wie peinlich!“

„Ich? Niemals, ich war das nicht ... würde ich so etwas jemals tun? Und außerdem hat *er* umarmt und geküsst und nicht ich. Ich habe nur stillgehalten.“ Lüge, Emma, schäm dich, du hast es genossen und zwar aktiv!

„Ich wusste es! Frank, sie war es. – Peinlich, Mami, wie kannst du nur? Ich gebe zu, er sieht super aus, aber er ist dunkelhaarig. Du hast doch sonst immer Blonde. Und er ist riesengroß, über 1,85 Meter du bist gerade mal 1,60.“

„Übertreibe nicht, immer nur Blonde, dein Vater ist blond und David auch, aber in meinen Sturm-und-Drang-Jahren vor der Ehe, habe ich immer nur für dunkelhaarige Männer geschwärmt.“

„Ach, Mami, mir scheint, deine stürmischen Jahre haben gerade erst begonnen, und ich werde noch alle Hände zu tun bekommen, damit du nicht unter die Räder kommst. Wo bist du eigentlich gerade? Bei den Waldmanns steckst du nicht, da habe ich soeben angerufen, Jane wollte nichts sagen. Also, raus mit der Sprache!“

„Ich komme mir wieder mal vor, als sei ich das Kind und du die Mutter.“ Ich musste lachen, Nina war einerseits zu komisch in ihrer Fürsorge, aber auch richtig lästig, wenn sie wieder mal auf moralisch machte. „Ich bin in einer tollen Suite im Hotel in Köln, liege auf dem Sofa im Wohnzimmer und relaxe, weil ich eine anstrengende Nacht und einen ebensolchen Tag hinter mir habe.“

„Schön, aber ich weiß immer noch nicht, warum und mit wem du in diesem Hotel bist“, ging die Inquisition weiter.

„Ich bin mit Rick hier, wie du schon richtig vermutest, warum fragst du eigentlich? Ich erzähle dir alles, wenn wir uns sehen. Ihr könnt ja am Sonntag herkommen, ich habe Karten für euch, wenn ihr wollt. Sollte Rick unter die ersten zehn kommt, lädt er uns alle zum Essen ein.“

„Echt? Klingt gut. Ist er nett? Du wolltest doch nie mehr etwas mit einem Pro anfangen. Meint er es auch ernst mit dir, oder bist du nur ein Flirt? Darin soll er ja nicht gerade zimperlich sein.“

„Halt, stopp, jetzt ist es genug. Du bekommst eine Zusammenfassung, wenn wir uns sehen, wann auch immer. Überlegt euch inzwischen, ob ihr kommen möchtet und gebt Bescheid. Ich lege jetzt auf.“

„Pass auf dich auf, Mami, rufe bitte morgen wieder an. Denk immer daran, wir lieben dich alle. Vielleicht bis Sonntag, ich freue mich. – Sag mal, liebst du ihn?“

„Nina!“

„Okay, hab’s kapiert Mami, tschüss.“

Das war genau die Frage, die ich mir auch stellte.

Liebte ich ihn?

Was war denn Liebe? Konnte man Liebe definieren?

Und wenn, wie?

Verwechselte man nicht oft genug Leidenschaft und guten Sex mit Liebe?

Und wenn dann die Leidenschaft vorbei war, was blieb übrig?

War dann die Liebe auch vorbei?

Oder kann aus Leidenschaft Liebe werden, die ein Leben lang hält?

Ein Leben lang, wie lange ist das?

Ich hatte vor einigen Monaten ein altes Paar beobachtet, das Hand in Hand im Park spazieren ging und sich nach einer Weile auf eine Bank setzte, ganz eng zusammen, und schweigend die Enten im Teich beobachtete. Ich hatte mich zu ihnen gesellt und offen gefragt, wie lange sie schon verheiratet seien. Die beiden hatten sich lächelnd angesehen und erzählt: „Wir sind beide jetzt achtzig Jahre alt und seit zehn Jahren verheiratet. Wir lieben uns seit sechzig Jahren. Jeder hat einen anderen Partner gehabt, ihn heiraten müssen, aber wir waren uns immer nah, hatten immer Kontakt, haben uns nie aus den Augen verloren. Als wir dann beide frei waren, haben wir sofort geheiratet, mit allem drum und dran und", sagte der alte Mann verschmitzt lächelnd mit einem Augenzwinkern in seinen plötzlich jung gewordenen Augen. „... mit einer richtigen Hochzeitsnacht!"

Ich war gedankenverloren heimgegangen.

Ich hatte für mich entschieden, das war Liebe.

Liebe lässt sich nicht an der Zeit messen, auch nicht genau definieren, aber ich spürte, diese beiden Menschen liebten sich. Das Erlebnis gab mir ein Stück meines verlorenen Glaubens an die Liebe zurück.

Schon dreimal hatte ich geglaubt zu lieben.

War es Liebe gewesen?

Ich war fast geneigt zu glauben, dass ein Mensch mehr als einmal lieben kann. Denn jedes Mal war es eine andere Art von Liebe gewesen, aber immer sehr schön.

Warum nur ging es zu Ende, und warum tat es immer so weh, egal, wer es beendete? Tat es weh, weil man einen Menschen hergeben musste und man nun allein war. War es das, die Angst vor der Einsamkeit? Oder gar die Angst vor der Kritik der anderen Leute?

Oder tat es weh, weil man die Böse war und verließ, jemanden zurückließ und damit verletzte?

Was ist dir lieber gewesen, fragte ich mich, verlassen zu haben oder verlassen zu werden? Beides hatte ich erlebt, und beides war für mich schrecklich gewesen. Die kalte Wut des Mannes zu erfahren, den ich verlassen hatte, und gleichzeitig mit dem schlechten Gewissen leben zu müssen, ihn zurückgelassen zu haben.

Oder der Schmerz des Verlassenwerdens. Wenn man sich zurückzog, um seine Wunden zu lecken wie ein verletztes Tier, niemanden sehen wollte, immer sich die gleiche Frage stellte: Warum? Warum ist er fortgegangen? Was habe ich falsch gemacht, dass er ging?

Aber dieses Leiden war, wenn man das sagen kann, angenehmer als das andere, das schuldvolle Leiden. Man kann diesen Kummer mit gutem Gewissen auskosten, richtig trauern, den anderen verfluchen, wütend auf ihn sein, denn man fühlte sich frei von jeglicher Schuld. Gesunde Wut war heilsam und half Aggressionen abzubauen. *Er* ist ja gegangen. Nach einer Weile ebbt der Schmerz ab, und das Leben geht weiter, wenn man es auch nicht für möglich gehalten hat.

Das schlechte Gewissen geht nicht so schnell vorbei, es wird zwar besser mit der Zeit, aber es kehrt in Abständen wieder, und richtig enden tut es nie.

Mit dem weißen Hotelbademantel bekleidet, kam Rick aus dem Schlafzimmer. Er beugte sich zu mir herunter und küsste mich. „Du schaust so ernst. Ist alles in Ordnung?“ Als ich nickte, fuhr er fort: „Ian hat gefragt, ob wir noch in den englischen Pub kommen und ein bisschen zusammen sitzen, möchtest du? Oder sollen wir hier bleiben und hier essen?“

„Essen müssen wir, ich habe Hunger“, grinste ich spitzbübisch, „riesigen Hunger. Am liebsten würde ich einen Hamburger essen, mit viel Ketchup und Pommes oder Pasta oder einen großen Teller Gnocchi mit Mozzarella und Tomatensoße oder am besten alles. Und einen riesen Eisbecher und Schokoladenmousse und ...“

„Halt, stopp, ich habe verstanden, wir gehen sofort los. Auf, zieh dich an, sag mal, du bist nicht zufällig schwanger? Dieser Heißhunger und diese Kombination machen mich nachdenklich.“

Er lachte fröhlich und gab mir einen Klaps auf mein Hinterteil.

„Wenn man nur vom Küssen schwanger werden kann, dann könnte es sein, denn mehr war ja nicht, oder? War da was, von dem ich nichts weiß?“

„Du bist ganz schön frech, jetzt, wo du dich sicher fühlst. Ich sollte dich zur Strafe gleich lieben und schwängern, oder essen wir erst?“

„Erst essen.“

Das Thema wurde gefährlich.

Wir waren fröhlich und fühlten uns wie zwei jungverliebte Studenten, als wir, wenige Minuten später, Hand in Hand durch die entzückenden Gässchen der Altstadt von Köln schlenderten. Rick bewunderte die alten Fachwerkhäuser in den verwinkelten Straßen. Er bedauerte wieder einmal, dass viel zu wenig Zeit war, eine so schöne Stadt richtig anzuschauen. Wir trugen beide Jeans und Sweatshirts, als hätten wir es abgesprochen.

„Willst du wirklich da hinein?“ fragte er mich, als wir vor einem McDonald’s standen.

Strahlend nickte ich. „Ich liebe McDo.“

Ich merkte ihm an, dass er das nicht wirklich glauben konnte. Er ließ mich auch nicht aus den Augen, als ich einige Minuten später voll Lust in meinen Hamburger biss, als wäre es die größte Delikatesse der Welt. In diesem Moment war es das auch für mich.

„Sag mal, wie viele Gesichter hast du, mein Schatz? Bist du wirklich die gleiche Frau, die gestern Abend inmitten der High Society von Köln im Rena Lange Outfit am Schlemmerbuffet stand und Konversation auf höchstem Niveau machte, schön, selbstbewusst und gewandt? Die Frau, die hier gerade voll Lust und Heißhunger mit der gleichen Nonchalance ihren Hamburger verzehrt? Statt Hummer, Kaviar und Champagner, Pommes mit Ketchup und Cola aus dem Pappbecher?“

Statt einer Antwort küsste ich ihn lachend auf den Mund. Meine Hände, Mund und Nase waren voll Ketchup, und ich strahlte vor Vergnügen. Klar, ich stopfte gerade Unmengen von Kalorien in mich hinein. Egal, ich war sowieso keine Twiggy. Ob er mich zu dick fand?

Ich linste über meinen Burger in sein Gesicht.

Seine Augen strahlten, und er schaute mich so an, wie ich wahrscheinlich meinen Hamburger Royal mit extra viel Käse kurz vor dem ersten Biss angeschaut habe.

Jetzt war es auch für mich eindeutig, er musste verliebt sein, in mich.

„Findest du, dass ich zu dick bin?“

Rick verschluckte sich fast an seinem letzten Bissen. „Wie kommst du denn darauf?“ Er nickte aber sofort, als ihm die Erleuchtung kam. „Ach, du meinst, weil du gerade tausend Kalorien verzehrst, ich möchte fast sagen hingebungsvoll verschlingst?“

Ich konnte nur nicken, mein Mund war voll, das letzte Stück war wohl ein wenig zu groß gewesen.

„Weißt du, was ich gerade gedacht habe?“

„Sag’s mir.“

„Endlich mal eine Frau, die nicht peinlich darauf achtet, wo wie viel Kalorien sich verstecken. Um deine Frage zu beantworten, du bist nicht dick. Du hast die richtigen Rundungen dort, wo sie hingehören, und es gefällt mir. Das habe ich gesehen und auch gespürt. Ganz intensiv letzte Nacht!“

Er grinste, ich wurde rot.

„Männer lügen, wenn sie behaupteten, dünne Frauen seien ideal. Ein Großteil meiner Artgenossen hätte lieber eine Frau mit weiblichen Formen im Bett, sie geben es nur nicht zu.“ Er wischte mir mit der Serviette den Mund und die Hände ab und fragte: „Jetzt Pasta?“

Noch kauend und das letzte Pommes in den Mund schiebend, nickte ich. „Oder vielleicht lieber doch erst schwängern?“ Hier, wo keine Gefahr bestand, wurde ich frech und mutig.

Mitten im McDonald’s schnappte er mich und schloss mir den vorlauten Mund mit einem Kuss.

Arm in Arm gingen wir weiter in durch die alten Gassen in Richtung Pub.

„Ich will nicht mehr schwanger werden.“ Ich schaute zu ihm hoch und schmiegte mich noch ein wenig näher an ihn. „Ich fühle mich zu alt dafür. Mit über vierzig sollte man es lassen.“ Das wollte ich schon lange loswerden.

Er lachte nur laut und sagte: „Schau dich doch mal an, hier in dem Schaufenster, was bitte siehst du da? Ein kleines, freches, blondes Mädchen.“

„Blonde Strähnen, bitte.“ Klischeeblondine ließ ich mir nicht aufhalsen.

Er war nicht zu beirren. „Ein kleines, freches meinetwegen blond gesträhntes Mädchen in Jeans, mit einem Mickey Maus-T-Shirt und einem Baseballcap auf dem Kopf. Alt ist anders, gib’s zu. Wie alt bist du überhaupt?“

„42.“

„Und wie alt fühlst du dich? Darauf kommt es allein an.“

„Manchmal wie Methusalem und heute wie fünfundzwanzig. Bitte, Rick, gib mir schnell noch einen Kuss, da hinten ist schon das Pub, in dem die Freunde warten, und ich möchte dich vorher noch einmal spüren.“

Es war das erste Mal, dass ich diesen Wunsch äußerte, bis zu diesem Zeitpunkt gingen die Zärtlichkeiten ausschließlich von ihm aus. Abgesehen von den kleinen Bussis, die ich ihm zweimal gegeben hatte.

Es war ein langer Kuss, ich saugte mich fast verzweifelt und sehr leidenschaftlich an ihm fest und löste mich nur ungern und zögernd von ihm, um ihn sofort erneut innig zu küssen.

„Sollen wir ins Hotel gehen?“ Kaum ausgesprochen, bereute er seine spontane Frage schon und sah mich vorsichtig an.

Es war keine Angst in meinen Augen, als ich zu ihm aufsah. Plötzlich war alles so selbstverständlich.

„Ich möchte mit dir schlafen, Rick, heute Nacht.“

Im Pub war es laut, voll und total verraucht. Durch die Nebelschwaden und Menschen hindurch drängend, fanden wir den Tisch der Freunde.

Colin, der Schotte, war da und Sam, langjähriger Weggefährte von Rick, und natürlich Susan und Ian, die sich ganz besonders freuten, uns zu sehen. Es gab ein lautes Hallo. Wir quetschten uns noch mit an den runden Holztisch und wurden sogleich in die Unterhaltung einbezogen.

Thema Nummer eins war, wie könnte es auch anders sein, Golf.

Thema Nummer zwei, Rick und Emma, die Story des Turniers.

Bereitwillig schilderten wir abwechselnd, jeder aus seiner Sicht, die erste Begegnung, damals in Heidelberg. Die Freunde konnten sich vor Lachen kaum mehr halten, und wir erregten die Aufmerksamkeit der anderen Gäste, weil unser Tisch bei weitem der fröhlichste im ganzen Lokal war. Ich bekam zwar nicht, wie erhofft, meine Pasta, aber wir ließen uns alle zusammen einen riesigen Teller mit köstlichen Flammkuchen kommen.

„Das war doch jetzt richtig nett“, freute sich Rick, als wir zwei Stunden später ins Hotel gingen.

„Ja, es war ein schöner Abend.“

Ich fühlte, Rick hatte es genossen, wieder mal einen unbeschwerten Abend im Kreise seiner Freunde zu verbringen. Sein selbstgewähltes Einsiedlerdasein hatte ihn unbewusst doch sehr belastet, vermutete ich, denn alle hatten mir heimlich zugeflüstert, wie er sich doch verändert habe, und wie froh sie seien, dass er wieder unter Menschen ging.

Ich hatte mit Susan geplaudert, die mich gleich an ihre Seite gezogen hatte. Rick saß mir gegenüber neben Sam und war nicht so glücklich über die Trennung. Mir war es ganz recht gewesen, so hatte ich ungestört mit Su sprechen können.

„Weißt du, noch vor kurzer Zeit war er ein arrogantes Arschloch.“ Su nahm kein Blatt vor den Mund, das gefiel mir gut. „Mit uns hat er sich immer verstanden und war normal, denn er kennt Ian schon von Kindheit an. Aber die anderen mochten ihn alle nicht mehr, er war nicht beliebt auf der Tour, weil er so hochnäsig war. Und dann seine Frauen!“ Sie rollte mit den Augen. „Die waren furchtbar. Total aufgedonnert liefen sie auf dem Platz herum, wie Frau *Ichbinwasbesonderes*, eine wie die andere gleich schrecklich. Bei jeder neuen hofften wir, sie sei anders, normaler, bis er sie uns dann vorstellte und wir merkten, dass es wieder die gleiche Sorte war, hohl, dumm und hinter seinem Geld her. Jetzt sind wir uns einig, mit dir hat er das große Los gezogen, du passt zu ihm. Liebst du ihn? Sag, werdet ihr heiraten? Mir scheinst du etwas zurückhaltend zu sein – im Gegensatz zu ihm. Ihn hat es voll und ganz erwischt. So haben wir ihn noch nie erlebt.“

„Halt, halt, Susan, wir kennen uns doch erst seit drei Tagen, und außerdem habe ich vom Heiraten die Nase voll, ich möchte nicht mehr heiraten."

„Schade", Su war ganz enttäuscht gewesen, „wir finden alle, dass ihr super zusammenpasst und du endlich die Richtige für ihn bist. Er wirkt so richtig glücklich, er hat dich den ganzen Abend über nicht aus den Augen gelassen. Na ja, vielleicht überlegst du es dir noch. Ihr habt euch ja erst kennengelernt. Die paar Stunden in Heidelberg zählen nicht, richtig los geht's erst jetzt."

Warum nur sprachen alle von Liebe und Heiraten? Konnte man nicht auch ohne Trauschein Spaß haben zusammen, musste denn gleich geheiratet werden? Und sowieso, nach zwei Tagen konnte man noch gar nicht davon reden. Was die alle immer nur hatten. Freilich, Su und Ian waren nun schon zehn Jahre verheiratet und sehr glücklich, das sah man den beiden an. Su war fünf Jahre älter als er, das hatte sie mir anvertraut. Durch die Arbeit an der frischen Luft sahen allerdings alle Pros wesentlich älter aus und waren auch mental viel reifer. Dieser Beruf macht alt, hatte ich immer scherzhaft behauptet, und es war auch etwas Wahres dran. Durch die frühe Abnabelung von zu Hause waren die jungen Pros am Anfang ihrer Karriere ganz allein auf sich gestellt, wenn sie so einsam von Turnier zu Turnier jetteten. Sie hatten noch keinen Manager und keinen festen Caddie und konnten nur selten daheim unter Mutters Fittiche kriechen. Sehr bald war dann nicht mehr viel von der Leichtigkeit der sonst Zwanzigjährigen vorhanden.

Ihre Heimat war das jeweilige Hotelzimmer und die Freunde. Es waren aber nur wenige Freundschaften von Bestand, die den Druck des Konkurrenzkampfes aushielten. Denn auf dem Platz spielte jeder für sich und seinen Geldbeutel allein, nur die besten Scores zählten.

Die ständig wechselnde Witterung, mal strahlend heiße Sonne, mal hässlich kalt und nass, trugen zu dem Alterungsprozess bei. Ein Tour Pro sah mit dreißig aus wie vierzig, das war halt so.

Mein Exfreund war vier Jahre jünger gewesen, und ich wollte das nicht mehr, einen jüngeren Mann. Er sollte mindestens acht Jahre älter sein.

Ich wollte nicht bei jeder neuen Falte in Panik geraten und mir Jahr für Jahr die Frage stellen: Bin ich zu alt für ihn, denken die Leute womöglich boshaft, ich gehe mit meinem Sohn aus? Ich war schon bereit, der Natur irgendwann ein Schnippchen zu schlagen und ein paar Falten wegzaubern zu lassen, aber keinesfalls à la Cher oder Joan Collins, die die ewige Jugend für sich wollten. Pro Lifting wurden die Gesichter immer mehr zu einer starren

Maske. Aber, und das war sicher, wenn ich je kleine Korrekturen machen ließe, dann nur unblutig und dezent, und ich würde das nicht für einen Mann tun, sondern für mich allein, für mir eigenes Selbstbewusstsein.

Im Aufzug nach oben standen wir uns schweigend gegenüber. Hoffentlich ist Sunny schon da, dachte ich. Er wünschte sich sicher das Gegenteil.

„Komm zu mir, Liebling, warum bist du so weit weg?“

Rick zog mich plötzlich an sich, und ich stolperte ihm in die Arme. Durch die Berührung und eine leichte Gelöstheit durch ein großes Guinness war es mit meiner Beherrschung vorbei, ich presste mich fest an ihn.

„Halt mich ganz fest, küss mich, Rick, bitte.“

Mein Mund öffnete sich fordernd. Es war, als ob der Knoten der Zurückhaltung endlich geplatzt wäre, so leidenschaftlich drängte ich mich an ihn. Mit nur zwei Fingern öffnete er vorsichtig den Reißverschluss meiner Jeans, aber ich konnte Rick nicht mehr zurückstoßen, ich fieberte der Berührung seiner Finger entgegen. Ich merkte nicht mehr, wie er den Aufzug anhielt und mich unter leidenschaftlichen Küssen aus der Hose zu befreien versuchte. Ohne mich loszulassen, nahm er meine Hand und schob sie sanft, aber nachdrücklich an seine Hose. Erschrocken wollte ich ausweichen, aber er hielt sie fest und legte seine Hand darüber.

„Spürst du, wie ich dich begehre?“ flüsterte er heiser vor Lust. „Lass mich nicht mehr warten, mein Herz, ich will dich ganz.“

Ich konnte nur mit dem Kopf nicken und mich noch enger an ihn drängen. Etwas zaghaft flüsterte ich: „Ich will es auch.“

Ja, ich wollte ihn, am liebsten jetzt und hier.

Lautes Rufen und Klopfen unterbrach unser Liebesspiel abrupt.

Verstört lösten wir uns voneinander, als sich der Aufzug zögernd wieder in Bewegung setzte. Rick nahm mich ganz schnell schützend in die Arme, als er sah, dass ich leicht taumelte, und half mir die Hose zu schließen. Mit einem Ruck kam der Aufzug zum Stehen.

Ziemlich viele Menschen hatten sich vor der Tür versammelt. Gäste, die bemerkt hatten, dass der Aufzug steckengeblieben war, der schnell herbeigerufene Portier, der mit dem rettenden Notschlüssel so erfolgreich hantiert hatte, und Sunny, die gerade heimgekommen war. Ohne weiteren Zwischenfall, für den sich das Personal ausdrücklich und wortreich entschuldigt hatte, ging die Fahrt wieder nach oben.

Sunny schaute uns an und sagte lachend: „Ihr seht richtig ertappt aus, gerade so, als ob ihr hier im Aufzug ... Himmel, ihr wolltet doch nicht wirklich

...?“ Als sie unsere verlegen grinsenden Mienen sah, war es für sie klar. „Ihr wolltet!“

Ohne zu fragen, öffnete Rick dann im Wohnzimmer eine Flasche Champagner mit den Worten: „The same procedure as last night, Miss Emma?“ Er hatte seine Fassung wiedergefunden und zitierte unser gemeinsames Lieblingsstück „Dinner for one“.

„The same procedure as every night, James.“

„Auf dein Wohl, Liebling, und auf den schönen Abend.“

„Ja, und darauf, dass ihr den Schock des stehengebliebenen Aufzuges schnell überwindet“, ergänzte Sunny und stimmte in unser fröhliches Lachen ein.

Nie wieder würde ich einen Aufzug betreten, ohne an das Geschehene zu denken. Ich trank das Glas in einem Zug aus, erstens hatte ich großen Durst, und zweitens machte der Schampus ein wenig lockerer, das konnte ich gebrauchen. Ich wusste, jetzt konnte ich nicht mehr kneifen. Wir waren uns so nahe gekommen, nicht nur körperlich, und begehrten einander so sehr, dass es unvermeidlich war, wir würden uns heute Nacht lieben und das vollenden, was schon von Anfang an vorbestimmt war. Ich hatte mich tapfer gegen die Versuchung gewehrt, aber erfolglos. Nun soll es denn so sein. Fest stellte ich das Glas auf den Tisch und sagte: „Ich geh schon mal ins Bad, wann startest du morgen?“

Sunny war informiert, er hatte um elf Uhr Startzeit. Sehr spät, da er heute so gut gespielt hatte.

„Um neun Abfahrt? Ist das okay?“

„Ja, Sunny, alles klar. Ich komme gleich nach, Liebling, warte auf mich, schlaf noch nicht ein, sonst wecke ich dich nicht mehr auf, und du verpasst meinen Gutenachtkuss!“

Er musste mich doch immer wieder necken, wo ich doch aufgeregt genug war. Schnell unter die Dusche, das kurze, seidene Trägernachthemd übergestreift (der wenig erotische Mickey-Mouse-Schlafanzug blieb heute Nacht im Schrank) und Zähne geputzt – Zähne putzen ist immer gut, wenn man Zeit gewinnen will.

„Darf ich rein?“ Rick klopfte an der Tür.

Er trug nur noch seine Boxershorts, die er aber sogleich auszog und ging erst auf die Toilette und dann in die Duschkabine.

Ich putzte weiter Zähne. Wenn ich einmal ein Buch schreiben würde, ließ ich die Leute darin auch auf die Toilette gehen. In guten Büchern ging man nicht auf dieses Örtchen, hatte ich mal gelesen, aber eigentlich gehörte auch das zum normalen Leben dazu.

„Willst du bis morgen früh Zähne putzen, oder kommst du mit ins Bett?" unterbrach Rick meine Gedanken und nahm mich an der Hand, ich trottete gottergeben hinter ihm her.

Ich war zwar entschlossen, diese Nacht zu genießen, alle Bedenken und Fragen über Bord zu werfen und mit diesem aufregenden Mann ins Bett zu steigen, aber etwas mulmig war mir doch zumute.

Er machte es mir leicht, liebevoll nahm er mich in die Arme, so ganz selbstverständlich demonstrierend, dass es das Natürlichste auf der Welt wäre, sich zu lieben. Mit seiner rücksichtsvollen Art nahm er mir die anfängliche Schüchternheit, und ich schmiegte mich hingebungsvoll an ihn. Ganz zart küsste er mein Gesicht, besuchte meine kleinen Ohren und fand die Kuhle hinter dem Ohrläppchen mit seiner Zunge.

Langsam glitt er dann an meinem Hals entlang, verweilte mit dem Lippen und Zungenspiel in meiner Halsbeuge. Sachte schob er die Träger von meinen Schultern, um sich intensiv meinen schon steif gewordenen Nippeln zu widmen.

Mein Atem ging schneller, ich hob meinen Körper seinen Lippen entgegen und bot mich ihm an, sehnsuchtsvoll stöhnend.

Aber er ließ wieder von mir ab und küsste mich auf den Mund.

Mit der Zunge öffnete er vorsichtig meine Lippen und drang tief in den Mund ein, stoßweise fordernd, bis sich meine Zunge seinem Spiel anschloss. Er fuhr weiter fort, mit seinen Händen meinen Körper zu berühren. Er ließ seine Hand zwischen meine Schenkel gleiten und fand diese gewisse Stelle meiner Lust. Mein Stöhnen wurde lauter, und ich drückte meinen Körper seiner Hand entgegen. Mit seinem Knie öffnete er meine Beine und legte sich auf mich.

„Komm zu mir, ganz, ich will dich in mir spüren."

Mit einem Stöhnen der Lust drang er in mich ein.

Wir kamen gemeinsam zum Höhepunkt. Das Nachbeben ließ mich noch minutenlang zittern, während Rick mich mit seinen Armen fest umschlossen hielt. Ich erlebte in diesen Minuten, oder waren es Stunden, zum ersten Mal seit langer Zeit das wunderbare Gefühl, Frau zu sein und begehrt zu werden. Rick führte Regie, und ich ließ mich treiben. Mal war er leidenschaftlich wild und dann wieder zärtlich und sanft.

Atemlos lagen wir nebeneinander.

Rick verteilte kleine zärtliche Küsse über mein Gesicht. „Ich liebe dich. Ich liebe dich, so wie ich noch nie jemanden geliebt habe. Es ist einfach vollkommen mit dir.“

Noch immer zitternd vor Erregung, lächelte ich zu ihm auf. „So intensiv habe ich noch nie empfunden, ich bin sehr glücklich.“

Warum konnte ich ihm auch jetzt, nicht den bewussten Satz „Ich liebe dich“ sagen, wo er ihn sich offensichtlich so sehr wünschte?

Du bist doch glücklich, der Sex mit ihm war wunderbar. Hatte ich es überhaupt schon einmal so erlebt? Nein, wenn ich ehrlich war, nicht. Fürchtete ich mich davor, guten Sex mit Liebe zu verwechseln, oder war es am Ende doch Liebe? Ich mochte ihn sehr. Ich fühlte mich wohl in seiner Gegenwart. Er war mir vertraut geworden in dieser kurzen Zeit. Er roch gut, auch jetzt roch ich ihn noch gern mit diesem Liebesschweiß auf seiner Haut. Es war eigentlich vollkommen gewesen, einfach wunderbar.

Ich wandte mein Gesicht zu ihm und küsste ihn. „Ich hab dich lieb“, flüsterte ich an seinem Mund. Das war genug, ich meinte es so, und mehr konnte ich nicht im Augenblick. „Ich möchte in deinem Arm einschlafen, darf ich?“

Rick zog mich ganz nah an sich heran und umschlang mich so fest, als wolle er mich nie mehr loslassen.

Zusammen schliefen wir ein.

Der Himmel grollte am nächsten Morgen. Ein heftiges Gewitter zog über Köln hinweg. Mit einem Ruck fuhr ich hoch, ein Donnerschlag hatte mich aus meinen Träumen gerissen. Das Bett neben mir war leer.

Neben dem Bett auf dem Boden entdeckte ich Rick, der mit seinen Hanteln trainierte. Ich wusste, er schleppte sie auf jedes Turnier mit und machte sich morgens damit fit für den Tag. Als er sah, dass ich wach war, schlüpfte er sofort zurück ins Bett und kuschelte sich an mich.

„Guten Morgen, mein Liebes“, er schmiegte sein Gesicht in meine Halskuhle, „du riechst gut, wann hast du denn dein Nachthemd wieder angezogen?“

„Guten Morgen, Liebster ... Ich kann nicht ohne schlafen, das mag ich nicht, ich brauche etwas um mich herum, ich friere sehr leicht.“

Liebster, es ging mir ganz leicht von den Lippen.

„Soll ich dich wärmen?“ lachte er.

Ich spürte seinen Körper eng neben meinem und genoss die Nähe. Wohlig räkelte ich mich. „Bei Gewitter bin ich immer froh, dass ich nicht unter dem Dach wohne.“ Ich zuckte leicht zusammen, als es donnerte.

„Bist du ein kleiner Hasenfuß?“ neckte er mich.

„Ärger mich nicht, küss mich lieber, ich habe noch keinen Gutenmorgenkuss bekommen.“

Ausgiebig kam er meinem Wunsch nach, und ich merkte, dass er wieder hellwach war. Überall. Ich spürte seine Erregung an meinem Schenkel, und sofort war das Verlangen wieder da. Leise lachte ich und berührte ihn ganz zart. „Es ist mir ein Rätsel, wie du dieses Riesenteil in mich hineinbekommen hast.“

„Du meinst Mr. Jones? Du bist zwar eng gebaut, aber du wolltest mich so sehr, und da war es ganz leicht, oder?“

Ich war erstaunt, wie locker ich darüber reden konnte, es machte mich glücklich, so entspannt neben ihm zu liegen und ohne Scham mit ihm über alles zu sprechen.

„Übrigens, er möchte schon wieder zu dir kommen, was hältst du davon?“

„Ist das denn gut vor so einem wichtigen Spiel? Bist du dann nicht schlapp?“

David hatte immer abstinent gelebt vor wichtigen Turnieren, und ich hatte es akzeptiert.

„Im Gegenteil“, lachte er über meine Bedenken, „dann habe ich Kraft für viele Birdies.“

„Gut ... überredet, ich opfere mich für deinen Erfolg und denke dabei ans Vaterland.“

Er lachte laut.

Angetrieben von seinem schnellen Rhythmus liebten wir uns kurz und heftig. Als er spürte, dass ich kam, verschloss er meinen Mund mit dem seinen und erstickte so meinen Schrei. Noch zitternd vor Erregung ließen wir zögernd voneinander ab.

„Bleib noch liegen, Liebling, ich hole dir schnell ein Papiertuch, sonst läufst du aus, Mr. Jones war sehr fleißig.“

Ich mochte seine Natürlichkeit und die Art, wie er mit dieser normalen Sache umging. Es war alles so herrlich unkompliziert mit ihm.

Aber liebte ich ihn?

Ich war auf jeden Fall sehr glücklich, und so hatte ich es noch nie erlebt. Irgendwann sage ich ihm das, nahm ich mir vor.

Es regnete immer noch.

„Bleib doch noch hier und schlaf ein bisschen, du frierst mir nur, wenn du jetzt schon mitkommst. Komm nach, wenn das Wetter besser wird, bei diesem Gewitter wird sowieso nicht gestartet, das ist zu gefährlich. Ich rufe dich an, kurz bevor es losgeht.“

Rick brachte mir eine Tasse Tee ans Bett, und Sunny lugte durch die Tür.

„Du hast es gut, zu mir sagt er das leider nicht. Ich muss arbeiten. Was machst du jetzt, noch mal schlafen? Übrigens, es kann sein, dass später das Reisebüro anruft, das ist dann wegen deines Tickets nach London. Sie sollen es am besten gleich hier in das Hotel bringen."

„Wieso, mein Ticket? Ich fliege nicht mit euch nach London. Selbst wenn ich wollte, ich habe gar keine Zeit, ich muss nächste Woche viel erledigen, alles Terminsachen, ich kann auf keinen Fall mit."

„Du kommst nicht mit?" kam es wie aus einem Mund.

„Wieso habt ihr vorausgesetzt, dass ich mitkomme? Mich hat keiner gefragt. Wir haben nie konkret darüber gesprochen."

„Sunny, bitte lass uns einen Augenblick allein, ich glaube, wir müssen hier etwas grundsätzlich klären."

Rick schob die verblüffte Sunny aus dem Zimmer und wandte sich sehr ernst an mich. „Liebling, mal grundsätzlich, wie stellst du dir das hier alles vor? Was wird am Montag früh passieren? Möchtest du mir mit einem liebevollen Kuss Danke und Adieu sagen, vielleicht bis bald oder auch nie wieder? Es war wunderbar mit dir. Man sieht sich. Habe ich deswegen den Ring nie an deiner Hand gesehen, weil du nur eine Affäre im Sinn hast?"

Der Ring! Himmel, wo war der denn abgeblieben? Verflucht sei meine Schusseligkeit. Klar, dass er darüber sauer ist, wäre ich auch. Warum hat er ihn nie wieder erwähnt. Sein Stolz!

„Müssen wir das jetzt klären? Lass uns bitte nicht streiten vor deinem Spiel. Können wir nicht heute Abend darüber sprechen? In Ruhe? Ich will es dir erklären." Ich wollte gerne Zeit schinden, um in Ruhe darüber nachzudenken.

„Nein, hier und jetzt will ich wissen, ob du nach Wentworth und damit mit zu mir kommst oder nicht. Und wenn du kommst, das sage ich dir auch gleich, dann gehe ich davon aus, dass du dich für mich entschieden hast und bei mir bleibst."

So ernst hatte ich Rick in dieser ganzen Zeit nicht erlebt. Er sagte diese Worte nicht böse, aber bestimmt.

Ich war bestürzt und zuckte zusammen. „Rick, Liebster, bitte dräng mich nicht, ich brauche etwas Zeit. Ich kann doch nicht innerhalb von drei Tagen mein ganzes wohlsortiertes Leben über den Haufen werfen, alle Zelte abbrechen und auf und davon gehen. Das kann und will ich nicht!"

„Alle Zelte musst du nicht abbrechen, und auf und davon gehst du auch nicht. Ich möchte dich nicht aus allem herausreißen, ich möchte lediglich wissen, wie du zu mir stehst, denn ich weiß genau, was ich will, und das nach drei Tagen. Ich möchte dich nie mehr hergeben. So, mein Schatz, jetzt lasse ich dich mit deinen Gedanken allein, ich habe dich bis heute nicht gefragt, ob du mich liebst, du wirst es mir schon sagen, wenn du dir sicher bist, vielleicht trägst du dann auch meinen Ring."

Er gab mir noch schnell einen flüchtigen Kuss auf die Lippen und war schon aus der Tür. Verblüfft über diesen Kuss und seinen schnellen Abgang blieb ich erst einmal liegen.

Was fiel ihm eigentlich ein, mich so vor die Wahl zu stellen?

Nicht genug, dass er wie ein Wirbelwind in mein Leben eingebrochen war, nun wollte er mich auch noch von hier wegholen, wo ich doch gerade alles wieder geordnet hatte in meiner alten Heimat. Entweder – oder, diese Worte konnte ich gar nicht leiden und auch nicht, wenn man mich so unter Druck setzte. Mit ihm gehen, das bedeutete mindestens ein paar Jahre ein Leben aus dem Koffer zu führen, mit ihm von Turnier zu Turnier zu jetten.

Jetten! Dieser Gedanke machte mir Angst.

Ich flog nicht so gerne. Gut, innerhalb von Europa war das okay. Oft spielte er in Amerika. Ein eigenes Flugzeug war schon bestellt, so ein kleines Düsending. Wenn schon war mir ein großes lieber. Warum? Keine Ahnung, es war halt so. Ich dachte, die kleinen stürzten vielleicht leichter ab. Blöde Idee. Ich ging ins Bad und ließ die riesige Wanne volllaufen.

Ein Bad, das war gut, vielleicht konnte ich dann meine Gedanken ordnen. Im Moment dachte ich nur im Kreis. Das warme Wasser tat gut, wohlig räkelte ich mich in der Wanne. Als ich mit meinen Händen meinen Körper einseifte, fiel mir schlagartig die vergangene Nacht ein.

Lustvoll erschauerte ich, als ich an Ricks erfahrene Hände dachte. Ich hatte noch nie solche Lust empfunden, es war einfach vollkommen gewesen. War das doch Liebe? Gab es eine solche Harmonie im Bett ohne Liebe? Oder stimmte bei uns nur die sexuelle Chemie? Fragen, Fragen, und wer sagte mir die Antwort?

Als ich die vergangene Nacht noch einmal Revue passieren ließ, fiel mir ein, dass ich nicht wie sonst nach dem Sex aus dem Bett gesprungen und schnell unter die Dusche gegangen war. Ich hatte sonst immer danach das Bedürfnis, mich waschen zu müssen. Dieses Mal nicht, wieso eigentlich? Glücklich und zufrieden war ich gleich darauf in Ricks Armen eingeschlafen. Du bist eine dumme Kuh, wärst du jetzt bei Dr. Freud, würde er es bestimmt analysieren können. Es lag doch auf der Hand, versuchte ich es selbst, du hast dich so wohlgefühlt in seinen Armen und mit seinem Körpersaft, dass du nicht zwangsweise alles wegwaschen musstest. Und überhaupt, er ist mir so vertraut, als wären wir schon lange zusammen. Aber warum will er diese Entscheidung so schnell von mir? Wir haben doch Zeit, er muss mir einfach die Zeit geben!

Heute Abend würde ich mit ihm über alles sprechen, nahm ich mir fest vor und ließ noch einmal heißes Wasser zulaufen.

Rick

Rick hatte inzwischen mit Sunny das Hotel verlassen, und sie waren auf dem Weg in den Club. Er war sehr nachdenklich.

„Ist es nicht tragisch, Sunny, dass jetzt, wo es mich wirklich erwischt hat und ich endlich die richtige Frau fürs Leben gefunden habe, diese mich nicht will und oder mich zappeln lässt. Es kann doch nicht sein, dass ich sie so sehr liebe und sie mich nicht, oder? Du bist doch auch eine Frau, kannst du mir erklären, was mit ihr los ist? Wir verstehen uns so gut, auch in der Liebe, können miteinander lachen, über alles reden. Was soll ich tun? Soll ich sie gewähren lassen und nicht bedrängen, oder verliere ich sie dann?“

Er war richtig verzweifelt. Sunny erkannte den erfolgsgewohnten Frauenliebling und Sonnyboy nicht wieder.

„Weißt du, Rick, wir Frauen ticken anders. Die eine Kategorie deiner Vergangenheit war scharf auf den erfolgreichen Pro und sein Geld. Diese Damen kamen schnell zur Sache. Emma dagegen hat sowohl gute als auch schlechte Zeiten erlebt. Geld beeindruckt sie nicht mehr. Ich glaube, sie hat einfach nur Bindungsängste. Ich bin mir sicher, sie liebt dich. Ihre Augen verraten es, wenn sie dich anschaut. Sie fürchtet sich, nochmals an eine große Liebe zu glauben, und will lieber mit dem Verstand agieren.“

„Hat sie mit dir darüber gesprochen?“

„Ich hab nur zwei und zwei zusammengezählt. Ein bisschen was hat sie mir auch erzählt, als wir im Wagen auf dich gewartet haben.“

„Hat sie Geldsorgen?“

„Das auch, sie hat sich nach der Scheidung mit ihrer Tochter sehr einschränken müssen. Aber die beiden haben es geschafft.“

„Was du so alles erfahren hast, meine Liebe, aber nun weiß ich wenigstens, was sie für Sorgen hat, und kann helfen. Bitte versuche ihre Kontonummer herauszubekommen, vielleicht kannst du die Scheckkarte erwischen und die Nummer aufschreiben.“

„Mach bloß nicht so einen Quatsch, Rick, sie wäre sofort weg. Auf und davon, so schnell kannst du nicht reagieren. Niemals würde sie auch nur einen Cent von dir annehmen."

„Wenn sie mich heiratet, muss sie auch mein Vermögen akzeptieren."

„Klar, das wird sie dann auch, sofern sie sich für dich entschieden hat. Doch diese Entscheidung kannst du nicht erzwingen, die muss von ihr allein kommen. Hast du das verstanden, Rick? Geht das in deinen Kopf rein? Lass ihr Zeit, genug Zeit, andernfalls bist du sie los."

„Hey, Sunny, sprich nicht so streng mit mir. Ich verstehe es jetzt, wenigstens ansatzweise. Es ist doch komisch, meine Ex-Frauen konnten nicht schnell genug mein Geld ausgeben. Und diese hier, bei der muss ich fürchten, dass sie mich verlässt, wenn sie erfährt, dass ich ihr Geld schenken will. Verdrehte Welt. Sie hat mir doch tatsächlich heimlich einen Scheck für den Hosenanzug in meine Brieftasche gelegt, mit einem kleinen Zettel: Danke und Bussi, Emma."

Sunny kicherte. „Ich hab es nicht anders erwartet."

„Weißt du, Sunny, es ist auch ein schönes Gefühl für mich, um eine Frau kämpfen zu müssen. Mit dem Wissen, dass es sich lohnt, tu ich das auch weiter. Wir gehören einfach zusammen, und das wird sie auch bald merken."

„Sie fühlt das auch, ich spüre es. Sie muss nur lernen, wieder an die Liebe zu glauben. Vielleicht solltest du ihr wirklich etwas mehr Zeit geben. Ich glaube, du bedeutest ihr sehr viel. Mach ihr doch einfach den Vorschlag, nachzukommen, sobald sie ihre Termine erledigt hat."

„Sunny, du bist ein schlaues Kind, was würde ich ohne dich tun."

Eine Stunde später machte ich mich langsam fertig. Das Wetter sah etwas besser aus, das Gewitter hatte sich verzogen, aber der Himmel war noch grau in grau. Ich hatte ausführlich mit Klara telefoniert und mir das Herz etwas erleichtert. An diesem Tag musste sie wieder mal Kummerkasten spielen.

Klaras besonnene Art, kluge Fragen zu stellen, hatte mir geholfen.

„Du sperrst dich gegen dein eigenes Gefühl, weil du Angst hast, es könnte wieder schiefgehen", hatte sie gesagt und: „Nur weil du jetzt stur darauf beharrst, dass es dir zu schnell geht, unterdrückst du in dir gewaltsam die Stimme deines Herzens. Manchmal geht es einfach so schnell, und", sie machte eine bedeutsame Pause, „er ist es doch, auf den du insgeheim gewartet hast. Du kannst mir nicht erzählen, du hast die Absicht, nun endgültig allein zu bleiben, du sagst es nur, um dich selbst zu schützen und dich nicht unter Druck zu setzen."

Gut war es, die Stimme der Freundin gehört zu haben, vielleicht hatte sie ja recht. Wir hatten uns für die nächste Woche verabredet, zu einem ausführlichen Gespräch auf dem Balkon.

Eigentlich hat man in jedem Altersabschnitt Sorgen und Probleme, sinnierte ich beim Aufräumen der herumliegenden Kleidungsstücke, früher war es der Kummer mit Nina, wenn sie schlechte Noten nach Hause brachte, oder geschäftliche Sorgen, wenn die eingekaufte Ware nicht lief oder das Wetter so schlecht war, dass die Leute nicht ins Geschäft kamen. Ganz früher war es meistens der Stress mit den Eltern, die zu streng waren, oder der böse Liebeskummer, wenn man den Kerl nicht erobern konnte, den man sich in den Kopf gesetzt hatte. Trouble gab es immer. Ich möchte einmal ganz ohne Sorgen sein, wünschte ich mir insgeheim. Seit der Scheidung gab es immer irgendetwas, was mir zu schaffen machte, meistens ging es um das liebe Geld, das andere von mir wollten. Nach sieben mageren Jahren kommen sieben fette, so heißt es in der Bibel. Na, dann wird es Zeit für die fetten, lachte ich und hob Ricks Boxershorts vom Boden auf. Liebevoll schaute ich auf die Hose und dachte wieder an gestern Abend.

Er hatte sich ohne Scham ausgezogen und war nackt im Bad herumgelaufen. Ich spürte ein Prickeln auf der Haut, als ich an seinen muskulösen Körper dachte.

Ich könnte schon wieder mit ihm schlafen. Ist das normal, oder komme ich in die Wechseljahre? Blödsinn, schimpfte ich mich sogleich, du bist einfach scharf auf ihn, und dein Sexualleben ist wieder erwacht. Es hat auch lange genug schlummern müssen.

Wie wahr! Einige Monate war es her, seit ich das letzte Mal Verkehr hatte. Eine lange Zeit für eine Frau, die gerne Liebe machte. Denn das bisschen Liebe an und für sich, meine Definition für Selbstbefriedigung, zählte nicht, es brachte Erleichterung, ersetzte aber niemals einen schönen Liebesakt mit Hautkontakt und Wärme. Langsam wurde ich unruhig, er hatte immer noch nicht angerufen. Ob er noch böse mit mir war wegen der Diskussion heute Morgen? Es war aber auch dumm von mir, ausgerechnet kurz vor einem wichtigen Turniertag einen Streit anzufangen. Aber, was hätte ich tun sollen? Erst ja sagen zu dem Thema Wentworth und dann einfach nicht mitfliegen?

Nein, ich war für Ehrlichkeit, auch wenn der Zeitpunkt verkehrt war. Ich wollte mich nicht mehr verstellen müssen. Er sollte mich so akzeptieren, wie ich war, oder es lassen. Vielleicht war es das schon gewesen, und er würde sich nicht mehr melden. Wäre ich dann traurig? fragte ich mich.

Ja, ich wäre!

Ich hatte ihn liebgewonnen, mich trotz der kurzen Zeit an ihn gewöhnt. Wir waren ja auch ununterbrochen beisammen gewesen und es war sehr schön mit ihm: alles, die Gespräche, seine liebevolle Art, die leise Ironie, wenn er mich durchschaute und neckte, und der wunderbare Sex mit ihm. Oh Gott, wenigstens noch mal ins Bett wollte ich mit ihm.

Schäm dich, Emma, du bist doch nicht auf einmal sexbesessen! Es war nicht allein das, das hatte ich erkannt und musste es sich ehrlich eingestehen. Ich mochte ihn einfach, auch wenn er manchmal den alten arroganten Rick herauskehrte. Es gefiel mir, wie er bestimmten Leuten eine Abfuhr erteilen konnte, nur mit einem Blick, seinem besonderen Blick. Oder mit einem kurzen scharfen Satz.

Mittlerweile hatte ich alle Kleider aufgeräumt – ich, die sonst so unordentlich war – und mich angezogen. Ich schaute auf die Uhr, es war jetzt kurz nach elf. Er musste schon am Abschlag sein. Warum nur hatte er nicht angerufen? In diesem Moment klopfte es an die Tür. Ein Hotelangestellter stand davor und entschuldigte sich für die Störung.

„Es waren mehrere Anrufe für Sie von Ihrem Gatten und Miss Sunny eingegangen, aber Ihre Leitung war immer belegt. Ich möchte gerne nachschauen, ob das Telefon defekt ist."

Das Telefon!! Er hatte angerufen!

Es stellte sich heraus, dass der Hörer nicht richtig aufgelegt war.

Kaum eine halbe Stunde später war ich auf dem Golfplatz, ich hatte den Shuttle-Fahrer richtig angetrieben und ließ mich von meinem netten Fahrer Sven, der schon sehr ungeduldig auf mich gewartet hatte, zu Abschlag vier bringen.

Gerade als ich mir ein Plätzchen an diesem Tee erkämpft hatte, sah ich Rick mit schnellem Golferschritt kommen. Er war nicht konzentriert, denn er blickte sich suchend um. Auch Sunny schaute auf die wartende Menschenmenge.

Ich hob die Hand und winkte heftig. Sunny entdeckte mich sogleich. Sichtlich erleichtert schubste sie Rick und zeigte auf mich. Sofort hellte sich seine finstere Miene auf, und er kam rasch zu mir. Er zog mich unter der Absperrung durch und nahm mich in die Arme. „Bin ich froh, dich zu sehen. Ich dachte, du kommst nicht. Ich liebe dich nämlich, trotz deines Dickkopfs, du dummes Mädchen."

„Das Telefon! Der Hörer lag nicht auf", flüsterte ich ihm schnell zu, dann war er schon am Tee und schlug ab.

Auf dem Leaderboard sah ich, dass er „eins über“ war für die ersten drei Loch an diesem Tag. Das heißt, er hatte einen Bogey kassiert.

In der Gesamtwertung war er nun nicht mehr fünf unter, sondern nur noch vier. Er teilte sich jetzt den zweiten Platz mit dem Südafrikaner Ernie, und die alleinige Führung hatte der junge Ray aus Amerika. Aber der Tag hatte erst angefangen, es konnte noch viel geschehen, und außerdem standen zwei weitere Runden noch bevor. Ich war guten Mutes, auch Sunny hatte den Daumen gehoben, als ich Rick folgte, um mir zu signalisieren: „Der Abschlag war perfekt, es geht wieder aufwärts.“

Die Stimmung war wieder okay zwischen uns, und das war gut so.

Natürlich war mir klar, die große finale Diskussion stand noch aus. Ich nahm mir vor, ihm in Ruhe alles zu erklären. Ich hoffte, er würde es verstehen und mir die Zeit geben, die ich brauchte.

Ich begleitete den Flight von Rick wieder mit dem Buggy. Mein Fahrer Sven hatte zwar gute Ortskenntnisse, aber keine Ahnung vom Golfspiel. Er wollte von mir wissen, was „eins über“ bedeutete. Ich erklärte es ihm: „Dieser Platz hat die Vorgabe 72, das heißt, wenn ein Spieler die 72 spielt, so liegt er in der Wertung even par. Er hat also die 18 Loch mit der vorgegebenen Anzahl von Schlägen gespielt. Hat er weniger Schläge gebraucht, so liegt er um diese Schläge unter der Vorgabe, also eins, zwei, drei unter. Hat er aber bei einem Loch einen Schlag mehr gebraucht, zum Beispiel bei einem par vier, fünf Schläge, so ist er ‚eins über‘. Heute hat Rick Fields auf der drei einen Schlag zu viel gebraucht, liegt also jetzt, mit gestern zusammengerechnet, nur noch vier unter.“

Sven war zufrieden und strahlte, als ich ihm weitere Erklärungen anbot. „Dann kann ich heute Abend bei meinen Kumpels mit meinen Kenntnissen angeben, denn die stehen sich auf dem Parkplatz die Beine in den Bauch“, grinste er. „Kann ich Sie morgen auch wieder fahren? Es ist ein besserer Job als Parkwächter, ich würde es gerne tun.“

Inzwischen war Rick wieder da. Er hatte zwei Birdies in Folge gespielt, und es stand nun „eins unter“ für den Tag und insgesamt „sechs unter“ für das Turnier. Am achten Loch schlug Rick als Zweiter ab. Es ist ein kleiner Vorteil, wenn man an den Par drei Löchern als Zweiter abschlagen darf, denn man kann am Drive des zuerst Schlagenden die Windverhältnisse erkennen und weiß, gemessen an der Länge des Gegners, welchen Schläger man wählen sollte. Rick nahm sein Fünfer Eisen und traf das Grün Pin high, aber seine Puttlinie ging bergab. Es war ein unangenehmer Putt.

Er lag dem Loch am nächsten, markierte seinen Ball und studierte seine Puttlinie. Ein Viermeter-Putt trennte ihn von einem weiteren Birdie.

Er suchte meinen Blick, ich hob den Daumen. „Du schaffst es!“

Der Ball fiel ins Loch. Die Menschen, die dichtgedrängt um das Grün standen, jubelten. Dankend hob er die Hand und verließ das Grün. Die Marschalls hatten ihre liebe Not, die oft rücksichtslosen Zuschauer in Schach zu halten, die kaum den Weg für die Spieler freigaben. Rick schnappte entschlossen meine Hand und zog mich mit zum nächsten Abschlag. Er wollte einfach kurz meine Nähe spüren.

„Wenn du in meiner Nähe bist, gelingt mir alles, bleib bitte bei mir.“

Ich schaute zu ihm auf und versprach: „Nichts wird mich von dir fortbringen.“

„Nur heute oder immer?“ Er konnte es einfach nicht lassen, auch jetzt nicht, hier mitten im Spiel, wo es um so viel ging.

Ich musste lachen. „Mach noch drei Birdies, und ich heirate dich.“

„Ich nehme dich beim Wort, mein Liebling!“ Schon waren wir am neunten Tee und mussten uns voneinander lösen.

Rick Fields hatte mit diesem Birdie wieder die alleinige Führung zurückerobert, er lag nun „sieben unter“ für das Turnier und „zwei unter“ für den Tag.

Viele golfbegeisterte Menschen waren nach Köln geströmt, um dieses Ereignis hautnah mitzuerleben. Sie gliederten sich in drei Gruppen. Die einen liefen mit bestimmten Flights mit, um ihre persönlichen Favoriten zu begleiten, wechselten je nach Laune auch mal die Spielergruppe und waren aber immer in Bewegung. Die zweite Gruppe suchte sich ein strategisch gutes Plätzchen, von dem man aus verschiedenen Löchen einsehen konnte. Das waren zum Beispiel die Tribünen, die geschickt platziert waren und von den Gehfaulen gerne frequentiert wurden. Andere wiederum saßen ausschließlich am achtzehnten Grün, denn dort kamen alle vorbei, und man sah den Tagessieger und konnte vielleicht ein Autogramm ergattern, was auf der Runde unmöglich war. Es gab allerdings hier wie überall noch eine besondere Spezies Zuschauer, nämlich diejenigen, die sich auf der VIP-Terrasse aufhielten und zwar ausschließlich dort.

Sie wohnten mit dem Champagnerglas in der Hand dem Geschehen bei und konnten eigentlich gar nichts richtig sehen. Die wenigsten dort oben waren wegen des Golfsportes an sich da, sondern vielmehr um zu sehen und gesehen zu werden.

Es war heute nicht einfach für mich, den Anschluss an den Flight zu halten. Die Zuschauer hinderten mich am Durchkommen, und dann traf ich auch einige Bekannte, die mich mit neugierigen Fragen bestürmten.

„Seit wann kennst du den Fields?“ und „Ich habe gehört, du hast Rick Fields geheiratet, stimmt das?“

Ich entschuldigte mich und eilte weiter zu meinem Buggy. Es ist doch erstaunlich, wie viele „Freunde“ und „gute Bekannte“ ich auf einmal habe, sinnierte ich, so als Single interessiert sich kein Mensch für dich, aber wenn es dann was zum Tratschen gibt, dann kommen auf einmal alle aus ihren Schlupflöchern, und man ist wieder „in“.

Mein lieber Begleiter rettete mich einige Male, indem er mich einfach an der Hand mit sich zog, in den Buggy setzte und losfuhr.

Ich machte dann doch einen längeren Stopp, als ich Jane und Kai entdeckte. Jane nahm mich zur Begrüßung kurz in den Arm und wollte auf die Schnelle die Neuigkeiten erfahren: „Sag mal, Süße, liegt das an dir, dass er so gut drauf ist? Im letzten Jahr war Rick Fields so gut wie weg von der Spitze. Kein einziger Sieg, gar nichts gelang ihm. Oft hat er nicht einmal den Cut geschafft. Und nun dieses Comeback! Fantastisch! Was hast du mit ihm gemacht?“

Lachend zuckte ich mit den Schultern. „Ich weiß es nicht, aber er ist wieder da, er spielt genial, nicht wahr?“ Ganz stolz strahlte ich die Freunde an. „Vielleicht liegt es daran, dass ich versprochen habe, ihn zu heiraten, wenn er noch drei weitere Birdies macht.“

In diesem Moment ertönte lauter Applaus vom zwölften Grün herüber.

„Das war wohl ein weiterer Schritt zum Traualtar“, neckte Jane, „komm wir schauen uns das Leaderboard an.“

Tatsächlich, er hatte seine Führung ausgebaut und lag nun „drei unter“.

„Aber mal im Ernst“, bohrte Jane weiter, „hat es dich richtig erwischt? Wenn man dich so anschaut, du siehst so glücklich aus wie schon lange nicht mehr.“

„Ich mag ihn sehr, aber es ist noch zu früh, ich brauche noch Zeit. Ich muss aber zugeben, ich habe mich verliebt“, gestand ich den Freunden schließlich doch und sprach es zum ersten Mal laut aus.

„Du hast ja schon immer von ihm geschwärmt, und nun bist du mit ihm zusammen. Ich fasse es nicht. Wie ist er denn so? Ist er wirklich so arrogant, wie man sich erzählt?“

„Überhaupt nicht, wenigstens nicht zu mir. Er kann schon ekelhaft sein, aber nur, wenn er provoziert wird, aber sonst ist er sehr lieb und natürlich, ohne Starallüren. Ihr werdet ihn näher kennenlernen am Sonntag, lasst euch überraschen. Seid nicht böse, aber ich muss weiter. Er mag es, wenn ich am Abschlag stehe."

„Das haben wir gesehen, er sucht mit den Augen so lange, bis er dich entdeckt hat, und dann schlägt er erst ab. Also geh schon, sonst macht er womöglich noch einen Bogey, und aus der Ehe wird nichts."

Lachend schob mich Jane in den Buggy und winkte mir nach.

„Mami, danke, dass du da bist." Mit Tränen in den Augen schloss Nina mich am nächsten Morgen in die Arme. „Es tut mir so leid, dass ich dich bitten musste herzukommen, aber ich wusste mir keinen anderen Rat."

Wie immer, es war wie immer. Das Kind ist in Not, und Mutter rennt.

„Ich muss auch gleich gehen, die Familie wartet schon auf mich. Wir müssen so viel noch besprechen, und die Beerdigung ist schon am Donnerstag. Du kennst dich ja aus, der Bub schläft sicher noch eine Weile, dann bekommt er sein Gläschen, ich habe dir alles aufgeschrieben."

„Ist schon gut, fahr los, meine Kleine. Ich komme zurecht, das weißt du. Sag liebe Grüße und komm bald wieder. Ich möchte heute noch zurück nach Köln, ich hab es versprochen."

Als Nina aus dem Haus war, schaute ich nach meinem kleinen Enkel. Der Wonneproppen schlummerte noch selig in seinem Bettchen. Leise schlich ich wieder aus dem Zimmer und setzte mich mit der neuen „Gala" ins Wohnzimmer. Bis er aufwachte, wollte ich den neuesten Klatsch der High Society erfahren.

Doch in Gedanken war ich noch in Köln bei Rick. Ich hatte ihn ganz früh verlassen müssen, als der Hilferuf von Nina kam. Ihr Schwiegervater war überraschend gestorben, einfach tot umgefallen beim Essen in seinem Lieblingsrestaurant. Die Mami musste kommen und den Max hüten, während der Familienrat tagte.

Die Familienverhältnisse waren auch zu verzwickt in dieser Sippe. Der Vater, der Verstorbene, hatte eine Freundin, mit der er zusammenlebte, aber auch noch eine Frau, mit der er noch verheiratet war, die wiederum Ninas Schwiegermutter war und die auch einen Freund hatte, den alle fast lieber mochten als den Vater. Es galt nun, die Beerdigung zu planen, was in Anbetracht der geschilderten Verhältnisse nicht einfach war. Mein Schwiegersohn Frank hatte mit Mutter und Vater eine gemeinsame Firma. Das kam noch erschwerend dazu.

Rick hatte zwar sehr widerwillig, aber schließlich eingesehen, dass dies ein Notfall war und ich hinmusste. Nach diesem schönen zweiten Turniertag hatten wir uns ungern voneinander getrennt. Er hatte die Runde mit weiteren „fünf unter“ beendet. Die Leute hatten getobt, als er auf dem achtzehnten Loch ankam. Mit Standing Ovations hatten sie ihn begleitet. Mir war es eiskalt über den Rücken gelaufen, so sehr freute ich mich für ihn. Tränen kullerten über meine Wangen, als ich den Daumen hob und ihm zuwinkte. Nun war meine Prophezeiung endlich wahr geworden, ich hatte es gewusst. Er schaffte es zurück in die Top Ten.

Als er seinen zweiten Schlag zum Eagle einlochte, war die Menge nicht mehr zu halten. Sie schwenkten ihre Mützen, und der Jubel nahm kein Ende. Es war so schön, ihn wieder auf dem Weg nach oben zu erleben, nach dieser langen Durststrecke. Beim anschließenden Interview erklärte er locker und fröhlich, er habe die Liebe seines Lebens hier gefunden, und deshalb sei eine Wende eingetreten. Der Knoten sei geplatzt, in jeder Beziehung, er sei wieder da. Er lachte in die Kamera und riss alle mit seinem unwiderstehlichen Charisma in den Bann.

Später dann, im Hotel, schauten wir uns gemeinsam das Interview im Fernsehen an, und ich erfuhr nun endlich den Grund seines frechen Grinsens, das er die ganze Zeit auf den Lippen hatte. Spielerisch boxten wir uns dann auf der Couch, weil er unsere zarte Beziehung so an die Öffentlichkeit gezerrt hatte.

„Tut mir leid, Liebes, aber spätestens nach unserem Geknutsche auf dem achtzehnten Grün wussten sowieso alle, was los ist. Da dachte ich, es soll auch der Rest der Welt erfahren, auf die paar Millionen kommt es nun auch nicht mehr an.“

Ich lachte und konnte ihm nicht böse sein, es war ja auch wahr, wir hatten schon heftigst geknutscht, als ich ihm in die Arme geflogen war, ganz stolz über seinen Erfolg.

Der Abend endete sehr harmonisch. Wir hatten beschlossen, im Hotel zu bleiben und in der „Schenke“ zu essen, die in der ganzen Umgebung für die exzellente Küche bekannt war und einen Michelin Stern hatte.

Als ich an die Fortsetzung des Abends dachte, errötete ich unter wohligen Wallungen. Der Sex war einfach himmlisch mit ihm. Wir hatten uns in der Badewanne geliebt und dabei das gesamte Badezimmer unter Wasser gesetzt, bis er mich in ein riesiges Handtuch gewickelt und ins Bett getragen hatte. Dort liebten wir uns weiter und schliefen schließlich erschöpft ein.

Zum Glück steht es mir nicht auf der Stirn geschrieben, wie sehr ich es genossen habe, und Nina hat auch momentan andere Dinge im Kopf, dachte ich, sonst hätte sie sicher das glückliche Aussehen der Mutter ausgiebig hinterfragt.

Rick hatte mich am Morgen nur ungern gehen lassen.

Als ich in seinem Arm erwacht war, hatte er mir ins Ohr geflüstert: „Du siehst so zufrieden aus, wie ein Kätzchen, das viel Sahne geschleckt hat."

Genauso fühlte ich mich auch, verboten befriedigt.

Ob er wohl wieder eine gute Runde hatte? fragte ich mich. „Zehn unter" waren er ein gutes Polster, und er konnte sich einen schwächeren Tag leisten. Ich denke viel zu viel an ihn, rief ich mich zur Ordnung. Genau in diesem Augenblick quäkte Max im Kinderzimmer, und ich hatte alle Händevoll zu tun.

Ich sah meinen süßen Buben zwar sehr häufig, mindestens zweimal in der Woche, aber so richtig alleine hatte ich ihn noch nie. Nina war eine perfekte Mutter und überließ das Kind noch nicht gerne anderen. Aber wenn es sein musste, natürlich nur der Mami.

Die Zeit verging schnell. Der Kleine nahm meine ganze Aufmerksamkeit in Anspruch, und ich kostete es aus, ihn mal ganz allein für mich zu haben. Denn nur so konnte ich so richtig Blödsinn mit ihm machen, bis er gluckerte vor Lachen, was mir von Nina sonst einen tadelnden Blick einbrachte.

Wir sangen zusammen „Hejo, hejo, hejo, hejo", das heißt, ich sang, und Max krähte und lachte dazu. Eigentlich konnte ich nicht singen, aber dem Jungen gefiel es sehr, das war die Hauptsache. In der Schule hatte ich eine Drei in Musik gehabt – aus purem Mitleid gegeben. Denn ich hatte mich beim Notengeben freiwillig zum Vorsingen gemeldet und aus voller Brust „Schenkt man sich Rosen in Tirol" geschmettert, zweistimmig, bis der Musiklehrer abgewinkt hatte und mir die Drei ins Buch eintrug.

Gerade als wir bei der dritten Strophe „Hejo" waren, kamen die Kinder zurück.

Ich schämte mich ein wenig, weil ich so fröhlich gesungen hatte, wo doch die beiden Trauer hatten. Schnell setzte ich eine ernste Miene auf und kondolierte meinem Schwiegersohn.

„Danke, das war sehr lieb, dass du gekommen bist", sagte Frank artig.

„Ist doch selbstverständlich."

Ich schaute auf die Uhr, es war schon nach zwei. Ich wollte zurück und wissen, wie es stand, und ich wollte bei ihm sein. Jetzt hatte ich ihn ein paar

Stunden nicht gesehen, und schon vermisste ich ihn. Das war doch nicht normal! Oder war es das? War es am Ende doch Liebe?

Nein, ich rief mich zur Ordnung. Es lag daran, dass ich mir die fünf Tage mit ihm gönnen wollte, und nun war fast ein Tag vorbei, an dem ich nicht mit ihm zusammen war, weil ich Babysitten musste. Man hatte mir einen Tag mit Rick geklaut.

„Wenn ihr mich nicht mehr braucht, mache ich mich auf die Socken. Wie ist das, sehen wir uns morgen, kommt ihr mit zum letzten Turniertag? Es würde euch ein bisschen ablenken."

„Wo denkst du hin, ich musste jetzt bei meiner Familie bleiben, ich bin jetzt das Familienoberhaupt, sie brauchen mich!" Frank war fast empört.

Nur weil du fünf Minuten vor deinem Zwillingsbruder herausgeschlüpft bist, ist man noch kein Familienoberhaupt, dachte ich, hielt aber meine Klappe, ich wollte keinen Ärger.

„Ich melde mich, wenn ich am Dienstag zu Hause bin. Wenn ihr mich braucht, stehe ich zur Verfügung. Am liebsten als Babysitter, wenn ich mir etwas aussuchen darf. Tschüss, meine Kleine, bis bald, ihr drei."

Schon war ich fort.

Ich ahnte, meiner Kleinen standen harte Zeiten bevor, wahrscheinlich die erste Bewährungsprobe ihrer jungen Ehe. Familienoberhaupt! Was dachte er sich eigentlich? Wenn es ein Familienoberhaupt geben musste, dann war es doch die Mutter, oder lebte man in dieser Familie noch im Mittelalter? Na ja, ich würde mich nicht einmischen, vorerst jedenfalls, bis Nina mich um Hilfe bat.

Sollte ich gleich ins Hotel fahren oder erst in den Club?

Wir hatten nichts verabredet, sondern es offengelassen. Ich schaute auf die Uhr und entschied mich für den Golfplatz. Im Golfclub angekommen, ging ich gleich zum Leaderboard und schaute nach den Ergebnissen. Rick war fertig und lag für den Tag „zwölf unter". Gar nicht schlecht, dachte ich, nicht so gut wie gestern, aber er lag immerhin mit den beiden Verfolgern an der Spitze. Doch wo war er? Auf der Range? Auf dem Putting Grün war er nicht, das konnte ich von hier aus sehen. Oder war er schon im Hotel? Ich war nicht sicher. Wenn die Spieler nicht so zufrieden waren mit dem Tag, gingen sie meistens Strafexerzieren, so nannte ich es insgeheim. Ich machte mich auf den Weg zur Driving Range.

Glück gehabt! Dort standen sie beide, Sunny und Rick, der verbissen auf die armen Bälle eindrosch. Ich kämpfte mich durch die Leute hindurch, sagte dem Ordner mein Sprüchlein auf, denn ich hatte die Ausweise im Wagen vergessen. Zum Glück erkannte er mich und ließ mich durch.

Rick schlug weiter Bälle, und als Sunny etwas zu ihm sagte, wandte er sich um und kam mir entgegen. Er riss mich ungewohnt heftig in seine Arme und küsste mich, dass es wehtat. Mit dem Handrücken auf meinen brennenden Lippen sah ich ihn fragend an.

„Schön, dass du da bist, komm lass uns gehen."

So kurz angebunden war er noch nie gewesen. Ich stellte mich neben ihn, als er zusammen mit Sunny seine Schläger ordnete. Besorgt sah ich zu Sunny, die nur mit den Schultern zuckte.

„Zwei unter für den Tag ist doch gut, warum bist du hier auf der Range? Man geht doch nur, wenn man richtig schlecht war?"

Auf diese direkte Frage, lächelte er zum ersten Mal, wenn auch nur kurz. „Ich habe heute nur zehn Fairways getroffen."

„Zehn von vierzehn ist doch nicht schlecht."

„Aber auch nicht gut, wenn ich das hier gewinnen möchte."

Ich wunderte mich. Das kann es doch nicht alles gewesen sein, überlegte ich. War er sauer, dass ich so spät kam? Dann soll er es doch einfach sagen, und nicht so eingeschnappt tun.

In diesem Moment kam Per Johann auf mich zu und begrüßte mich mit einem Kuss.

„Hallo Nachbarin, wie geht es dir? Ich habe schon zu Rick gesagt, dass ich eigentlich die älteren Rechte an dir habe. Als ich erfahren habe, dass ihr zusammen seid, war mir klar, warum du nicht zu unserer Verabredung gekommen bist vorgestern."

Mein Gott, das hatte ich total vergessen. Es war ja auch in einem anderen Leben, als ich das Treffen ausgemacht hatte. In einem Leben vor Rick.

Er lachte mich fröhlich an und fuhr fort: „Was macht ihr heute Abend, wollen wir uns treffen?" Per war glücklich, denn er hatte den Cut geschafft und heute einen Platz unter den ersten Zwanzig erspielt.

Rick nahm mir die Antwort ab und sagte: „Wir haben schon etwas vor für heute Abend, tut mir leid, Per. Vielleicht ein anderes Mal."

Warum war er so unhöflich? wunderte ich mich. Wieder ganz der alte arrogante Rick!

Ich umarmte Per, gab ihm ein Bussi auf die Wange und sagte einlenkend: „Wenn ich wieder in Marbella bin, machen wir einen Grillabend, wie im Frühjahr. Ich rufe dich an, wann bist du wieder unten?"

„Wahrscheinlich erst nach dem Ryder Cup. Mach's gut, Kleine, melde dich!“ Mit einem Seitenblick auf Rick fügte er hinzu: „Pass auf dich auf, es gibt viele böse Buben.“

Auf der Fahrt ins Hotel sprach ich Rick direkt an. Ich ertrug sein dummes Schweigen nicht länger. Ich wollte in die Arme genommen werden und zärtlich mit ihm schmusen und nicht steif neben ihm sitzen, dazu war die Zeit zu schade. „Also, raus damit, was ist los mit dir, warum hast du so schlechte Laune? Ich habe mich so auf dich gefreut.“

„Was für ältere Rechte hat er denn? Kennst du ihn so gut, dass du ihn auch noch vor meinen Augen küssen musstest?“

„Also daher weht der Wind!“ Ich lachte laut. Er war einfach nur eifersüchtig. Erleichtert parkte ich den Wagen ein, wir waren mittlerweile in der Tiefgarage des Hotels angekommen. „Liebling, sei nicht dumm, Per ist der Nachbar meiner Freunde in Marbella, wir haben doch schon darüber gesprochen. In Heidelberg habt ihr doch nett miteinander geplaudert, oder?“

„Da habe ich dich noch nicht geliebt“, knurrte er zwischen den Zähnen hervor. „Er hat gerade so getan, als ob er schon mal mit dir im Bett war, und das war genau der Moment, als ich anfing, mir Sorgen um dich zu machen, weil es schon so spät war. Warst du scharf auf ihn?“

„Niemals, ich schwöre!“ Nur schwer verkniff ich mir das Lachen. „Wenn überhaupt, dann war Jane scharf auf ihn und ist ihm ab und zu auf die Turniere gefolgt. Ich habe immer nur für dich geschwärmt.“ Ich schaute in liebevoll an. „Du warst mein Favorit, und ich habe David immer sehr geärgert, wenn ich gesagt habe, dass ich dich nicht von der Bettkante schubsen würde.“ Ich kicherte, als ich an das alles dachte.

Auch Rick musste wieder lachen und sagte: „Versteh einer die Frauen. Janes Mann ist doch so nett, und sie liebt ihn doch, oder? Wie kann sie da einen anderen verehren?“

„Oh, einen Schwarm muss man haben, so für die Gedanken, das macht das Leben schön, und man fühlt sich wie zwanzig, wenn es kribbelt bei sündigen Fantasien.“

„Frauen sind und bleiben für uns arme Männer ein Rätsel. Wie gerne möchte ich manchmal deine Gedanken lesen. Ich habe kürzlich eine kleine Geschichte gehört, die trifft es auf den Punkt: Ein junger Mann geht am Strand von Kalifornien spazieren und findet eine Flasche. Er hebt sie auf und löst den Korken. Wütend fliegt ein Geist aus seiner Flasche und ist verärgert über die Störung. Du bist jetzt schon der Vierte, der mich aus meiner Behausung lockt, dabei will ich nur meine Ruhe haben. Los, sag deinen Wunsch, damit ich wieder zurück in meine Flasche kann. Der Mann überlegte nicht lange. Ich habe tatsächlich schon lange einen Wunsch. Ich möchte so gerne einmal nach Hawaii. Aber ich habe Angst vorm Fliegen, und auf ein Schiff möchte ich auch nicht. Geist, kannst du mir nicht eine Brücke bauen, von hier bis nach Hawaii?

Der Geist tippte sich an die Stirn. Bist du verrückt? Weißt du, wie weit Hawaii von hier fort ist? Weißt du, wie viele Tonnen Stahl man für eine solche Brücke braucht? Hast du nicht vielleicht noch einen anderen Wunsch?

Der junge Mann überlegte kurz. Ja, ich habe noch einen zweiten Wunsch. Ich möchte so gern die Frauen verstehen. Kannst du machen, dass ich die Frauen verstehen kann? Sie sagen oft nein und meinen aber ja, oder lachen, obgleich sie traurig sind. Wie soll man das verstehen? Da fragte der Geist: Willst du die Brücke zwei- oder vierspurig?"

Ich lachte, bis mir die Tränen kamen, er hatte es aber auch zu drollig erzählt, und etwas Wahres war dran, das musste ich fairerweise eingestehen.

„Wir sollten vielleicht doch mal hoch ins Zimmer gehen", meinte Rick – wir saßen immer noch in der Tiefgarage. „Dort werde ich dich dann auf deine sündigen Fantasien ansprechen."

Er war wieder guter Laune. Kurze Zeit später flüsterte er: „Sollen wir die Sitze runterdrehen und hier bleiben?"

„Wie war dein Tag ohne mich?"

Wir hatten uns auf die Couch gesetzt, und Rick hatte Tee und Kuchen aus dem Restaurant kommen lassen. Ich rückte ganz dicht an ihn heran und erzählte von der Familie und dass sie nicht zum Turnier kommen würde.

„Dann hab ich dich am letzten Abend hier für mich alleine, das ist mir auch lieber." Rick war erleichtert. „Und morgen musst du nicht wieder für irgendjemanden, irgendetwas tun, du Frau mit dem großen Herzen? Oder? Ich brauche dich bei mir. Es war schrecklich heute, ohne dich."

„Du armer Liebling, du tust mir so leid. Was hast du eigentlich früher ohne mich gemacht?"

„Das weißt du doch", lachte er, „schlecht gespielt und selten gecuttet. Bitte, Liebling, vergiss einfach alle Termine und komm mit mir am Dienstag."

In diesem Moment klopfte es an der Tür. Es war Bill, der Masseur, der mir dieses Mal den Aufschub vor der großen Diskussion brachte. Rick hatte ihn bestellt, um sich vor dem entscheidenden Tag nochmals richtig lockermachen zu lassen.

Allein in dem hübsch eingerichteten Wohnzimmer der Suite, versuchte ich eine Strategie zu entwerfen. Aber so sehr ich mich auch ständig zur Ordnung rief, ich konnte mich kaum konzentrieren, meine Gedanken schweiften immer wieder ab. Dieser Mann faszinierte mich. Er war kultiviert, konnte sich benehmen, war amüsant, liebevoll und sehr zärtlich. Gleichzeitig besaß er gerade die Portion Arroganz, die ich liebte und die ihn unwiderstehlich machte. Wir konnten miteinander lachen und schweigen.

Er sah umwerfend gut aus, und sein Körper war durchtrainiert und muskulös. Und er war als Zugabe auch noch ein wunderbarer Liebhaber.

Einfach ein Traummann. Der geheime Wunsch einer jeden Frau, ein Traummann.

War Rick mein Traummann?

Natürlich. Er war fantastisch im Bett. Aber das wollte ich nicht auf die Waagschale legen. Oder doch? War es nicht auch wichtig?

Die ganzen letzten Monate hatte ich es unterdrückt. Jetzt war es wieder da, das Verlangen. Wenn ich an ihn dachte, an seine Hände, seine Lippen und an das Gefühl, wenn er in mich eindrang, war es da, dieses Verlangen.

Wenn ich jetzt daran dachte, liefen kleine Schauer über meinen Körper, und die Schmetterlinge flatterten wieder in mir. Manchmal geschah es ganz plötzlich. Mitten in einem Gespräch erschien sein Bild vor meinen Augen, und dieses Gefühl war wieder da.

Was war das für ein Gefühl? Ich konnte es einfach nicht genau definieren. War es Liebe? Oder war ich nur geil auf ihn?

Hier half kein Drumherumreden mehr. Nun galt es zu bekennen.

Was, wenn ich mich offenbare und er nur mit mir spielt? fragte ich mich. Ich kannte ihn doch gar nicht richtig. Vielleicht hatte er mich nach diesem Turnier in Wentworth schon satt und schob mich ab. War es nicht besser, ich blieb hier, und es gab das oft zitierte ‚Ende mit Schrecken‘, inszeniert von mir, unter eigener Regie? So schaffte ich es noch, einigermaßen darüber hinwegzukommen. Es würde dann einfach unter ‚tolles Erlebnis mit Beischlaf‘ gebucht.

Sollte ich jedoch mitgehen, so wäre das gleichbedeutend mit Kapitulation des Herzens, und ich lieferte mich ihm mit Haut und Haaren aus, und was noch schlimmer war: mit Herz und Seele.

Dann hatte er den Joker in der Hand, und es gab für mich ein ‚Schrecken ohne Ende‘. Immer mit der Frage im Nacken: Wie lange noch? Wann ist es vorbei?

Oder aber es war das Risiko wert, und wir liebten uns wirklich.

Wie weiß ich das? Mit welchem Maß kann man Liebe messen?

Wie lange würde es dieses Mal dauern, bis sie stirbt?

Es ist eine eigenartige Sache mit der Liebe.

Meinen Ehemann hatte ich geglaubt zu lieben. Am Anfang, im Taumel des ersten Verliebtseins schien die Liebe groß und später dann in den langen Ehejahren verlor sich langsam das Gefühl. Wir waren fast zwanzig Jahre verheiratet gewesen, hatten regelmäßig Sex, eine gemeinsame Arbeit und nicht zuletzt unser gemeinsames Kind Nina hatten unser Leben bestimmt und ausgefüllt.

Diese Liebe endete schleichend. Unsere Tochter wurde immer erwachsener, seine Großen kamen nur noch sporadisch vorbei. Es geschah fast unmerklich, wir hatten uns nicht mehr viel zu sagen, und lachen konnten wir schon lange nicht mehr miteinander.

Als mein Ehemann mehrere Monate nicht zu Hause war, bedingt durch eine langwierige Herzkrankheit, lernte ich, wieder alleine zurechtzukommen.

Ich musste es einfach tun.

Ich musste Entscheidungen selbständig treffen, die Geschäfte weiterführen und für Nina da sein.

Es war nicht einfach, ich arbeitete oft bis tief in die Nacht und fiel todmüde ins Bett. So sehr die Verantwortung, gerade auch für seine Geschäfte auf mir lasteten, so sehr fürchtete ich gleichzeitig den Tag seines Zurückkommens. Den Tag, an dem er wieder die Regie übernehmen würde.

Damals erkannte ich, die Liebe war gestorben.

Das war für mich das Zeichen zum Aufbruch. Noch fühlte ich mich jung genug für einen neuen Start.

Nina wollte gern ihre Ausbildung in Heidelberg beginnen, und ich beschloss, mit ihr zu gehen.

Nachdem mein Mann wieder gesund war, wagten wir es. Wir zogen mit Sack und Pack in die Gegend von Heidelberg. Zuerst waren wir eine Weile allein, dann kam David dazu.

Auch ihn glaubte ich zu lieben.

Es war wohl eher die Einsamkeit, die mich so schnell wieder in eine Bindung zog. Der neue Mann brachte etwas in mein Leben, das ich unbewusst vermisst hatte: Ruhe und Kultur. Ich begann wieder klassische Musik zu hören, und wir gingen regelmäßig ins Theater und besuchten Museen.

Auch diese Liebe endete. Dieses Mal schnell und heftig und nicht auf leisen Sohlen.

Es sagte sich so leicht: „Ich liebe dich“, aber ich hatte gelernt, wie schnell eine Liebe vergehen konnte. Die drei magischen Worte muss man nicht immer aussprechen, damit der andere weiß, was man für ihn empfindet. Man kann es auch auf andere Weise zeigen. Durch einen Vertrauensbeweis zum Beispiel oder eine ganz besondere Geste, die nur für ihn bestimmt ist.

„So, Liebes, nun kommst du an die Reihe“, riss Rick mich aus meinen Gedanken. „Du wolltest doch gerne was gegen deinen verspannten Nacken tun. Er wird dich massieren und die Verspannung lockern. Dann zeigt er dir noch Übungen für zu Hause, damit du erst gar nicht so verspannt wirst. Schau nicht so erstaunt, ein wenig Hausaufgaben, das ist schon okay.“

Ich war nicht überrascht wegen der Übungen für zu Hause, sondern ob der plötzlichen Einsicht. Oder war es Taktik? Er hatte meine Entscheidung, hierzubleiben, offensichtlich akzeptiert. Warum eigentlich war mir das nun auch nicht recht? Konnte man es mir denn nie recht machen? Ich schimpfte mich insgeheim selbst, weil ich so gar nicht wusste, was ich wollte. Es war sicher gut so, dann blieben uns die Streitereien erspart vor dem letzten entscheidenden Turniertag. Aber so richtig zufrieden war ich nicht. Das Männchen aus der Flasche fiel mir ein: Willst du die Brücke zwei- oder vierspurig?

„Ich bestelle heute den Roomservice. Ist es dir recht, wenn wir hier essen, nur wir beide? Oder willst du lieber ins Restaurant, wie es geplant war?“

„Lass uns hier essen, das ist viel gemütlicher, und ich brauch mich nicht mehr aufzubrezeln.“

„Fein, was möchtest du? Auf was hast du Appetit?“

„Am liebsten hätte ich etwas mit frischen Pfifferlingen, ohne Fleisch. Vielleicht haben sie Semmelknödel?“ Wie konnte ich über so etwas Banales wie Knödel reden, wo ich doch mit den Gedanken ganz woanders war.

Auch mit Bill sprach ich anschließend über alltägliche Dinge und lauschte scheinbar andächtig seinen Erklärungen.

„Hast du es kapiert? Wenn du diese drei Übungen jeden Tag machst, wirst du die Fortschritte schnell spüren. He, du! Wach auf!“ Er hatte gemerkt, dass ich nicht aufmerksam war.

Rick kam herein, um Bill zu verabschieden.

Ich schlang die Arme um seinen Hals und suchte seinen Mund.

Ich sehnte mich nach seinen Berührungen, und er erwiderte meinen Kuss mit leidenschaftlicher Eindringlichkeit.

Wir vergaßen Bill, der leise verschwand.

Wir vergaßen das Essen, das Rick bestellt hatte. Wir wollten nur noch einander spüren und uns lieben. Unsere Körper verschmolzen ineinander, und wieder erfuhren wir die beglückende Vereinigung zweier Menschen, die zusammengehörten. Ich empfand fast einen körperlichen Schmerz, als er sich von mir löste. Ich hätte ihn noch gerne weiter in mir gespürt. Einfach so, ganz ruhig.

Er blickte mich an, und ich sah nur Liebe in seinen Augen. „Warum zweifelst du, mein Herz? Du quälst dich nur. Ist es so schwer für dich zu lieben, nein, falsch, es dir endlich einzugestehen, dass du mich liebst? Glaubst du nicht mehr an die Liebe?“

Ich verbarg den Kopf an seiner Schulter und drückte mich an ihn. „Lass mir Zeit, bitte. Du bedeutest mir unendlich viel. Ich habe einfach Angst davor.“

„Und ich habe jetzt Hunger. Lieben macht hungrig. Mal schauen, wo das Essen bleibt.“

Der Zauber war verflogen. Ich lachte, ich hatte auch Hunger bekommen. Nach dem Essen wollte Rick noch ein bisschen putten üben. Er rückte die Sessel zur Seite, stellte einen Stuhl an die Zimmerwand und begann von der entgegengesetzten Seite des Wohnzimmers aus mit seinen Putts. Es war zu komisch, ich grinste. Alle Pros nahmen den Putter mit ins Hotelzimmer und übten dort, wann immer sie konnten. Auch das kleinste Zimmer musste herhalten, geübt wurde überall.

Auf seine Bitte hin, ihn doch auszurichten, setzte ich mich hinter Rick auf den Boden und peilte die Richtung genau an, in die das Bällchen laufen sollte. Ich war so in die Arbeit vertieft, dass ich Sunny nicht bemerkte.

„So, so, am Abend wird der Faule fleißig. Die anderen sind bestimmt noch auf der Range und üben, damit sie dich morgen schlagen. Aber ich weiß ja, wie gut du drauf bist, da wäre zu viel Üben gar nicht so gut. Macht ihr noch was heute Abend?“

„Wir gehen vielleicht noch ein paar Schritte durch die Altstadt.“ Auf seinen fragenden Blick nickte ich.

„Kommst du mit, Sunny?“

Zu dritt wanderten ich eine Weile später durch die alten Gässchen von Köln und ließen mit einem Bier im Pub den Abend ausklingen.

Nach einem traumlosen Schlaf erwachte ich viel zu früh am nächsten Morgen. Ich löste mich vorsichtig aus Ricks Armen und schlich mich aus dem Schlafzimmer. An der Tür warf ich noch einen Blick auf den Liebsten, er schlummerte noch fest, halb lag er mit dem Oberkörper auf meiner Seite.

Ich konnte nicht mehr schlafen. Ich war zu aufgeregt.

Ich hoffte so sehr, dass er heute gewinnen und damit allen zeigen würde, dass er wieder da war. Noch nicht weg vom Fenster, noch nicht Geschichte. In einem Fernsehinterview hatte er den Reportern auch gesagt, es sei noch mit ihm zu rechnen. Er habe noch die Kraft für viel gutes Golf in sich. Ich wünschte ihm diesen Erfolg so sehr. Er hatte hart gearbeitet dafür, besonders an seinem kurzen Spiel.

Nach der langen sieglosen Zeit war es fällig.

Und nun diese Chance. Er lag mit zwei weiteren Teilnehmern auf Platz eins.

Hoffentlich behielt er die Nerven, denn sein Spiel war exzellent.

Es war nun reine Nervensache.

Ich schwor mir in diesen Minuten, alles für seinen Erfolg zu tun.

Ich beschloss mitzulaufen.

Er spielte im letzten Flight, da war es möglich. Vielleicht konnte ich sich unter die Marschalls schmuggeln, die als Schutz mitliefen.

Ein ganz verschlafener Rick kam aus dem Schlafzimmer. Wortlos nahm er mich an der Hand und führte mich zurück ins warme Bett. „Hier gehörst du hin, mein Liebes, es ist noch viel zu früh. Ich habe dich vermisst. Kannst du nicht mehr schlafen?“

„Ich bin nervös und aufgeregt. Wie kannst du nur so ruhig sein?“

„Ich weiß, ich gewinne. Ich habe den bewussten Kick, und ich schaffe es. Ich spiele für dich, mein Schatz. Komm zu mir, ganz nahe. Ich möchte dich spüren. Ich bin aufgewacht, weil das Bett neben mir leer war und kalt. Hm, so ist es gut. Ich rieche dich so gerne.“

Wir lagen eng aneinander und fühlten den Herzschlag des anderen.

Ich fühlte auch etwas anderes.

Mein Puls ging rascher.

Im Golfclub war die Hölle los. Es war der Tag der Entscheidung. Alles, was Rang und Namen hatte, tummelte sich auf dem Gelände. Auch Leute, die vom Golfspiel keine Ahnung hatten, waren gekommen, um das Schauspiel mitzuerleben. Auf der VIP-Terrasse konnte man keinen Stuhl mehr ergattern, so voll war es dort oben.

Die ersten Flights waren schon um acht Uhr gestartet, und alle warteten nun gespannt auf die Ankündigung der letzten drei Spieler: mein Rick, Ray, der neue Star am Golfhimmel, und Arni Miller aus Südafrika.

Wetten wurden abgegeben.

Viele fieberten mit Rick Fields und wollten ihn gewinnen sehen. Als einziger Europäer an der Spitze sollte er den Sieg davontragen und europäische Fahnen zu Ruhm und Ehren bringen. Die Jüngeren der golfbegeisterten Zuschauer wollten lieber den Amerikaner, den jungen Star Ray Clark, auf Platz eins sehen. Für sie war Fields Geschichte, sie wünschten sich die neue Generation der Golfer an die Spitze. Es würde ein interessantes Spiel werden, das war sicher. Hier kämpften nicht nur drei hochqualifizierte Sportler gegeneinander, es war auch ein Kampf dreier Kontinente.

Südafrika, Amerika und das gute alte Europa.

Ich war Rick nicht von der Seite gewichen. Ob auf der Driving Range oder beim Putten, ich war in seiner Nähe. Ich fühlte, er wollte es so. Sein Blick suchte immer wieder den meinen. An den anderen Tagen war ich oft auch mal allein unterwegs gewesen oder erst nach dem dritten Loch zu ihm gestoßen. Heute jedoch war ich von Anfang an bei ihm. Einfach da, im Hintergrund, bereit für ein aufmunterndes Lächeln oder einen Siegesdaumen.

Es war Zeit für den ersten Abschlag.

Rick nahm mich an der Hand und führte mich auf dem Weg der Spieler durch die Menge zum Abschlag eins.

Der letzte Flight wurde aufgerufen. „On the tee, from Great Britain, Mr. Rick Fields.“

Rick hob die Hand und grüßte seine Fans, die ihn mit tosendem Beifall anfeuerten.

Ich stand am Rand, bleich, großäugig und mit zitternden Knien. Ich hatte nur Augen für ihn, und mir war schrecklich übel.

Während die beiden Mitspieler aufgerufen wurden, kam Rick zu mir. Er hatte meine Angst gesehen und geahnt. Er hob mit seinem Zeigefinger mein Kinn an, sah mir in die Augen und flüsterte: „Ich bin glücklich mit dir, und ich will gewinnen.“

Ich sah zu ihm auf. „Ich weiß es, du schaffst es, du bist immer noch der Beste, und Rick ...“ – er wollte sich gerade abwenden und zum Abschlag gehen – „... ich liebe dich.“

Er schaute mich an und kam nochmals zurück. Ich zeigte ihm die Hand, an der sein Ring funkelte. Er nahm meinen Kopf in beide Hände und küsste mich leidenschaftlich. Dann ging er zum Abschlag.

Die ersten Löcher stolperte ich wie in Trance hinter den Spielern her. Ich glaubte es nicht. Ich hatte den magischen Satz ausgesprochen. Einfach so aus dem Bauch heraus, ohne nachzudenken.

Ich hatte ihn damit sehr glücklich gemacht, er spielte wie in alten Zeiten. Es gelang ihm einfach alles auf diesen ersten Bahnen.

Es war sehr schwierig für mich mitzuhalten mit dem Schritt der anderen. Ich musste mich sehr konzentrieren und verschob das Nachdenken einfach auf später. An jedem Abschlag postierte ich mich ihm gegenüber auf, so dass Rick mich sehen konnte. Er suchte auch immer meinen Blick und teete dann erst auf.

Für die mitlaufenden Marschalls war es sehr mühsam, die begeisterten Zuschauer in Schach zu halten. Diese wollten doch alle möglichst viel von ihren Favoriten sehen; sie fotografierten und filmten. Manche scheuten sich sogar nicht, ein Blitzlicht zu benutzen, was besonders störend war. So hatten die freiwilligen Helfer alle Händevoll zu tun, den Spielern den nötigen Freiraum für ihr Spiel zu schaffen. Ob am Fairway Rand oder auf dem Grün, die Menge drängte und schob sich so dicht wie möglich an die drei Führenden heran.

Es war ein Wunder, dass diese sich noch auf ihr Spiel konzentrieren konnten. Die Caddies waren aufs Höchste angespannt, mussten sie doch gleichzeitig beraten, loben, aufmuntern, füttern, das schwere Bag schleppen und die Zuschauer bändigen. Es war wahrlich ein harter Job.

Am schlimmsten aber waren die Bodygards des Amerikaners. Man konnte sie gut erkennen. Sie unterschieden sich deutlich von den Zuschauern und den Marschalls. Sie schauten nämlich keine Sekunde den spielenden Sportlern zu, sondern beobachteten stur und ausschließlich die Menge, um einen vermeintlichen Attentäter aufzuspüren und dingfest zu machen.

Einfach lächerlich. Der junge Star war mit diesen fünf Muskelmännern angereist, die eigentlich nur störten. War das noch Sport?

Obwohl die Zuschauer, wenn sie in Massen auftraten, beinahe unkontrollierbar waren, so mochte ich sie immer noch viel lieber als jene dort oben auf der VIP-Terrasse. Diese Leute erlebten doch das ganze Geschehen nur aus der Vogelperspektive mit und griffen erst dann zu den Ferngläsern, wenn aus einer Ecke Jubel zu hören war. Oder sie schauten ab und an gelangweilt auf das Leaderboard und ließen sich erklären, wer denn nun wo ein Birdie, Boogey oder Par gespielt hatte.

Am schönsten, das wusste ich aus eigener Erfahrung, war es direkt am Grün. Dort zu sitzen und Flight für Flight abzuwarten und so jede Gruppe passieren zu sehen, das war das Höchste für die meisten. Nur am letzten Tag teilten sich die Geister. Die einen liefen mit dem letzten Flight, die anderen versuchten schon zeitig ein gutes Plätzchen auf der Tribüne oder direkt am Grünrand des achtzehnten und entscheidenden Loches zu ergattern.

Rick spielte wie ein junger Gott. Was hieß wie, er war Gott. Hier auf diesem Platz. Für dieses Publikum hier. Auch die Fans der anderen Spieler waren nun zu ihm übergelaufen und bejubelten jeden seiner Schläge. Er hatte die anderen an die Wand gespielt, sie fungierten nur noch als Statisten. Er traf alle Fairways, lochte alle Putts. Er war der King of Golf, als er den letzten Schlag am achtzehnten Loch vom Mitte Fairway aufs Grün setzte.

Pinhigh, einen Meter an die Fahne.

Die Menschen tobten, als er einem Triumphator gleich die Arena, pardon, das Grün betrat. Sie begrüßten den Sieger mit Standing Ovations. Ich wäre nicht erstaunt gewesen, wenn die Siegeshymne aus „Aida" erklungen wäre. Er markierte seinen Ball, hob ihn auf und grüßte danach seine Fans. Der Applaus wollte kein Ende nehmen, die Menge reagierte nicht mehr auf die Anweisungen der Ordner. Schließlich hob Rick den Arm und stoppte so den Jubel. Die Mitspieler brachten ihr Spiel zu Ende und traten auf die Seite. Das Publikum bedachte sie mit freundlichem Beifall. Rick legte seinen Ball auf das Grün vor den Marker, den er wegnahm und in die Hosentasche schob.

Die Stille war nun greifbar. Nicht einmal die Kinder und die Vögel machten ihre gewohnten Geräusche. Man hätte eine Stecknadel fallen hören. Der Ball plumpste gehorsam ins Loch. Sekunden Stille. Dann brach der Applaus erneut orkanartig los.

Die German Masters in Köln hatte einen Sieger und seine spektakuläre Schlagzeile: Die Golflegende Fields ist wiederauferstanden. Er ist wieder da.

Der Jubel steigerte sich nochmals, sofern das überhaupt möglich war, als Rick mich, die müde, aber glücklich zu ihm lief, vor den Augen aller in die Arme nahm und sehr lange küsste.

Eine halbe Stunde später war die offizielle Siegerehrung. Stühle wurden auf das heilige Grün gestellt, wo man sonst nicht einmal einen Ball droppen durfte. Viele dunkelblaue Blazer dekoriert mit wichtigen Abzeichen nahmen Aufstellung oder Platz. Viele Reden wurden gehalten. Die Sponsoren lobten wieder einmal sich und den Veranstalter. Der Veranstalter lobte sich und die Sponsoren. Alle lobten den Platz und das Wetter. Einige dankten den Spielern.

Zuletzt wurde der Sieger geehrt, der seinerseits eine Dankesrede halten musste. Ricks Ansprache war wunderbar. Er lobte den Platz, der hervorragend vorbereitet war. Ein ausdrückliches Dankeschön aber zollte er den vielen Helfern, die es erst möglich gemacht hatten, dass alles so reibungslos vonstattengegangen war. Er nannte sie alle und vergaß keinen. Vom Parkwächter über die Toilettenfrau hin bis zu den Marschalls, die hart arbeiten mussten und von dem ganzen Spektakel nur wenig mitbekommen hatten.

Schließlich, last but not least, so dachte ich, dankte er ganz liebevoll seiner Sunny, die ihm in guten und den schrecklichen schlechten Zeiten unermüdlich optimistisch zur Seite gestanden hatte und die jetzt ganz bescheiden an der Seite stand und mit den Tränen kämpfte.

Jetzt ist er am Ende seiner Rede, dachte ich und hob die Hände zum Applaus. Weit gefehlt, er hatte nur tief Luft geholt für seinen Schluss.

„Ich habe hier in Deutschland und in diesem Club nicht nur zu meiner alten Form gefunden, sondern ...", er blickte auf mich. Aus meinen 1,60 Metern wurden sofort 1,20 Meter, „... auch meine große Liebe gefunden. Die Liebe meines Lebens, die ich schon verloren glaubte, Emma, die Frau, mit der ich den Rest meines Lebens verbringen möchte."

Dieser blöde Mensch.

Ich stand da, zu Stein erstarrt wie Lots Frau, fühlte fast körperlich hundert Augen auf mich gerichtet, ohne die Kameras dazuzurechnen, die weitere Millionen in aller Welt brachten, und hörte seine Worte. Begreifen konnte ich diese im Moment noch nicht.

Die Menschen hörten gar nicht mehr auf zu toben. Das war ein Ende nach dem Geschmack der Leute. Sie hatten ihre Sensation und eine Lovestory. Diesen Tag würden sie so schnell nicht vergessen.

Eigentlich war nun alles und davon viel zu viel gesagt.

Doch Dr. Kaufmann konnte es mal wieder nicht genug sein lassen. Völlig distanzlos musste er noch eins obendrauf setzen. Lachend ergriff er das Mikrofon mit der einen Hand, die andere hatte er freundschaftlich auf der Schulter seines Siegers deponiert, seine goldene Prollex glitzerte in der Sonne, und er säuselte gönnerhaft, aber unpassend in meine Richtung: „Na, dann wollen wir die kleine Frau doch mal hier vorne sehen und uns die Antwort sofort holen. Das ist dann noch ein zweiter toller Sieg für unseren Champion."

Doch diese Rechnung hatte er ohne den Wirt gemacht.

Er war mit seinen Worten gerade bei ‚kleiner Frau' angelangt, da war selbige auch schon in der Menge untergetaucht. Ich dachte noch im Fortlaufen, dass Rick wohl spätestens jetzt erkennen musste, welchen großen Fehler er gemacht hatte. Auf der Flucht konnte ich noch die weiteren Worte dieses reizenden, feinfühligen Menschen hören. Etwas enttäuscht meinte er, als keine kleine Frau auf der Bildfläche erschien: „Ist wohl ein bisschen kamerascheu, Ihre kleine Braut? Aber, sie wird schon Ja sagen, keine Sorge, lieber Rick. So eine gute Partie wie Sie lässt man nicht sausen.“ Zur Bekräftigung seiner Worte wedelte er mit dem Siegerscheck, den er zur Demonstration noch mal an sich genommen hatte.

Auf der Flucht vor den Massen, Kaufmann und den Kameras raste ich in den Pro-Shop und von da aus gleich weiter nach draußen vor das Clubhaus, wo die Shuttle-Wagen bereitstanden.

Nix wie weg.

Soll er doch sehen, wie er aus dieser Nummer wieder rauskommt, dachte ich, nicht ohne Schadenfreude. Ich konnte zum Glück schon wieder lachen über diese Groteske und malte mir aus, wie mein distinguierter Engländer sich nun herauswinden würde. Ich gönnte es ihm von Herzen. Was musste er mich auch unvorbereitet in eine solche Situation bringen? In seiner Freude über den Erfolg, waren wohl alle Gäule mit ihm durchgegangen, aber ich wusste, in diesen Minuten bereute er es bitter, und das war gut so.

Im Hotel setzte ich mich dann erst einmal an die Bar und bestellte mir ein Glas Champagner. Das brauchte ich jetzt. Ich wollte für mich allein auf Ricks Erfolg trinken und gleichzeitig den üblen Geschmack runterspülen, den Herr Kaufmann verursacht hatte.

„Hier steckst du also, ich habe dich schon überall gesucht.“ Rick kam in die Bar und setzte sich zu mir. „Für mich bitte das Gleiche.“ Er legte den Arm um mich und zog mich an sich. „Liebes, bist du sauer? Die Geschichte ist mir aus den Händen geglitten, ich konnte nichts mehr tun.“

Er grinste augenzwinkernd, während er mir den weiteren Verlauf so treffend komisch schilderte. Er sparte auch nicht mit bissigen Bemerkungen über den Firmenboss, und ich konnte ihm nicht mehr böse sein, fast tat er mir leid, wenn ich nicht so unendlich schadenfroh gewesen wäre.

Der Arme! Er musste voll und ganz den Preis des Sieges erleiden. Hunderte von Autogrammen schreiben, angefangen von der Großmutter, was ihn besonders schmeichelte, bis hin zu den Kiddies, denen er sehr gerne die Bälle unterschrieb. Dann erst konnte er die üblichen Formalitäten erledigen und als das endlich vorbei war, zurück ins Hotel fahren.

„Ich habe deine Freunde getroffen, als ich auf der Suche nach dir war, und mitgebracht. Wir hatten ihnen doch versprochen, miteinander zu feiern.“

„Richtig, Jane und Kai, die habe ich ganz vergessen, wo sind sie?“

„Oben im Zimmer, wir dachten, du seist dort, nicht ahnend, dass du gerade zum einsamen Säufer mutierst.“ Er lachte und schubste mich leicht.

„Dann lass uns mal hochgehen, ich möchte mich auch noch feinmachen für unseren letzten Abend.“ Ich erhob mich vom Barhocker und ging in Richtung Aufzug. Noch in der Tür hatte Rick mich eingeholt und nahm ich in seine Arme. „Erst musste ich dich küssen, hier und jetzt.“

Ausgiebig kam er seinen Worten nach. Ich war anfänglich ein wenig bockig und wollte nicht so recht, ließ mich dann aber sehr schnell von seinen zarten Küssen überreden und schmiegte sich in seine Arme. Ich schauderte ein wenig, als ich an die bevorstehende Diskussion dachte, die nun wieder aufgeschoben war. Rick hielt es jedoch für Leidenschaft und vertröstete mich auf später.

„Wir lassen es nicht so lange werden mit den beiden und feiern danach alleine weiter“, versprach er mir leise.

Sunny war bereits mit dem gesamten Gepäck und in Begleitung von Marc Peterson, Ricks Manager, abgereist in Richtung Heimat und hatte sich in der Bar natürlich liebevoll von mir verabschiedet. Es fiel ihr sichtlich schwer, keinen weiteren Kommentar zu der Situation abzugeben. Einerseits verstand sie meine Zweifel, andererseits kannte sie auch Rick und war sicher, er meinte es ernst. Sie begnügte sich lediglich mit den Worten: „Kleine, überleg dir gut, was du tust, und triff keine Entscheidung, die du später bereust. Für mich besteht kein Zweifel, er liebt dich.“

So waren wir denn nur eine kleine Runde beim Essen. Jane, Kai und Rick waren fröhlich, der ganze Druck war von Rick genommen, und er erheiterte alle mit witzigen Anekdoten aus seinem Leben im Kampf gegen die Vorschläge der Sponsoren.

Manche verlangten oft unmögliche Dinge für das Geld. So sollte er zum Beispiel nicht nur in der Golfbekleidung für einen Katalog Modell stehen, nein, sie wollten ihn halbnackt auf die Titelseite bannen, als Aufreißer. Mit einem Baseballcap vor seinem edelsten Teil in der einen Hand und mit dem Driver in der anderen. Schon allein bei dieser Beschreibung gab es lautes Gelächter, denn es war zu komisch, sich den eleganten Engländer feinster Lebensart so vorzustellen.

Ähnliche Angebote kamen immer wieder, die Werbung schreckte vor nichts zurück, aber er hatte bisher den finanziellen Verlockungen tapfer widerstanden, auch in der erfolgloseren Zeit. Er hatte ja immer noch seine Firma Golfplatz Design Company, die sehr gut lief und der er sich mehr gewidmet hatte, als es nicht so klappte, golferisch gesehen. Er war ein brillanter Designer, und seine Kenntnisse und seine Erfahrung waren sehr gefragt. Allein von dieser Firma könnte man sehr gut leben, was er auch vorgehabt hatte, wenn er das Comeback nicht geschafft hätte.

Bei diesem Thema erwachte ich aus meinen Träumen.

„Spielt ihr noch eifrig?“ fragte ich meine Freunde. „Ich habe kürzlich mal probiert, ob ich es noch kann, aber“, ich kicherte vor Vergnügen, „es ist misslungen!“

„Kannst du Golf spielen?“ Das war Kai, der freche Kerl. „Ich habe dich noch nie spielen sehen. Du hast entweder den Ball gesucht oder die Fauna in Angst und Schrecken versetzt, weil du immer hinter jeglichem Getier her warst, aber nie wirklich hinter dem Ball.“

Rick verschluckte sich beinahe, so musste er lachen. Das konnte er sich so gut vorstellen, seine Kleine, auf dem Golfplatz.

„Aber erzähl weiter, was ist mit bei deinem Versuch passiert?“

„Also, Frank, mein Schwiegersohn, ließ mich zuerst abschlagen, war mir nicht recht, aber ich tat es. Natürlich zischte der Ball einen Meter vor und dann ab, rechts ins Rough.“

„Wie könnt’s auch anders sein.“

„Pfui, Kai, du bist gemein. Ich spiele ganz gut! Hab ihn auch sofort gefunden.“

„Erstaunlich!“

„Kaiii! Also: Frank sprach seinen Ball an“

„Hallo Ba-all.“

„Hör jetzt auf damit“, ich konnte vor Lachen kaum mehr reden, „fast gleichzeitig entdeckte ich direkt hinter meinem Ball einen dicken, süßen Hasen.“

„Sag ich doch, Tiere.“ Kai lachte lauthals.

„Ein Hase, habe ich zu Frank gesagt, sieh doch nur ein ganz lieber Hase sitzt hier vor mir. Frank schlug seinen Ball in die Wicken, ich rannte hinter dem Hasen her. Er war sauer und schwor, nie wieder mit mir zum Golfen zu gehen, obwohl ich seine über alles geliebte Schwiegermutter sei. Warum lacht ihr alle so?“

Rick rückte noch näher zu mir und nahm mich in den Arm. „Eines weiß ich gewiss, ich werde unbedingt mit dir Golf spielen, ich glaube, dann lerne ich diesen Sport mal von einer ganz anderen Seite kennen.“

„Bloß nicht“, sagten Kai und Jane im Chor.

„Ich laufe lieber mit dir mit! *Nie wieder Golf* steht auf meinem nächsten T-Shirt. Es kann nämlich sein, dass du nach einer Runde mit mir auch die Nase voll hast von diesem Sport, und das wäre nach deinem Erfolg heute sehr traurig. Außerdem wollen sie sowieso bei dir daheim keine spielenden Frauen auf dem Platz haben. Es heißt doch so schön: No dogs, no women – genau in dieser Reihenfolge.“

„Das Risiko gehe ich ein, mein Schatz. Und mit mir darfst du überall auf den Platz.“

Der letzte Abend in unserer Suite.

Ich schaute mich um, wollte mir alles fotografisch ins Gedächtnis meißeln. Was hatte ich hier alles erlebt, und das in so kurzer Zeit. Wie hatte ich mich anfangs gegen das gemeinsame Schlafzimmer gesträubt, und nun stand ich hier und fragte mich, wie es wohl sein würde, wieder ohne Rick einzuschlafen.

„Komm, setz dich zu mir, mein Liebes, es wird Zeit, dass wir ein paar Takte miteinander sprechen.“

Nun war es also soweit. Jetzt musste ich Farbe bekennen, so oder so. Ich holte tief Luft und begann: „Rick, bitte, ich möchte zuerst reden, sei so gut und unterbrich mich nicht. Ich bin noch nicht bereit für eine finale Entscheidung. Du aber willst hier und jetzt von mir wissen, wie ich zu dir stehe. Das kann ich dir in letzter Konsequenz noch nicht sagen. Wenn du es aber erzwingen willst und mich vor die Wahl stellst, dann bin ich eher für die radikale Trennung. Denn jetzt ist es noch nicht allzu schmerzhaft, wenn wir uns nicht wiedersehen. Wir können damit sicher beide weiterleben, in der Gewissheit, eine sehr gute Zeit miteinander gehabt zu haben und es als schöne Erinnerung buchen.“

Hier unterbrach Rick mich zornig: „Was faselst du da? Schöne Erinnerung? Gute Zeit? Hast du alles vergessen, was ich dir gesagt habe? Mein Innerstes habe ich vor dir ausgebreitet. Du redest von der schönsten Zeit meines Lebens und von meiner großen Liebe. Was soll ich eigentlich noch tun, damit du es endlich begreifst? Dich schütteln, bis der Groschen endlich fällt? Bist du so eiskalt, oder hat man dir so wehgetan, dass du beschlossen hast, keine Gefühle mehr zuzulassen? Und bin ich nun der arme Trottel, der für alles büßen soll, was man dir angetan hat?“

So aufgebracht hatte ich ihn noch nie gesehen. Er stand vor mir in seiner imposanten Größe, als wollte er mich wirklich schütteln.

„Ich sollte dich vielleicht übers Knie legen, bis du endlich zugibst, dass du mich liebst. Oder war es Lüge, heute Morgen? War alles Lüge? Die leidenschaftlichen Liebesnächte, die wir gehabt haben? Die intimsten Dinge, die wir miteinander gemacht haben? Dein Körper spricht augenscheinlich eine andere Sprache als dein Mund. Oder haben wir hier verkehrte Verhältnisse? Hast du herausfinden wollen, wie ein Tour Pro im Bett ist? Wolltest du nur einen guten Fick? Bezahlst du mich jetzt dafür? Für meine Leistung im Bett? Was bin ich denn wert?“

Ich hob die Hand, um ihn zu stoppen.

„Lass stecken. Meine Liebe kann man nur mit Liebe und mit dem Herzen bezahlen, nicht kaufen.“

Hier holte er tief Luft und wandte sich ab, um im Zimmer auf und ab zu wandern. Als er wieder ruhiger war, kam er zurück und setzte sich hin, mir gegenüber auf den Sessel. Auf keinen Fall zu nahe.

„Los, sag mir, was war das heute Morgen? Eine Art verbales Doping vor dem Match. ‚Ich liebe dich, Rick‘ als Vitasprint Aufmunterung? Du könntest es patentieren lassen, es hat gewirkt. Gratuliere.“

Ich war den Tränen nahe, er wollte mich nicht verstehen. „Bitte hör auf, es tut weh, dir zuzuhören, und du weißt, das ist so nicht wahr. Ich mag dich sehr, sehr gerne ...“

Wieder fiel er mir böse ins Wort. „Sehr gern, ich glaube, du tickst nicht ganz richtig. Ich pfeife auf dein ... sehr gerne haben! Gehst du mit allen ins Bett und machst solche Dinge mit allen, die du sehr gern hast? Wie viele sind das denn pro Woche? Sag, treibst du es mit jedem? Komm ins Schlafzimmer und zeig mir noch einmal, wie gern du mich hast, machen wir doch einen schönen Abschiedsfick. Und dann tschüss.“

Ich wusste gar nicht mehr, was ich noch sagen sollte. Alle meine Worte und Erklärungen wurden missverstanden und anders ausgelegt, als sie gemeint waren. Ich machte noch einen letzten Versuch. „Bitte, Rick, sei doch nicht so böse. Gib mir ein paar Tage Zeit, und am Freitag könnte ich dann nachkommen, wenn du willst.“

Ich war ganz verzweifelt. Eine solche Reaktion hatte ich nicht erwartet. Wie sehr musste ich ihn verletzt haben. Das hatte ich nicht gewollt. Aber nun war es zu spät. Es waren sehr harte Worte gefallen.

„Bitte sei nicht so aufgebracht. Du hast alles missverstanden.“

Doch er wollte nicht mehr zuhören. Er hatte genug gehört. „Ein paar Tage Zeit willst du? Wieder alles aufschieben. Darin bist du ja Meisterin. Und ich soll bis Freitag durch alle Höhen und Tiefen gehen und dann doch von dir das ‚No, Sorry‘ hören. Oder aber ein gnädiges Ja und meine Arme weit öffnen, weil du mein Flehen erhört hast. Vielleicht ist es wirklich besser, wir beenden das hier und heute. Du kannst im Schlafzimmer schlafen, ich nehme die Couch hier.“ Sagte es und ging ins Bad, ohne mich noch einmal anzusehen.

Wenig später kam er in seinem Pyjama zurück und forderte die Couch mit einer unmissverständlichen Geste.

Ich flüsterte „Gute Nacht“ und ging ins Schlafzimmer. Ich war zu aufgewühlt, um überhaupt an Schlaf zu denken. Ein solches Ende hatte ich nicht gewünscht.

War es jetzt wirklich vorbei?

Ich musste nachdenken, aber nicht jetzt, das würde nichts bringen.

Sollte ich zu ihm gehen?

Nein, er würde mich abweisen. Dann gäbe es wieder böse Worte. Ich konnte keine davon mehr ertragen.

Ich schluckte. Nur nicht weinen, nicht jetzt, vielleicht später, wenn er fort war, aber nicht jetzt. Er könnte es vielleicht hören. Ich wollte doch nie mehr weinen, nicht um einen Mann. Nicht mal um diesen Mann? Um gar keinen!

Ich legte mich ins Bett. Die Kleider hatte ich achtlos einfach fallen lassen. Nur die Augen zumachen und nicht mehr denken und nicht weinen. Nach einer Weile schlief ich vor Erschöpfung ein.

Ich erwachte kurz darauf wieder und wusste nicht, was mich geweckt hatte. Doch gleich hörte ich ein leises Geräusch im Zimmer. Ich setzte mich auf und wurde in dem Moment von Ricks Armen umfasst und langsam wieder in die Kissen gedrückt.

Er küsste mich hart auf die Lippen und gebot mir damit zu schweigen.

Dann drängte er sich sanft, aber bestimmt zwischen meine Beine und drang heftig mit einem schnellen Stoß in mich ein. Er nahm mich fast mit Gewalt und trieb mich mit kurzen Stößen zum Höhepunkt. Sein Kuss wollte nicht enden und war brutal und leidenschaftlich, fast heftiger als der Geschlechtsakt selbst. Ich konnte mich nicht wehren. Es war zu überraschend und ... als ich ihn spürte, ertappte ich mich dabei, dass ich diese ungewöhnliche Vereinigung sogar genoss. Ich wollte ihn festhalten, bei mir behalten, um doch noch ein wenig Zärtlichkeit zu bekommen. Aber er entzog sich mir, als es vorbei war, verließ das Bett und ging aus dem Zimmer. Wortlos.

Ich weinte mich hemmungslos in den Schlaf.

Es war noch früh am Morgen, als ich erwachte. Durch die Gardine sah ich, dass es noch nicht richtig hell war. Ich schaute auf die Uhr, es war halb acht. Also hatte ich wider Erwarten einige Stunden geschlafen. Aus dem Wohnzimmer hörte ich keinen Laut, Rick schlief bestimmt noch.

Ich dehnte mich.

Es würde sicher alles gut werden.

Heute Morgen wollte ich noch einmal mit ihm reden, am Tag sah alles wieder anders aus. Er war zu mir gekommen in der Nacht, und wir hatten uns geliebt. Es war zwar ein wenig anders als sonst gewesen, härter und kürzer, ohne Zärtlichkeit, aber das schrieb ich seinem Zorn zu, der ja eigentlich berechtigt war, das gab ich zu.

Auf leisen Sohlen schlich ich zur Tür und horchte. Kein Ton zu hören. Ich öffnete vorsichtig und schaute in das Wohnzimmer.

Es war leer.

Die Kissen lagen ordentlich aufgeschüttelt auf der Couch.

Rick war fort.

Ich fröstelte und zog mir schnell mein Jeanshemd über. Dann ging ich zurück ins Wohnzimmer, schaute auch noch in das kleinere Schlafzimmer, das von Sunny.

Es blieb dabei, Rick war fort.

Auf dem Tisch lag ein Umschlag. Ich gähnte, die Nacht war kurz gewesen und ergriff das Couvert. Ich wog es unschlüssig in der Hand. Was würde es mir bringen?

Ich bringe es hinter mich, dachte ich und öffnete es kurzentschlossen.

Eine Notiz, schnell hingeschrieben lag darin und ... ein Flugticket, ausgestellt für den Freitag.

„Ich liebe dich. Wenn du es mir auch jetzt vielleicht nicht mehr glaubst. Ich hasse Abschiede, deshalb bin ich schon früh fort. Rick.“ Du Schuft, dachte ich. Mit meiner Fassung war es aus, ich weinte bitterlich.

Das Telefon läutete und unterbrach meinen Tränenfluss für einen Moment. Möglichst gefasst versuchte ich mich zu melden, aber es kam nur ein klägliches „Ja bitte“ heraus.

„Liebling.“ Es war Rick, ich schluchzte ungewollt laut auf.

„Weinst du?“

„Nein, du blöder Kerl, ich lache. Wo bist du?“ Meine Nase lief, und ich schniefte in den Hörer.

„Auf dem Flughafen, ich konnte eine Maschine früher nehmen und musste gleich durch das Gate. Putz dir die Nase und komm bald zu mir, du dummes Mädchen, ich warte auf dich. Ich musste jetzt gehen. Leb wohl. Bis bald, mein Liebes.“

„Rick, ich ...“

Doch er hatte schon aufgelegt.

Was macht man mit so einem blöden Menschen? Wütend über mein dummes Weinen und gleichzeitig glücklich über den Anruf, packte ich meine Sachen zusammen. Als ich meine Zahnbürste ergriff, die noch vor kurzer Zeit in trauter Gemeinsamkeit neben seiner im Zahnputzglas gestanden hatte, musste ich wieder weinen. Blöde Kuh, schimpfte ich, jetzt heulst du schon wegen deiner verwaisten Zahnbürste.

Eine Stunde später verließ ich das Sheraton und fuhr nach Hause.

Der Briefkasten quoll fast über, der Anrufbeantworter blinkte, und die Wohnung roch ungelüftet. Zuerst riss ich alle Türen weit auf und ging in den Garten. Mein erster Blick wanderte immer zum Teich. Kein Fisch schwamm mit dem Bauch nach oben. Ich hatte da so einen Selbstmordkandidaten unter meinen Goldfischen, der sich oft so weit ins Schilf wagte, bis er sich dort verhedderte und weder vor- noch rückwärts konnte. Ich hatte ihn schon mehrmals aus seinen Notlagen befreit, das heißt, ich hatte ihn rausangeln wollen, in der Annahme, er sei mausetot. Doch das Luder hatte sich nur tot gestellt und war mit einem Satz aus meiner Hand und zurück in seine Wohnung gesprungen. Der gesamte Garten einschließlich Teich schrie nach Wasser. Mit dem Gartenschlauch in der Hand überlegte ich sich sodann meine nächsten Schritte.

Anrufbeantworter abhören, bei Nina zurückmelden (hoffentlich hatte sie die Fernsehübertragung gestern nicht gesehen), mit Klara essen gehen. Ich notierte mir die hinterlassenen Telefonnummern und nahm mir vor, die ganze Rückrufaktion auf morgen Vormittag zu verschieben. Heute hatte ich dafür keinen Nerv mehr. Auspacken hasste ich sowieso, das wurde auch verschoben.

„Mami, bei uns ist miese Stimmung.“ Nina plapperte gleich drauflos. „Alle machen eine Familiensitzung nach der anderen, rauchen und trinken, weil alles so furchtbar traurig ist, und ich bin die Außenseiterin, die immer zu Hause sitzt, weil ich das meinem Kind nicht zumuten kann und will. Und was am schlimmsten ist, Frank spielt das Familienoberhaupt. Kannst du ihm nicht mal was sagen?“

„Ich werde mich hüten, ich mische mich nicht in eure Familienangelegenheiten ein, das solltest du schon selbst machen, du bist alt genug. Mir reichen meine Probleme.“

„Ja, richtig, Mami, was ist jetzt? Wo ist dein Rick, wann siehst du ihn wieder?“

„Mausi, das sind Fragen, die ich nicht beantworten kann. Wo er ist, weiß ich, ob er mein Rick ist, weiß ich noch nicht.“

„Du bist blöd. So einen Mann lässt man nicht sausen. Stefan hat angerufen und erzählt, dass Rick vor laufenden Kameras beim Interview gesagt hat, er will dich heiraten. Er hat nur angerufen, weil er so neugierig ist, du kennst ihn ja. Einfach so hätte der sich nie gemeldet. Sag mal, stimmt das?"

Die Buschtrommeln funktionierten, Stefan, der ehemalige Lehrling aus dem Pro-Shop, hatte wieder seinen Mund nicht halten können.

„Ach weißt du, Schnucki, es heiratet sich in meinem Alter nicht mehr so schnell, und man sagt im Siegesrausch vieles so dahin."

Ich wollte meine Tochter von der Fährte locken. Es gelang mir auch, für dieses Mal, aber nur, weil Nina eigene Probleme hatte. Sonst hätte ich sie sicher nicht so abspeisen können.

„Morgen kannst du herkommen und mir alles erzählen, und sei nicht so böse zu Frank, einen Vater zu verlieren ist hart. Hilf ihm lieber und sei friedlich, dann kommt er auf den Boden zurück. Übrigens, wenn die Familie mich braucht, ich helfe gern."

So, das hatte ich erledigt, schnell in andere Klamotten hüpfen und Klärchen abholen.

„Weißt du", begann ich, als wir zusammensaßen, „ich fühle mich beschissen, entschuldige die drastische Ausdrucksweise, aber sie spiegelt genau meinen Seelenzustand wieder. Einerseits fühle ich mich umzingelt wie auf einer Treibjagd, andererseits vermisse ich diesen Kerl mit jeder Faser meines Körpers, und das nach ein paar Stunden schon, in denen ich nicht mit ihm zusammen bin."

„Mit deinem Körper oder auch mit deiner Seele, deinem Gefühl?"

Klara konnte so klug fragen.

„Ich habe schon auch darüber nachgedacht, ob es rein sexuell ist, und ich musste mir gestehen, je weiter ich mich räumlich von Rick entfernt habe, desto mehr fallen mir die kleinen Dinge ein, die ich an ihm liebe ..." Ich schlug mir auf den Mund und korrigierte mich sofort: „... schätze."

„Das war eindeutig, Dr. Freud, sag es doch offen, denn das entspricht den Tatsachen, wenn du es ehrlich wissen willst. Als du mich vorhin abgeholt hast, wusste ich es sofort, dich hat es erwischt, und das gewaltig. Schau dich doch einmal an. Hast du in den Spiegel geschaut, in den letzten Tagen? Nein? Dann tu das mal. Ich habe dich noch nie so glücklich gesehen. Du strahlst Wärme aus und Zufriedenheit. Die Kummerfalten sind fort, und dein Blick ist so leuchtend, dass man fast neidisch werden könnte. Hat dein Rick nicht einen Bruder?"

Wir lachten beide.

„Klara, du wirst ja richtig poetisch. Leuchtender Blick! Fast wie bei Courts Mahler: ‚Stumm lächelnd und mit leuchtenden Augen betrat sie das

Gemach des Liebsten.‘ Ich kenne dich ja nicht wieder. Weißt du“, fuhr ich treuherzig fort, „er hat meine Orangenhaut nicht einmal beachtet.“

„Du bist unmöglich, ist das immer noch dein Problem?“ Sie tippte mir an die Stirn. „Darauf kommt es an, auf dein Köpfchen und deine umwerfende Art, meine Liebe, nicht auf deine Orangenhaut. Wann wirst du das begreifen? Das einzig Blöde an der Sache ist“, nun wurde sie wieder ernst, „England ist weit weg und Amerika noch weiter. Ich werde dich vermissen.“

„Du spinnst, ich gehe nicht fort, ich bin ja erst zurückgekommen und froh, wieder hier zu sein. Mich wirst du so schnell nicht los. Und denk doch mal an Nina, sie braucht ihre Mama hier, ich kann und will nicht.“

„Vielleicht hast du noch eine Ausrede in petto, wie wär’s zur Abwechslung mal mit deinen Cousins, die ohne dich nicht leben können, oder mit den Goldfischen, die vor Sehnsucht nach dir Selbstmord begehen werden. Lüg dir doch nicht in die eigene Tasche. Fang doch endlich mal an, an dich selbst zu denken, und sag jetzt nicht: ‚Das tu ich doch.‘ Es stimmt nämlich nicht, und das weißt du ganz genau. Im Übrigen, deine Kleine, die hat jetzt eine eigene Familie und ist mittlerweile erwachsen. Es ist an der Zeit, sich mal abzunabeln. Sie kann nicht ein Leben lang an deinem Rockzipfel hängen und bei dir unterkriechen, wenn mal etwas nicht so klappt in ihrer Ehe. Sicher braucht sie dich, aber du verlässt ja auch nicht diese Welt und ziehst auf den Mond, sondern du handelst nach deinem Gefühl und mal ausnahmsweise nicht nach deinem Verstand und fliegst verdammt noch mal zu deinem Rick nach England. Wir leben im 21. Jahrhundert und kommen via Jet ganz schnell überall hin. Sagtest du nicht, er will einen Lear Jet kaufen?“

„Und wenn es wieder nicht hält?“

„Mein Gott, Emma, was willst du? Eine lebenslange Garantie? Die gibt es nie. Er ist toll, er liebt dich, trotz deiner Zickigkeit, die du ihm gegenüber an den Tag legst. Dein Glitzern in den Augen verrät mir außerdem, dass ihr guten Sex hattet. Du brauchst nicht rot zu werden, gib es zu.“

„Das ist es ja“, jammerte ich, „ich bin mir nicht sicher, ob es nur das ist. Und, viel schlimmer, ich habe auch Angst, dass bei mir die Liebe wieder stirbt.“

„Blödsinn für beide Gründe. Wenn es nur das eine wäre, der Sex, dann wäre es gar nicht so weit gekommen. Ich kenne dich zu gut. Emma, du kannst es nicht tun, nur um Sex zu haben. Dann hättest du dir schon längst einen Callboy für eine Nacht gekauft. Und, da bin ich sicher, es wäre nicht so gut gewesen, wenn nicht Liebe im Spiel wäre. Und deine andere Sorge, da kann dir keiner helfen, nicht einmal du dir selbst. Wenn du ihn liebst oder glaubst, es zu tun, dann lass dir diese Chance nicht entgehen und pack die Sache an. Du bist doch sonst so tatkräftig. Ich habe dich noch nie so kleingläubig erlebt. Schon daraus musste ich schließen, es hat dich erwischt. Genieße es doch einfach, solange es funktioniert, und denk nicht am Anfang an das Ende."

Klara lag ja so richtig.

Ich wollte und musste es endlich zugeben, dieser Mann ging mir mächtig unter die Haut, und wenn ich ihn behalten wollte, musste ich mich zu ihm bekennen und am Freitag nach London fliegen.

„Ich glaube, ich tu es, ich fliege zu ihm. Danke, du hast mir sehr geholfen."

„Recht so. Denk einfach mal nur an dich, du hast es verdient, ich wünsch dir Glück."

Wir plauderten noch eine Weile, tranken nach dem Essen noch einen Cappuccino und bummelten dann an den schönen Geschäften vorbei, die zum Glück geschlossen hatten.

Die Nacht war furchtbar, sie wollte kein Ende nehmen. Erst fiel ich in einen leichten Schlummer, wurde aber so von Alpträumen geplagt, dass ich erschrocken hochfuhr. Dann wieder lag ich wach im Bett und warf mich von der einen auf die andere Seite. Schließlich stand ich auf, ging in mein kleines Büro und schrieb mir auf dem Computer alles von der Seele.

Ich schrieb öfter, seit ich nicht mehr arbeitete, und hatte auch schon kleine Geschichten in der regionalen Zeitung veröffentlicht. Es lenkte mich ab, und ich kam mir nicht so unnütz vor als Frührentnerin.

Gegen Morgen legte ich mich in die Badewanne mit viel Schaum und dachte an Rick.

Was er wohl gerade machte? Ob er an mich dachte?

Fast erlag ich der Versuchung, ihn einfach anzurufen. Hätte ich eine Telefonnummer gehabt, ich hätte es getan. Aber ich hatte mir wohlweislich die Nummer nicht geben lassen, ich kannte mich. Die Nummer von Su hatte ich, und die wollte ich nun wirklich nicht im Morgengrauen rausklingeln.

Es gibt ja auch eine Auskunft!

Quatsch, es sind noch zwei Tage, und dann sehe ich ihn, sagte ich mir.

Jetzt war erst mal der normale Alltag an der Reihe.

Ich war nach dem Bad und der kalten Dusche hinterher wieder munter und voll Tatendrang. Es war noch viel zu tun, wenn ich wirklich am Freitag verreisen wollte. Ich machte erst mal den Fernseher an und erledigte die Telefongespräche, die ich verschoben hatte.

Was stand noch auf der Liste? Auspacken.

Das war in kurzer Zeit auch erledigt, obwohl ich anfangs bei jedem Kleidungsstück, das ich aus dem Koffer gezogen hatte, überlegt hatte, wann ich es angehabt und was ich da mit Rick zusammen gemacht hatte. Das seidene Hemdchen legte ich ganz schnell beiseite, noch bevor ich daran schnuppern konnte, denn bei diesem Anblick war die Sehnsucht nach ihm unerträglich groß geworden,

Statt zu grübeln machte ich lieber noch den längst fälligen Anruf bei Herrn von Bondorf, dem netten Antiquitätenhändler, bei dem ich vor einigen Monaten ein paar Dinge zum Verkauf abgegeben hatte.

Oder noch besser, ich würde hinfahren.

Ich mochte diesen Herrn sehr und freute mich jedes Mal, ihn zu sehen. Ich ging eigentlich nur wegen seiner liebenswerten Art zu ihm und nicht so sehr wegen der Sachen, die ich dort zum Verkauf hatte. Dieser ältere Herr strahlte eine souveräne Gelassenheit aus und war ein feiner Mensch.

Damals, als ich zaghaft in seinem Laden vorsprach, ob er wohl an meinen Schätzen interessiert wäre, hatte er mich ganz selbstverständlich eingeladen, doch Platz zu nehmen und mit mir geplaudert, als wäre ich eine überaus geschätzte jahrelange Kundin. Allmählich war das Anliegen, weswegen ich gekommen war, ganz in den Hintergrund getreten, und wir hatten uns angeregt über Kunst und Kitsch unterhalten. Es war von Anfang an keine Peinlichkeit zwischen uns entstanden, denn er hatte mich nie wie eine Bittstellerin behandelt, sondern meine Situation verstanden, sie mir sogar erleichtert.

Als ich nun meinen kleinen, blauen Wagen vor seinem Laden parkte, stand er schon in der Tür, als hätte er auf mich gewartet. Er verkündete sogleich, dass er leider noch keinen Verkaufserfolg zu berichten hätte, aber schon einige Interessenten gehabt hätte und er sehr zuversichtlich bezüglich eines Verkaufes in absehbarer Zeit wäre.

Seine etwas umständliche Redeweise entzückte mich jedes Mal wieder, und er wiederum war sichtlich entzückt, mich zu sehen.

„Wollen wir nicht miteinander einen kleinen Imbiss nehmen? Machen Sie mir doch die Freude“, sagte er.

Ich konnte ihm diese Bitte nicht abschlagen, denn auch ich war sehr gerne mit ihm zusammen. Er schloss sein Geschäft, und wir gingen ein Haus weiter in das kleine Bistro.

Bei einem Schlückchen Wein und einem Croque Monsieur vergaßen wir die Zeit und ich meine Probleme. Dieser Mann war einfach ein Zauberer. Er erzählte von seinen Reisen, von denen er seine Antiquitäten mitbrachte, und vor allem von England, wo der Löwenanteil seiner Ware herstammte.

„So", sagte er, als ich allmählich nach einem Blick auf die Uhr unruhig wurde, „ist nun wieder alles in Ordnung?"

Dieser feine Mensch hatte die Unruhe und Probleme, die ich mit mir rumschleppte, erahnt und mich mit seiner ruhigen, feinen Art eine Stunde von allem abgelenkt, ohne zu fragen und nachzuforschen.

Spontan stand ich auf, ging um den Tisch herum und gab ihm einen Kuss auf die Wange. „Danke, Sie haben mir sehr geholfen. Darf ich wiederkommen, auch wenn ich nichts zu verkaufen habe?"

„Jederzeit und gern. Alles Liebe für Sie und eine gute Zeit."

Nina war natürlich schon bei mir zu Hause und maulte.

„Du hast doch gewusst, dass ich komme, was hast du denn so Wichtiges erledigen müssen, dass du mich vergessen hast?"

„Ich habe dich nicht vergessen. Du hast einen Schlüssel, und ich habe mich nur um eine halbe Stunde verspätet. Ich habe mich mit Herrn von Bondorf verplaudert, du weißt, der ältere Herr, der mein Silberzeug verkaufen will."

„Und hat er?"

„Nein, lösch die Dollarzeichen aus deinem Blick, er hat nicht. Erzähl du erst einmal, wie es bei euch so steht. Wann genau ist eigentlich die Beerdigung?"

„Frank ist schrecklich drauf, er versteht mich nicht. Ich verstehe Frank nicht. Alles ist scheiße, Mami. Die Beerdigung ist am Freitag um elf, was willst du noch wissen?"

Nun war es wieder an mir, meine Tochter von der Decke herunterzuholen und sie moralisch aufzubauen. Es gelang mir auch nach einiger Zeit, sie zumindest zum Abwarten zu bewegen. Ein gutes Argument war, dass der Vater schließlich nicht einmal sechs Tage tot war und alle in der Familie unter enormen Stress standen.

„Schau mal, meine Kleine", sie tat mir unendlich leid, wie sie dasaß wie ein Häuflein Elend und meinte, ihre Ehe davonschwimmen zu sehen, „du musst jetzt erst mal stark sein und eine Stütze für deinen Mann. Eine Ehe ist nicht immer nur Friede, Freude, Eierkuchen. Es gibt auch schlechte Tage, an denen man den geliebten Menschen nicht wiederzuerkennen glaubt. Gib ihm Zeit, wieder zu sich selbst zu finden. Es nützt nichts, ihn in dieser Situation mit Vorwürfen zu bombardieren. Wenn du ihn da zur Rede stellst, wird er nichts begreifen. Halte dich bedeckt und warte ab. Wenn er dich braucht, sei da."

Oh je, ich sah es schon an Ninas Blick, das würde nichts werden mit dem Bedeckthalten.

Inzwischen war auch endlich der Bub aufgewacht und sogleich von mir heftig geknutscht worden, bis er vor Vergnügen laut quietschte. Noch ließ er sich so ziemlich alles gefallen.

Es wurde ein ganz gemütlicher Nachmittag.

Das Telefon läutete, als ich und klein Max gerade wieder mal zusammen sangen.

„Es ist sicher Frank, der wissen will, wann wir nach Hause kommen", vermutete Nina und hob ab.

„Sag ihm schöne Grüße und frag ihn, ob er nicht mal wieder mit mir Golf spielen möchte."

Es war nicht Frank. Sie gab den Hörer mit einem bedeutenden Blick weiter und schnappte sich ihren Sohn.

Mit der Hand auf dem Lautsprecher fragte ich: „Wer ist es denn?" Ich war ärgerlich. Ich mochte es nicht, wenn man mir den Namen des Anrufers nicht sagte.

„Du wirst es schon merken", lachte mein Kind.

„Hallo, Emma hier ... Oh, du bist es", ich spürte, wie ich rot wurde, und Nina lachte noch mehr.

Nina mit dem Finger drohend, ging ich in den Garten. Nina spitzte die Ohren. Sie wollte sich aber auch gar nichts von diesem Gespräch entgehen lassen. Doch ich antwortete nur mit leiser Stimme – sehr liebevoll, aber einsilbig.

„Es geht mir gut ... Ja, ich auch ... Nein, das sage ich jetzt nicht ... Hm, ja, natürlich ... Im Garten ... Im Haus ... Sehr ... Liebling ... Ja ... Die Beerdigung ist am Freitag. ... Ich hoffe es. ... Bye, Rick ... Liebster."

Aber das letzte Wort hatte er wohl nicht mehr gehört.

„Na, das war wohl ein eher einseitiges Gespräch, Mami, sonst bist du doch nicht so maulfaul. Was hat er denn alles gesagt? Also, ich rate. Zuerst hat er gefragt, wie es dir geht. Dann, ob du ihn liebst, oder ob du ihn vermisst, deine Antwort hätte auf beides passen können."

„Stopp, hör auf, du neugieriges Weibsbild, ich verrate nichts, du kannst dich noch so sehr anstrengen, mein Schatz. Weißt du, Mausi, ich muss die Sache noch etwas verarbeiten, ich erzähl dir schon bald mehr."

„Okay, ich sehe schon, dich hat's doch erwischt. Wenigstens das kannst du mir doch sagen. Sonst ruf ich Klara an, der hast du bestimmt mehr erzählt."

„Ja, du Nervensäge, ich gebe es zu, mich hat es erwischt."

„Und wie geht es weiter? Fährst du hin zu ihm? Wohin eigentlich?"

„Ich habe vor, am Freitag nach der Beerdigung vielleicht nach London zu fliegen. Rick hat in der Nähe ein Turnier."

„Was heißt vielleicht? Du fliegst."

„Sag mal, Nina, bist du dir eigentlich der Tatsache bewusst, dass er Engländer ist? Und er, wenn er nicht gerade um die Welt reist, auch dort lebt? Sehr viel Zeit verbringt er in Amerika, wo er auch ein Haus hat und eine Firma. Und was sagst du dazu?"

„Gute Partie!"

„Du bist unmöglich", lachte ich lauthals. „Was anderes fällt dir dazu nicht ein? Vielleicht die Entfernung?"

„Klar doch, aber du vergisst, wir leben im Zeitalter der Flugzeuge und sind nicht mehr mit Pferdekutschen unterwegs. Sogar in New York ist man in nicht mal acht Stunden."

„Du sprichst schon wie Klara. Sie hat das fast genauso gesagt."

„Siehst du, stimmt doch auch."

„Willst du damit sagen, es würde dich nicht stören würde, wenn ich ..." Ich zögerte, wollte es nicht aussprechen.

„Wenn du was? Nach England ziehst?" Nina nannte das Kind beim Namen. „Nein. Nicht wirklich. Ein bisschen traurig wäre ich schon, Mami, aber ich möchte, dass du glücklich bist und keine Sorgen mehr hast. Du sagst immer zu mir, ich soll mir keine Gedanken machen über ungelegte Eier. Das gebe ich jetzt zurück. Lass doch alles auf dich zukommen. Ich finde ihn toll, und ich finde es noch toller, dass meine Mutter in ihrem Alter einen solchen Supertypen an Land gezogen hat."

„Danke für das Kompliment."

„Sorry, aber du weißt genau, wie ich es gemeint habe. Jetzt fliegst du erst mal hin, und dann sehen wir weiter. Notfalls frage ich ihn persönlich, ob er ehrenhafte Absichten hat mit dir", beendete sie grinsend ihren Vortrag.

„Danke schön, das fehlt noch."

Nina war unmöglich, aber ich musste trotzdem grinsen.

Es war schon spät, als sich die beiden auf den Weg machten. Wir konnten uns wieder mal kaum voneinander trennen. Nina wollte nicht heim, weil sie die Streitereien fürchtete, und ich wollte heute nicht so gern alleine sein.

„Ruf noch an, wenn ihr gut gelandet seid und fahr vorsichtig."

Am Freitag war richtiges Beerdigungswetter. Mit meinem gepackten Koffer im Auto holte ich die Pfarrerin ab, die die Trauerfeier für den Verstorbenen halten sollte. Auf Wunsch der Familie war es dieselbe Pastorin, die auch Nina und Frank getraut und wenige Monate später Max getauft hatte. Sie war eine moderne Kirchenfrau, und ich hatte mich von Anfang an gut mit ihr verstanden. Auf meine Bitte hin gab ich ihr noch einige Hintergrundinfos über die Familienverhältnisse. Frau Schwarz hatte mit den Angehörigen schon ein Gespräch geführt, blickte aber immer noch nicht ganz durch. Auf die Frage, ob ich anschließend in Urlaub fahren würde, erzählte ich ihr von London.

„Nach London der Liebe wegen oder nur Kultur und Sightseeing?“

„Ich habe mich verliebt und fahre zu einem Mann.“ Warum sollte ich lügen, es war doch so und endlich, vor dieser Frau, konnte ich es zugeben.

„Toll, dann hat der Tag auch etwas Erfreuliches.“

Sie wusste von der Trennung vor einigen Monaten und fragte schmunzelnd: „Wieder ein Engländer? Die müssen ja etwas ganz Besonderes an sich haben, ich glaube, beim nächsten Mann suche ich mir auch mal einen von der Insel.“

„Und es ist auch wieder ein Golfer, ich komme auch von dieser Berufssparte nicht los“, lachte ich, um mich gleich zu entschuldigen. „Ich lache hier so unbeschwert, dabei ist es ein trauriger Anlass heute, weshalb wir hier zusammen nach Frankfurt fahren.“

„Freude und Leid liegen so dicht beieinander, und man sollte jede Gelegenheit nutzen, in der man fröhlich sein kann. Man weiß nie genau, wann alles vorbei ist. Sehen Sie es doch mal so, den Vater von Frank hat es mitten aus dem Leben heraus erwischt, beim Essen in einem Restaurant. Das war ein toller Abgang, so unerwartet, ohne leiden zu müssen. Für die Angehörigen ist es jedoch ein Schock, mit dem sie erst fertigwerden müssen. Ich freue mich sehr für Sie und drücke Ihnen die Daumen. Lassen Sie mal von sich hören, wenn Sie wieder da sind, dann trinken wir mal Kaffee zusammen.“

Jetzt habe ich auch noch den kirchlichen Segen, das muss ich Rick erzählen, dachte ich.

Ich konnte es kaum erwarten, ihn endlich wiederzusehen. Ich hatte alle Bedenken über Bord geworfen und war bereit für ihn. Der innere Kampf war vorbei, jetzt wollte ich so schnell wie möglich zu ihm, in seine Arme und in sein Leben.

Davor musste ich nur noch diese Beerdigung hinter mich bringen.

Nina wartete schon ungeduldig vor der Aussegnungshalle und empfing mich mit bitterböser Miene. Sie platzte auch gleich los. „Denk dir nur, was jetzt wieder los ist.“ Sie machte eine bedeutungsvolle Pause. „Es gibt eine Sitzordnung! Also, Mami, ich darf nicht bei meinem Mann sitzen, ich muss in der zweiten Reihe Platz nehmen, zusammen mit den anderen Angetrauten. Mein Mann sitzt mit seinen Geschwistern und seiner Mutter in der ersten Reihe und spielt sich als Familienoberhaupt auf. Was hältst du denn davon?“

„Find ich ausgesprochen blöd. Ich bin der Meinung, du und dein Mann gehören in seiner schlimmsten Stunde zusammen und dann erst Mutter und Geschwister, aber darin bin ich vielleicht altmodisch. Wir gehen rein und bringen es hinter uns, reg dich nicht auf, er wird schon wieder normal werden.“

Ich schob meinen Arm unter den meiner Tochter und nahm sie mit in die Kirche. Nina setzte sich brav auf den ihr angewiesenen Platz am Ende der zweiten Reihe, der Kinderwagen stand auf dem Gang neben ihr. Ich platzierte mich etwas weiter hinten und ließ die Zeremonie mit angemessen traurigem Gesicht an mir vorübergleiten, war aber mit meinen Gedanken auf Wanderschaft.

Meine größte Sorge war, dieses Flugzeug rechtzeitig zu erreichen. Ich hatte mich seelisch freigeschaufelt in harter Selbstkritik, und nun wollte nur eins, zu ihm. Ich freute mich so sehr darauf und konnte es kaum erwarten, ihn zu sehen, ihn anzufassen, mit ihm über meine Ängste zu lachen und in seinen Armen zu liegen. Es ist wie Heimkommen nach einer langen Reise, dachte ich und rutschte unruhig auf der harten Kirchenbank hin und her. Es ging mir nun alles zu langsam.

Den gestrigen Tag hatte ich mit viel Aktion hinter mich gebracht und mich absichtlich unter Terminstress gesetzt, damit die Zeit schneller vorbeiging. Am Vormittag hatte ich meinen Amtskram erledigt, so nannte ich die Büroarbeit. Das lästige Ablegen und Sortieren der Bankauszüge, das Ausfüllen der Überweisungen und danach das Einordnen der bezahlten Rechnungen. Mir wurde immer ganz schwummrig, wenn ich sah, wie schnell das Geld wegging und wie viel alles kostete. Seit ich geldbewusster lebte, machte ich viele Dinge anders als früher. Ich kannte die Preise von Butter und Milch und auch die anderer gängiger Lebens- und Putzmittel.

Hätte man ich noch vor einem Jahr danach gefragt, hätte ich mir an den Kopf getippt und gesagt, dass ich meine Zeit besser nutzen könne als mit solchen Dingen. Das Auto brauchte zumindest mal eine Wäsche. Das hieße Waschstraße. Eine mit Läppchen, nicht mit Bürsten, so wurde der Lack geschont. Dabei wollte ich den Ölstand angucken und auffüllen. Auch das war in alten Zeiten für mich erledigt worden, jetzt machte ich es selbst. Den Nachmittag verbrachte ich bei der Kosmetikerin. Gesicht, Haare, und Füße waren fällig. In dieser Reihenfolge waren auch die Termine gebucht. Es war schön, sich mal so richtig verwöhnen zu lassen

Bei der entspannenden Gesichtsmassage war ich fast eingeschlafen. Schade, solch schöne Sachen waren immer zu kurz.

Nachdem die Kosmetikerin wortreich die schöne Haut der Kundin, nämlich meine, gelobt hatte, wahrscheinlich in der Hoffnung auf das Trinkgeld, war der Hairstylist an der Reihe. Es gab keinen Friseur mehr, sondern „das Haarteam“, den „Hairstylisten“ oder den „Salon Hairdesign“. Alle hatten aber eines gemeinsam, die alte Ausbildung zum Friseur oder zur Friseurin. Viel ließ ich mir nicht an der Frisur ändern, nur die Spitzen etwas schneiden und neue Strähnen, blonde. Ich musste wieder an den Ausspruch von Rick denken, als er mich vor das Schaufenster in Heidelberg gezerrt hatte. Da war von einem kleinen, blonden Mädchen die Rede.

Während der Pediküre hatte ich wieder ein Déjà-vu, es häufte sich in letzter Zeit. Rick hatte sich in unserer ersten gemeinsamen Nacht ausführlich mit meinen Füßen beschäftigt, um sich von dort langsam nach oben zu arbeiten.

„Möchten Sie an den Füßen auch French Manicure, oder soll ich sie nur lackieren?“

Schwupps, da war ich wieder und blickte in das Gesicht meiner molligen Fußpflegerin. „French Manicure, bitte.“

Die Orgel spielte einen traurigen Choral in Moll. Die Trauergemeinde erhob sich und folgte dem Sarg auf seinem Weg zur letzten Ruhe. Es sollte eine Feuerbestattung werden, deshalb geleitete man den Sarg nur bis zum wartenden Wagen. Es war vorbei. Die Urnenbestattung würde nach der Einäscherung in der nächsten Woche im engsten Familienkreis stattfinden. Ich schauderte beim Gedanken an das, was nun unter Ausschluss der Öffentlichkeit geschehen sollte. Verbrennen? Niemals!

Ich verbannte den grausigen Gedanken und schaute mich um.

Wo blieb Nina?

Ein Blick auf die Uhr sagte mir, es war höchste Zeit für den Aufbruch zum Flughafen. Ich hätte mir doch lieber ein Taxi bestellen sollen, wie ich es ursprünglich vorhatte. Doch meine Tochter bestand darauf, mich unbedingt selbst hinzufahren, um dem „ätzenden Leichenschmaus“ (O-Ton) zu entkommen.

Leichenschmaus, das war auch so eine makabere Erfindung, die meistens feucht fröhlich endete und mit einer Trauerfeier, inklusiv besinnlichen Gedenkens an den lieben Verstorbenen, nichts mehr gemein hatte.

Nina war jedenfalls froh, dieser Sache zu entkommen.

Die Autobahn war voll, wie gewöhnlich, nur heute nervte es besonders, da der Abflugtermin in bedrohliche Nähe gerückt war. Schon der Weg durch Frankfurt hatte viel Zeit gekostet, denn wir verfügten nicht gerade über gute Ortskenntnisse, zudem war es Freitag, die Rushhour hatte begonnen.

Ich hätte es wissen müssen, ein Taxifahrer wäre zielsicherer gefahren, ausgestattet mit guten Ortskenntnissen, Schleichwege inbegriffen, dachte ich, aber das war nun nicht mehr zu ändern. Ich wäre am liebsten gelaufen, als wir wieder mal standen und nichts vorwärts ging, denn die Abfahrt zum Terminal zwei war nur fünfhundert Meter entfernt.

Nina hatte schon den Blinker gesetzt und bog in die Ausfahrt ein, als es plötzlich einen lauten Knall gab und das Auto einen riesigen Satz nach vorne machte. Wir fielen erst gegen den Gurt und dann wieder in den Sitz zurück. Der Wagen rollte am Straßenrand der Ausfahrt aus.

Nina schrie: „Mein Kind!"

Ich schnallte mich los, verließ den Wagen, riss die hintere Tür auf und schnappte den Buben, der nun auch schrie. So schnell wie nur möglich zog ich mit dem Kind auf dem Arm die weinende Nina weg von der Fahrbahn hinter die Abgrenzung.

Was war geschehen?

Ein sehr eiliger Fahrer hatte uns von hinten gerammt, er war einen Moment nicht aufmerksam gewesen und hatte seine Geschwindigkeit in der Kurve nicht verringert.

Ein typischer Auffahrunfall.

Auch dieser Fahrer stand nun mit uns auf dem Seitenstreifen. Zum Glück war allen, rein äußerlich gesehen, nichts passiert, es gab nur Blechschäden an den Fahrzeugen. Max schrie immer noch und war jetzt auf dem Arm seiner Mama, die ihn fest an sich drückte.

„Hoffentlich hat er nichts abbekommen." Nina war in großer Sorge.

„Wir werden das sicherheitshalber in der Kinderklinik abklären lassen, damit du beruhigt bist. Schau, da kommt schon die Polizei, dann geht es hoffentlich schnell mit den Formalitäten. Bist du in Ordnung, Mausi?"

Nina nickte kläglich und kämpfte erneut mit den Tränen. „Und du, Mami?"

„Bei mir ist alles okay, der Aufprall war nicht so stark, durch den Schrecken kam es uns nur so vor. Auf jeden Fall hast du keine Schuld an der Sache, da bin ich mir sicher."

Die Polizeibeamten nahmen das Protokoll auf und lobten das umsichtige Verhalten der beteiligten Personen. Wie oft hatten sie erlebt, dass alle konfus am Unfallort umherliefen und damit sich noch mehr gefährdeten. Sie wickelten die ganze Sache dann auch sehr schnell ab. Ich hatte sie wegen des geplanten Klinikbesuches darum gebeten, und das sahen sie ein. Sie boten an, einen Krankenwagen zu rufen. Unser Wagen war fahrtauglich, und wir sahen darin keine Notwendigkeit, zumal es nur eine vorsorgliche Maßnahme war, denn Max hatte sich wieder beruhigt und nuckelte friedlich an seinem Schnuller.

„Mami, dein Flugzeug ist weg."

„Das ist mir klar, ich versuche später, einen Flug nach London zu bekommen. Es ist nun nicht zu ändern."

Erstaunlich, wie gelassen ich war. Oder erleichtert?

„Du musst nicht unbedingt mit in die Klinik. Ruf dir doch ein Taxi und fahr gleich weiter."

„Die paar Schritte könnte ich auch laufen", lachte ich. „Mein Flieger ist up and away, es würde nichts ändern, wenn ich jetzt zum Flughafen führe. Ich will erst wissen, ob mit dem Kind alles in Ordnung ist, und du lässt auch gleich nach deinem Nacken schauen, dann sehen wir weiter."

Nach London würde ich irgendwie kommen, da hatte ich keine Bedenken, aber ich hätte keine Ruhe dort ohne die Gewissheit, dass meinen beiden Liebsten nichts Ernstes geschehen war. Nach einem solchen Schock fühlte man die enge Bindung doppelt stark, und ich war dankbar für diesen Aufschub. Ich nahm mir vor, von der Klinik aus Susan anzurufen, die Nummer hatte ich zum Glück dabei. Vermissen würde man mich vorerst nicht, ich konnte mir also Zeit lassen. Rick war sicher mitten im Turnier, und bis er fertig war, hätte er meine Nachricht übermittelt bekommen, da war ich sicher. Und ich war mir auch seines Verständnisses sicher.

In der Klinik kannte ich mich aus, Max war hier geboren, ein Stockwerk über der Kinderabteilung war die Frauenstation und Entbindung. Wir wurden auch gleich versorgt, und ein Oberarzt kümmerte sich persönlich um alles Weitere.

Als ich ein wenig Zeit hatte und Mutter und Sohn in guten Händen wusste, machte ich mich auf die Suche nach einem Telefon. Mein Handy lag im

Wagen, und den Schlüssel dazu hatte Nina in der Tasche. Auf einem der endlosen Flure befand sich ein Kartentelefon. Eine Karte hatte ich nicht.

Eine der Schwestern erklärte freundlich, man könne Telefonkarten am Kiosk unten kaufen, und dort seien auch Münzsprecher. Ich versorgte mich sowohl mit Münzen als auch mit einer Telefonkarte, nach dem Motto „Sicher ist sicher".

Nachdem ich diese ersten Hürden elegant überwunden hatte, kam die nächste. Wie war verdammt noch mal die Vorwahl von England? Wieder ging ich aus der Zelle raus zum Kiosk.

„Da müssen Sie schon die Auskunft anrufen, wir haben kein Buch mit Vorwahlen."

Zurück in die Zelle ging nicht, weil besetzt. Ein Gipsarm führte ein Dauergespräch mit der Liebsten, in einer Lautstärke, die mich jedes Wort verstehen ließ, trotz gebührendem Abstand. Weiter weg wollte ich nicht stehen, sonst würde sich womöglich noch ein Gipsfuß dazwischendrängen.

Was war nur los? Konnte denn auch gar nichts klappen?

Der Gipsarm kam zum Ende mit vielen Küssen. Nun war ich wieder an der Reihe. Die Vorwahl von England bekam ich gleich. Die Leute draußen murrten, weil ich noch ein zweites Gespräch, nämlich endlich das mit Susan dranhängte. Es läutete bis zum Ende.

Sie war nicht da. Ratlos verließ ich die Zelle. Was nun?

Ich ging schnell zurück auf die Kinderstation. Die Untersuchungen waren beendet, Max war okay. Nun war Nina dran, und wir wanderten gemeinsam in die Orthopädie, ein Haus weiter dritter Stock. Der Bub hatte Hunger, und ich fütterte ihn mit Banane und Zwieback.

„Gibt es hier ein Telefon?"

Die hilfreiche Stationsschwester bot mir das Telefon im Schwesternzimmer an. „Sie können gern von hier aus anrufen."

„Nach England?"

„Oh, tut mir leid, das geht von hier aus nicht, wir haben nur eine Leitung für Stadtgespräche. Aber im zweiten Gang links ist ein Kartentelefon."

Das hatten wir doch schon mal.

Mit dem Jungen unterm Arm machte ich mich erneut auf die Suche und war erfolgreich, ich fand das Kartentelefon. Dieses Mal meldete sich sogar eine weibliche Stimme am anderen Ende. Es war Tochter Mary. Von Su wusste ich, dass Mary acht Jahre alt war. Ich erfuhr von Mary alles. Mummy war bei Daddy und dem Turnier. Mummy käme sehr spät heute, Daddy auch.

Nein, eine Nummer vom Golfclub hätte Mary nicht.

Ja, sie würde der Mummy ausrichten, dass Emma angerufen habe und nicht fliegen konnte, weil das Auto kaputtgegangen sei.

Es fehlte nur noch die Frage von Mary, ob Autos denn auch fliegen könnten.

Den fröhlich krähenden Max auf dem Arm, rannte ich wieder zurück zur Station. Der Bub fand es wunderbar, von Oma getragen werden, so im Galopp, das war ja noch viel schöner als zu fahren.

Atemlos keuchend setzte ich mich wieder hin.

„Kann ich mal die Auskunft anrufen?"

„Selbstverständlich."

Endlich hatte ich die Nummer vom Golfclub in Wentworth.

Mittlerweile war Nina auch fertig. Sie sollte Lockerungsübungen bei einer Krankengymnastin machen, denn die Nackenwirbel seien etwas gestaucht. Es sei kein direktes Schleudertrauma, aber sehr verspannt.

Das war bekannt. Seit meine Tochter den schweren Jungen ständig rumschleppte, war sie stets verspannt, und das würde sich erst ändern, wenn dieser mal laufen konnte. Bewaffnet mit dem Bericht für die Polizei und die Versicherung, durften wir dann endlich gehen.

„Willst du jetzt zum Flughafen?"

„Ja, aber ich fahre mit dem Taxi. Nein, keine Widerrede, ihr habt genug Aufregungen für heute gehabt. Es wird nun Zeit, dass ihr zwei heimkommt. Fahr nach Hause und schau nach deinem Mann. Wir flitzen nun seit Stunden herum. Mäxchen braucht endlich wieder seine gewohnte Umgebung. Das ist wichtiger. Du weißt, mein Schatz, ich komme gut zurecht."

„Und wenn du heute keinen Flug mehr bekommst?"

„Dann fliege ich morgen ganz früh und schlafe im Flughafenhotel."

So ganz glücklich war Nina nicht mit dieser Lösung, aber ich versprach ihr ausführlichen Report, wenn ich die Lage sondiert hatte.

„Grüß deinen Rick und erkläre ihm alles. Und pass auf dich auf, Mami."

Auf dem Flughafen herrschte rege Geschäftigkeit. Viele Menschen hasteten umher, schwere Koffer schleppend, und ein Sprachengewirr schwirrte in der Luft. Ich kämpfte mich zuerst an den Schalter von British Airways durch.

„Sie haben die Maschine versäumt? Die 15-Uhr-Maschine?" Die Bodenstewardess schaute mich ungläubig an.

„Ja, wir hatten einen Autounfall auf der Fahrt zum Flughafen."

Bereitwillig zeigte ich mein Ticket. Die Stewardess machte sich Notizen, ging zu der Kollegin am Schalter nebenan und flüsterte mit ihr, wobei sie immer wieder zu mir hinschauten. Ich wurde schon ganz unruhig und wechselte zu diesem Schalter.

„Ich möchte gerne so schnell wie möglich nach London. Geht heute noch eine Maschine?“

Die beiden jungen Frauen blätterten in den Plänen, schauten sich dabei immer wieder bedeutungsvoll an.

Irgendetwas war nicht in Ordnung, aber ich hatte keinen Nerv, das zu hinterfragen. Ich wollte entweder fliegen oder mich in ein Zimmer zurückziehen und meine Ruhe haben. Mein Bedarf an Erlebnissen war, zumindest für heute, gedeckt.

„Wir haben in der Abendmaschine keine Plätze mehr frei, es sind zwanzig Leute auf der Warteliste, aber morgen um acht, mit der ersten Maschine, könnten Sie fliegen. Möchten Sie buchen?“

„Ja, ich nehme diesen Flug.“

Müde und deprimiert lag ich wenig später auf dem Bett im Flughafenhotel. Heute war nicht mein Tag. Es hatte wirklich nichts geklappt. Das einzig Gute war, dass der Unfall glimpflich abgelaufen und niemand verletzt war. Ich hatte mir einen Burger und eine Cola auf das Zimmer bestellt und wollte beim Essen die Nachrichten schauen. Im Club in Wentworth hatte ich auch angerufen, aber Rick und Sunny waren nicht zu erreichen, und die Verbindung war so schlecht, dass ich kaum etwas verstehen konnte. Irgendetwas von schlechtem Wetter hatte der Mensch gemurmelt in seinem fürchterlichen englischen Dialekt. Im Fernsehen liefen nur die Vorabendsendungen, „Gute Zeiten, schlechte Zeiten“, „Marienhof“ oder der „Landarzt“.

Ich schaute kaum hin und kaute unlustig auf meinen labbrigen Pommes. Wie anders hatten diese doch in Heidelberg geschmeckt bei McDonald’s mit Rick zusammen. Es ging mir schon viel besser, als ich daran dachte, und ich lachte.

Ach was, du nimmst es jetzt wie es ist, und morgen bist du bei ihm, und alles ist gut. Endlich kamen die Nachrichten. Die schau ich mir noch an, und dann lese ich noch ein bisschen in meinem Buch. So beschlossen, stellte ich den Fernseher von stumm auf laut. Plötzlich saß ich senkrecht in meinem Sessel. Da war die Rede von einer Notlandung auf einem Flughafen in England.

Eine Nachmittagsmaschine der British Airways, die vom Flughafen Frankfurt gekommen sei, habe den Flughafen London durch ein Unwetter und Ausfall der Navigationsgeräte an Bord nicht anfliegen können und sei auf einem anderen Flughafen notgelandet. Man habe noch keine Informationen, ob es Tote oder Verletzte gab, aber man werde in etwa einer Stunde mehr wissen und die Zuschauer auf dem Laufenden halten. Außerdem sei ein Nottelefon eingerichtet, wo sich betroffene Familienmitglieder Auskunft holen könnten.

Kaum war der Bericht vorbei, klingelte schon das Handy.

„Mami, hast du ferngesehen? War das dein Flug?“

„Ich fürchte ja, ich werde gleich die Flugnummer checken, hoffentlich krieg ich sie noch zusammen, es ging alles so schnell.“

„Mami, bitte flieg nicht morgen. Du hast riesiges Glück gehabt. Dein Schutzengel hat einen guten Job gemacht. Willst du das Schicksal nochmals herausfordern?“

„Du schaust zu viel Pilcher-Filme an, Nina-Kind.“ Unwillkürlich lachte ich wieder. „Glaubst du wirklich, so etwas passiert zweimal hintereinander? Wenn ich morgen fliege, bin ich absolut sicher. Natürlich fliege ich. Gute Nacht, mein Schatz, ich melde mich morgen aus London.“

So gelassen, wie ich es Nina am Telefon hatte glauben lassen, war ich bei weitem nicht. Ich war schlicht und ergreifend schwer erschüttert. Um Haaresbreite war ich einem schweren Unglück entgangen. Da war wirklich ein Schutzengel am Werk gewesen. Hoffentlich gab es keine Verletzten oder gar Tote. Ich suchte in den verschiedenen Programmen nach weiteren Informationen über die Notlandung. Jetzt war mir auch klar, warum die Damen an dem BA-Schalter sich so eigenartig verhalten hatten.

Ich versuchte nochmals Susan anzurufen.

Niemand hob ab.

In der Zwischenzeit hatte sich Folgendes auf der anderen Seite des Kanals abgespielt. Das Turnier hatte wie gewöhnlich am Donnerstag angefangen. Rick war spät am Start und beendete den Tag mit einer sehr guten Runde. Ein sicherer Grundstein für die weiteren Wettkampftage war gelegt worden, und Pro und Caddie waren zufrieden.

Am nächsten Tag war er mit der frühen Startzeit an der Reihe. Auch das war gut, denn er sehnte sich sehr nach seiner Emma, die dann endlich kommen würde, und sie hätten miteinander einen schönen langen Abend für das Wiedersehen. Auch in England regnete es am Freitag, aber dort gab es keinen Nieselregen, es goss in Strömen, und starke Windböen peitschten den Regen über den Golfplatz. Gut für die Spieler, die am Vortag unter Par gescored hatten, denn an diesem Tag konnten sicher wegen der Wetterverhältnisse keine herausragenden Ergebnisse eingefahren werden. Rick hatte gerade sein fünftes Loch beendet, da ertönte über dem gesamten Platz die Sirene – Abbruch wegen Gewitters. Von allen Seiten eilten die Spieler und Caddies zurück zum Clubhaus und wärmten sich erst mal auf.

Eine solche Unterbrechung war nicht willkommen, ließ sich jedoch nicht ändern. Bei Gewitter weiterzuspielen bedeutete Lebensgefahr. Die Golfschuhe sind mit Metallspikes ausgestattet, und die Schläger sind aus Eisen. Es war schon oft geschehen, dass Golfer durch einen Blitzschlag getötet wurden.

Rick nutzte die Zeit und ging mit Sunny noch einmal die weiteren Bahnen durch. Richtig bei der Sache war er nicht. Sein Blick fiel immer wieder auf die Uhr, die Zeit verging nur schleppend. Nun saßen sie schon eine Stunde hier, und das Gewitter hörte einfach nicht auf.

Nach einer weiteren halben Stunde konnten die Spieler wieder auf den Platz, und das Turnier ging weiter. Der Regen hatte nur wenig nachgelassen, und jeder der Teilnehmer versuchte sein Spiel so schnell wie möglich und so gut wie möglich hinter sich zu bringen. Morgen war ein neuer Tag und das Wetter hoffentlich besser.

Auf der Driving Range schlug sich Ian gerade ein. Er hatte eine späte Startzeit, und durch die Unterbrechung war er natürlich noch weiter nach hinten gerutscht. Auf dem Weg zum Putting Grün kam Susan angerannt.

Sie war im Clubhaus zum Aufwärmen gewesen.

Auch einige der anderen Spielerfrauen hatten sich dort im Kaminzimmer vor dem Fernsehapparat auf einen längeren Aufenthalt eingerichtet, als plötzlich die Nachricht von der Notlandung übertragen wurde.

Genaue Informationen gab es jedoch noch nicht, und eine detaillierte Berichterstattung sollte folgen. Su, die die Nachrichten zuerst nur am Rande mitgehört hatte, da sie gerade mitten in einer Diskussion war, wurde sofort aufmerksam, als sie die Orte Frankfurt und London hörte. Emma, war ihr erster Gedanke. Natürlich hatte keiner die Infonummer notiert. Warum auch? Ian wusste auch keinen Rat, aber warnte sie eindringlich vor übereilten Rückschlüssen. Bevor sie irgendwelche Gäule scheumachte, sollte sie versuchen, genaue Informationen zu sammeln. Und dann zuerst Sunny beiseiteziehen, ehe Rick davon erfuhr.

Seine Sorge galt dem Freund, der in Ruhe seine Runde zu Ende spielen sollte. Nichts verbreitete sich so schnell wie eine schlechte Nachricht. Auf dem Golfplatz war es nicht anders als sonstwo.

Kurz vor dem achtzehnten Loch bemerkte Rick das Getuschel bei den Mitspielern und den Caddies und wunderte sich über die Unruhe. Auf seine

Frage gab Sunny vor, nichts zu wissen, aber sie konnte ihn dabei nicht richtig anschauen. Fahrig gab sie ihm die Schläger und sehnte das Ende der Runde herbei.

Am achtzehnten Grün stand Susan, weithin sichtbar, die unruhig hin und her lief. Auch Rick hatte es bemerkt und schaute finster. Er hasste Unruhe beim Spiel, ahnte zugleich aber nichts Gutes, weil Sunny so wenig bei der Sache war, was noch nie vorgekommen war.

Nachdem er seine Karte im Büro abgegeben hatte, verlangte er sofort zu wissen, was los war. So schonend wie möglich berichtete Su, was sie gehört hatte, und ließ ihm von Sunny ausrichten, sie wäre schon los, um Genaueres zu erfahren.

Ricks Gesicht war wie aus Stein gemeißelt, als er zum Clubhaus ging. Er fand Sunny am Telefon. Sie hatte die Notnummer in Erfahrung bringen können und versuchte an mehr Informationen zu gelangen. Sie wedelte zur Unterstützung ihrer Worte mit dem Arm durch die Luft und schrie fast in den Hörer. Alle der Anwesenden konnten mithören, denn alle Gespräche waren verstummt.

Rick bat den Wirt, das Gespräch auf den Apparat in das kleine Büro neben dem Kaminzimmer zu legen und ergriff dann selbst den Hörer. „Mein Name ist Rick Fields. Meine Frau ist in diesem Flugzeug gewesen, und ich möchte umgehend unterrichtet werden, was passiert ist und wo sie sich befindet. Existiert eine Passagierliste? Was heißt natürlich? Dann müssten Sie doch wissen, ob sie an Bord war."

Er hinterließ die Nummer des Clubs und verließ das Clubhaus.

Sunny rannte hinterher. „Was hast du vor, sprich mit mir! Was kann ich tun? Wo willst du hin? Rick! Renn doch nicht einfach davon. Was hat er gesagt, der Mensch am Telefon?"

Als er sich zu ihr umwandte, erschrak sie. Verzweifelt sah er aus und um Jahre gealtert. „Ich musste jetzt raus hier, an die Luft."

„Aber es regnet."

„Hier draußen bei Regen ist es immer noch besser als da drin. Ich will allein sein." Auf Sunnys flehenden Blick hin, rang er sich noch mühsam eine Erklärung ab. „Sie wissen noch nichts, nicht einmal, ob es Verletzte gegeben hat. Ganz schlechte Verbindung. Lass mich bitte in Ruhe, ich muss allein sein. Ich gehe nicht weit, er ruft in einer halben Stunde wieder an, dann bin ich zurück."

In diesem Moment, wo er sich am Ziel seiner Wünsche sah, als er dachte, endlich die Frau fürs Leben gefunden zu haben, hatte er sie vielleicht schon verloren, und er war schuld daran. Er hatte das Ticket gekauft und sie fast gezwungen, hierherzukommen. Was wäre, wenn sie nicht geflogen ist? fragte er sich dann. Sie wäre in Sicherheit, aber für ihn auch verloren, denn dann hätte sie sich gegen ihn entschieden. Wenn du die Wahl hättest, was wäre dir lieber? quälte er sich weiter. Emma gesund und munter zu Hause? Oder in dem Unglücksflugzeug und vielleicht tot – mit der Gewissheit, sie war auf dem Weg zu dir?

Dann ging er zurück in das kleine Büro, in dem Sunny schon wartete.

„Rick, sie steht nicht auf der Passagierliste!"

Sofort machte er auf dem Absatz kehrt. Mit hängenden Schultern blieb Sunny zurück und wurde sogleich von den anderen mit Fragen bestürmt. Ganz knapp erklärte sie das Nötigste, die Anwesenden hatten sowieso ziemlich viel mitbekommen. So kamen schon keine falschen Gerüchte auf. Dann folgte sie Rick. Der aber war wie vom Erdboden verschluckt. Sein Wagen fehlte, also war er wahrscheinlich nach Hause gefahren.

Ruhelos ging ich im Hotelzimmer auf und ab. Vom Sofa zum Fenster, hin und wieder zurück. Es war keine große Strecke, nicht so riesig wie der Wohnraum der Suite im Sheraton.

Köln! Rick!

War es wirklich ein Wink des Schicksals, dass ich den Flug verpasst hatte? Sollte es einfach nicht sein? War da jemand, der es genauer wusste und deshalb diese Wendung eingebaut hatte? Wäre doch nur Klara erreichbar, sie würde mit mit ihrer besonnenen, klugen Art einen Rat geben können.

Die Fakten lagen auf der Hand, es sollte nicht sein. Sie bestätigten meine innersten Vorbehalte. Alles sprach gegen eine Zukunft mit Rick. Meine Flugangst, die nunmehr bestätigt worden war. Die Angst vor dem Leben aus dem Koffer, wenn ich Rick von Turnier zu Turnier begleiten würde. Die Trennung von der Familie und den Freunden. Einfach alles.

Mitten in meinen Grübeleien läutete das Handy. Ich schaute auf die Uhr. Nach zehn. Wer konnte das sein?

Kaum hatte ich mich gemeldet, überfiel mich eine eisige Stimme.

„Hier Rick. Emma, das war's. Hiermit betrachte ich unsere Affäre als beendet. Leb wohl."

Das Leben geht weiter

„Das ist eine Frage, über die kann man am Telefon nicht diskutieren, vielleicht geben Sie mir die Chance zu einem persönlichen Gespräch mit Direktor Reimann. Ja, ich warte. – Moment, jetzt muss ich meinen Kalender befragen. – Montag 14 Uhr! Prima, das passt mir gut. Vielen Dank für das nette Gespräch, bis Montag."

Damit begann mein neues Leben, das Leben nach Rick.

Ich hatte nach der Trauer-, Wut-, und Verzweiflungsphase einen Neustart beschlossen, nach dem Motto: Arbeit heilt alle Wunden.

Schritt eins war das National Golfturnier in Bad Homburg. Ein PGA-Turnier mit allem Drum und Dran. Natürlich auch mit einem von mir einst so verhassten Pro-Am. Zu eben diesem meldete ich mich an. Nicht etwa weil ich inzwischen zu einer golfgeilen Nobeltussi mutiert war, sondern mit dem Gedanken an mein Vorhaben Golf als Breitensport im Hinterkopf.

„Strategie ist alles", und die richtige Strategie führt zum Erfolg, auch wenn man den Gaul von hinten aufzäumen muss, war die Devise meines Großvaters.

Ich zäumte also von hinten. Das hieß, ich rief einen Freund aus Davids Zeiten an, Felix Becker, der zufällig auch noch der derzeitige Direktor der PGA von Deutschland war. Übersetzt, er war der Boss der Organisation, der in Deutschland arbeitenden Golflehrer und hatte eine eigene, sehr renommierte Golfakademie.

David hatte ihn immer bewundert und insgeheim beneidet.

Felix erstaunt, aber hocherfreut über meinen Anruf, sprach mich dann auch gleich auf meine Beziehung zu Rick an, was mich weniger erfreute. Ich war aber dennoch gewillt, diese auszunutzen. Obwohl nunmehr Geschichte für mich, würde mir sein Name überall Tür und Tor öffnen. So auch hier. Ich schilderte ihm kurz mein Anliegen, er sollte mich in das Pro-Am einschleusen und mich dort einem ganz bestimmten Flight zuordnen. Ich war vorbereitet, als er mich nach dem Grund fragte, kannte er doch meine Aversion gegenüber diesen Veranstaltungen.

„Weißt du, Felix, ich möchte gern in Bad Vilbel an der Goldfischschule meine Talentsuche in Sachen Breitensport starten und habe erfahren, dass der Direktor der Schule, ein Dr. Bernd Reimann, an diesem Turnier teilnimmt, und deshalb will ich in seinen Flight. Der Pro ist mir egal."

Ich spürte Felix' Zögern, als er nachhakte: „Ich nehme an, du spielst jetzt richtig gut bei dem Lehrer, wie ist dein Handikap?"

Leider musste ich gestehen, dass es nicht besser geworden war. „Bis dahin sind es noch drei Wochen, ich verspreche dir, ich werde ernsthaft üben und dich nicht blamieren.“ Abschließend bat ich ihn eindringlich, meine Episode mit Rick nicht immer wieder aufzuwärmen und versprach ihm eine ausführliche Erklärung bei einem Abendessen.

Wir plauderten noch eine Weile, und ich erfuhr, dass er sich von seiner Frau getrennt hatte. Die verschiedenen Prioritäten ihrer beider Berufe – Sibylle hatte ein kleines, exquisites Hotel und hatte dort rund um die Uhr präsent zu sein, während Felix die Abende gerne mit seiner Frau ausklingen lassen wollte – ließen sich nicht mehr vereinbaren. Ich war traurig, dieses tolle Paar hatte ich immer bewundert und als gutes Beispiel für eine funktionierende Beziehung gesehen und jetzt ... Trennung, Scheidung, und die Kinder blieben auf der Strecke.

Nein, nicht mehr mit mir.

Natürlich hatte ich nicht vor, zölibatär meine Zukunft zu verbringen. Beziehung möglich, aber ohne Trauschein und eher offen als fest eingekeilt in vier Wände. Liebe und Trauschein: nein.

Und wenn es denn für mein Vorhaben von Vorteil wäre, so würde ich mit ganzem Körpereinsatz kämpfen. Zum Entsetzen meiner Nina besuchte ich jeden Tag die Driving Range in Bad Vilbel, um mich fitzumachen für das Turnier.

Sie verstand gar nichts mehr. „Mami, warum quälst du dich so und rennst jeden Tag auf diesen Golfplatz. Bist du unter die Masos gegangen, oder was treibt dich dahin?“

Als ich ihr dann erklärte, dass ich mich für das Turnier in Homburg fit machen wollte, flippte sie total aus, wieder mal.

„Du willst ein Pro-Am spielen? Inmitten der Taunus High Society? Wem bitte willst du was beweisen? Rick?“

Es half nichts, wenn ich wollte, dass sie Ruhe gab, musste ich sie aufklären. „Weder bin ich selbstquälerisch unterwegs, noch will ich zurück zu den Schönen und Reichen, mein Schatz. Rick hat nichts damit zu tun, er ist Vergangenheit, so hat er es gewollt, und ich habe es akzeptiert.“ Ich bemühte mich sehr, nicht wehmütig zu schauen, und fuhr schnell fort: „Ich schleiche mich nur ein ganz klein wenig in diese Gesellschaft ein, zugegeben unter schamloser Ausnutzung meiner kurzen Romanze mit Rick, um eine Lobby für mein Ziel zu bekommen. Da muss man schon mal zu solchen Strategien greifen, auch wenn es mir gegen den Strich geht.“

„Dann spielt wohl der Schuldirektor da auch mit, wenn ich das richtig kapiert habe?“

„Klar erkannt, meine Kleine, du hast es kapiert. Wenn man eine Runde Golf zusammen gespielt hat, ist es viel leichter, mal anzuklopfen und von einer Idee zu erzählen. 18 Loch gemeinsames Kämpfen schaffen eine gute Basis für ernste Gespräche.“

„Mami, du bist genial! Schaffst du das auch alles? Ich meine seelisch? Ich mach mir richtig Sorgen. Du sprichst nicht darüber und scheinst so, ich weiß nicht, wie ich es sagen soll, unnatürlich gelassen.“

Fast erschrocken erkannte ich, dass ich meiner Tochter nichts vormachen konnte. Sie hatte mich durchschaut, mehr noch, sie hatte echte Angst um mich. Nina war nicht mehr das kleine Mädchen, das beschützt werden musste, sie war reif geworden, eine junge Frau, die in ihrer Ehe auch schon erfahren hatte, dass das Zusammenleben von Mann und Frau kein ständiges Liebesgeflüster, kein Zuckerschlecken war. Zugegeben, ich war auch ein klein wenig stolz auf meine Tochter.

Ich nahm mir vor, sie künftig nicht mehr wie ein Kind zu behandeln, sondern eher wie eine gleichberechtigte Freundin und setzte dieses Vorhaben gleich in die Tat um, indem ich ihr ganz offen erklärte: „Nina, das liegt daran, dass ich es noch nicht wirklich verkraftet habe. Ich befinde mich gerade in der ‚Vogel-Strauß-Kopf-in-den-Sand‘-Phase, was den Herrn betrifft, dessen Name ich nicht mehr nennen will. Ich lenke mich ab und stürze mich in eine Arbeit, die mir Spaß macht. Glaub ja nicht, ich sei gelassen. In Kitschromanen heißt es immer so schön: Griseldis hatte keine Tränen mehr. So ähnlich geht es mir auch. Geweint hab ich genug, wenn auch nur im stillen Kämmerlein. Jetzt hab ich das durch, jetzt geht's in die Vollen. Wollen wir doch mal sehen, ob wir nicht bald ein neues Schulfach im Bad Vilbel anbieten können. Golfunterricht ab der dritten Klasse in der Goldfischschule.“

„Das wäre super! Warte mal, wenn dir das gelingt“, sie rechnete mit ihren Fingern, „dann kommt für Max nur diese Schule in Betracht. Ob ich ihn schon mal anmelden soll? Es ist in etwa in fünf Jahren.“

Fast dachte ich, sie hätte es ernst gemeint, bis ich das Lachen in ihren Augen gesehen hatte.

„Wie bist du eigentlich auf diese tolle Idee gekommen?“

„Man kommt nicht auf die Idee, die Idee kommt zu einem. Denk mal zurück. In Heidelberg hab ich mich doch intensiv mit dem Thema Golf im Ursprungsland beschäftigt. In England ist Golf schon längst Schulsport; jeder, der will, kann es dort auch ohne reiche Eltern erlernen. Das ist mein großes

Ziel. Anfangen werde ich mit kleinen Schritten. Genug gebabbelt, ich geh mal wieder üben. Wer weiß, vielleicht ist auch der Herr Direktor da."

„Wie willst du den denn erkennen, er hat sicher kein Schild um den Hals?"

„Nina, ich hab das Internet entdeckt und kenne jetzt alle Lehrer dieser Schule in Wort und Bild. Leider spielt nur der Herr Direktor Golf, aber das werden wir ändern."

Felix war ein Schatz! Ich spielte das Pro-Am mit Herrn Dr. Reimann, der sich gleich als Bernd vorstellte, ohne Doktor und Direktor. Das machte ihn mir auf Anhieb sympathisch. Ich tat es ihm gleich.

„Ich bin Emma." Uups, das hatte ich schon einmal so gesagt, und damit hatte das ganze Dilemma angefangen. Es blieb mir keine Zeit, groß darüber nachzudenken, denn schon gesellte sich eine weitere Dame zu uns. Frau von Heiligenstein hieß sie, und so wollte sie auch genannt werden. Sie hielt nichts von allgemeiner Verbrüderung, auch nicht auf einem Golfplatz.

Ich musste mich abwenden, damit sie mein Grinsen nicht sah. Es hatte nicht viel gefehlt, und ich hätte laut losgelacht, bemerkte aber gleichzeitig, dass Bernd ebenso um Fassung bemüht war wie ich, als er mir zuraunte: „In solchen Fällen denke ich ganz schnell an was Trauriges, dann platze ich nicht raus."

Unser Pro war John O'Malley, ein Ire, der in Bayern eine Golfschule hatte. Natürlich kannte er mich, denn er hatte einige Male mit David bei PGA-Turnieren in einem Flight gespielt. Und ebenso natürlich hatte es sich auch bis zu ihm herumgesprochen, dass ich einige Zeit die Geliebte von Rick Fields war. Sie wussten es alle. Ob Bernd es auch wusste? Sicher nicht. Ich schätzte ihn eher als einen Mann ein, der sich nicht für Tratsch und Gerüchte interessierte.

John jedenfalls stutzte, als er mich ansah, nachdem er die anderen begrüßt hatte. „Du bist es also doch, dachte eigentlich, du hättest genug von Golf. Erst David, dann Rick Fields, du bist ganz schön mutig, alle Achtung."

Ich nahm es ihm nicht krumm, er war nie ein charmanter Strahlemann gewesen, eher ein besessener Arbeiter, den sein Ehrgeiz fast aufzehrte, der aber ein guter, wenn auch rauer Lehrer war. Ein Ire halt.

Mir war's recht so, geheucheltes Mitleid und Samthandschuhe konnte ich noch weniger ertragen. Zudem war ich höchst gespannt, wie unsere Frau von Heiligenstein mit ihm zurechtkam. Ich vermutete, er hatte mindestens eine

Flasche Whiskey in seinem Bag versteckt. Langweilig würde es uns in unserer gemischten Raubtiergruppe bestimmt nicht werden.

Dann ging's endlich los.

Es war Kanonenstart, das hieß, wir alle starteten gleichzeitig auf ein lautes Signal hin, von jedem Loch ein Flight, und an den Par-fünf-Löchern konnten zwei starten. Es hatte den Vorteil, dass auch alle gleichzeitig fertig waren und man nicht endlos auf den letzten Flight warten musste. Der Pro hatte die Ehre des ersten Abschlags. Danach kam der normale Herrenabschlag mit den gelben Kugeln und zuletzt, ziemlich weit davor der Damenabschlag, gekennzeichnet durch rote Kugeln.

John haute den Ball souverän raus, wie erwartet. Er gewann diese Turniere meistens. Dann war Bernd dran, der auch gut und weit schlug. Selbstverständlich überließ ich meiner Mitspielerin die Ehre vor mir abzuschlagen.

Das war ein Fehler.

Sie schritt, gehen konnte man das nicht nennen, wie ein Reiher mit erhobenen Driver zum Abschlag. Bohrte ihr Tee mit Bedacht in die Erde und legte vorsichtig den Ball darauf. Sie schlug dann nicht etwa drauf, sondern prüfte eingehend die Lage, um ihn dann erneut aufzunehmen und an einer anderen Stelle wieder einzubohren.

Sie schlug immer noch nicht drauf.

John zuckte schon ungeduldig mit den Nasenflügeln, sagte aber nichts, noch nicht.

Unsre „Heilige" stellte sich nun in Positur, hielt den Schläger wie ein Gewehr in die Richtung zum Ziel, schüttelte ihre Beine, wackelte mit dem Gesäß und stand endlich still. Beim Schlagen knickte sie mit den Knien ein, so dass es aussah, als mache sie einen Knicks.

Erstaunlicherweise flog der Ball tatsächlich, nicht sehr weit, aber gerade.

„Wenn sie das bei jedem Loch macht, bekommen wir hinter uns einen Stau, wie am Samstag auf der A3 bei Würzburg", flüsterte mir Bernd ins Ohr.

Ich hatte mich so sehr bemüht ernst zu bleiben, aber jetzt war's aus. Das Kichern schüttelte meinen gesamten Körper. Bernd reichte mir meinen Driver, der mir vor Lachen aus der Hand gefallen war. Mit zwei bösen Blicken bedacht, einer von John, der andere von der heiligen Frau, teete ich auf und schoss eine Granate raus. Es trug mir einen anerkennenden Pfiff von John und ein „toller Schlag, Gratulation" von Bernd ein.

Ich freute mich sehr, mein Üben hatte sich jetzt schon bezahlt gemacht. Über meine weiteren Schläge schweigt des Sängers Höflichkeit, sie waren so lala, nicht gerade das, was man von einem Amateur, der sich in ein Pro-Am eingekauft hatte, erwartete. Sie waren kurz, aber wenigsten gerade, so brauchte ich nicht lange suchen wie unser Pro, der seinen zweiten Ball, wahrscheinlich aus Frust über die Anspielvorübungen unserer „Frau von“, in das Wäldchen neben dem Fairway gesemmelt hatte.

Sie tat es immer noch, nicht nur beim Abschlag, wie ich gehofft hatte. Vor jedem Schlag das Gleiche. Mit zusammengekniffenen Augenbrauen, die wie zwei haarige Raupen über ihren Lidern lagen, machte sie ihre Zuckungen mit Gewehr über dem Ball

John war kurz vorm Platzen. Am dritten Loch stauten sich schon zwei Flights hinter uns. Sein sonst schon durch Genuss des einen oder anderen Whiskys leicht gerötetes Gesicht war nun puterrot.

Ich schlich mich an seine Seite, aber mir fielen keine tröstenden Worte ein.

„Bei dem Tempo kassieren wir gleich Strafschläge und werden, wenn's so weitergeht, disqualifiziert“, knurrte er zwischen den Zähnen hervor. „Emma, was soll ich tun? So etwas wie die da hab ich in meiner gesamten Laufbahn noch nicht erlebt.“ Bernd lief nun auch neben uns und bot sich an, mit ihr zu sprechen.

Das empfand ich als gute Idee. Er war der Neutralste von uns. Die Dame sah nicht mehr nach schulpflichtigen Kindern aus, so dass keine Gefahr in einer Begegnung an seiner Schule bestand. Nach einer Weile kam er kopfschüttelnd, aber grinsend zurück.

„Erzähl, was hast du ihr gesagt?“

Unter unseren neugierigen Blicken erstattete er Bericht. Er hatte lang gebraucht und ordentlich auf sie eingesprochen. „Ich hab ihr erklärt, dass heute auch, zu den anderen Preisen, wie nearest to the pin und longest drive, auch ein Preis für Schnelligkeit ausgelobt sei. Und dass man wegen deiner geplatzten Hochzeit mit dem bekannten Star Pro ein besonderes Auge gerade auf unseren Flight habe.“

So ganz glücklich war ich nicht. „Wenn's denn hilft.“ Rick! Immer wieder er.

Ich war mir des Ausmaßes bisher nicht so richtig bewusst gewesen, aber unsere Liebe hatte wohl mehr Menschen bewegt und höhere Wellen geschlagen, als ich ahnte. Ich war berühmt. Konnte aber gut darauf verzichten.

Oh Wunder, sie wurde tatsächlich schneller. Zumindest wurde der Stau hinter uns nicht größer, und der Marschall hatte uns auch noch keine Punkte verpasst. Wohl auch ein Rick-Bonus. Beim nächsten Par drei schlug ich den Ball auf das Grün, was an sich nichts Besonderes war. Par-drei-Löcher sind kurz, und das war leicht zu schaffen, auch für Anfänger. Ich hatte aber den Ball direkt neben das Loch gesetzt, und es wäre beinahe ein „Hole in one" gewesen.

„Du weißt schon, dass dein Schwung wie seiner ist?"

Diesmal zog ich die Augenbrauen hoch, worauf er sich gleich entschuldigte.

„Ich weiß nicht, ob ich den über 18 Loch bringen kann, aber bitte ..."

Er unterbrach mich sofort. „Ich hab's kapiert, ich halt jetzt den Mund darüber. Nur so viel, mit mehr Kondition, mehr Ehrgeiz und mehr Ernsthaftigkeit könnte aus dir noch eine brauchbare Golferin werden."

Das war ja ein echtes Kompliment. Viel mehr konnte er sich auch beim tollsten Spieler nicht abringen.

Für unsere Verhältnisse kamen wir nun richtig flott voran. Die guten Abschläge mit dem bewussten Schwung gelangen mir nicht immer, aber das war Golf. Wenn es möglich war, plauderte ich auf den langen Wegen zwischendurch mit Bernd. Wir entdeckten einige Gemeinsamkeiten und verstanden uns immer besser. Wenn er abschlug, betrachtete ich ihn von der Seite. Er sah auf eine unspektakuläre Art gut aus. Er war bestimmt 1,80 Meter groß, seine braunen Haare waren kurz geschnitten und leicht gewellt. Würde er sie länger tragen, hätte er bestimmt Locken. Sein konzentriertes, ernstes Gesicht beim Abschlag hellte sich danach immer gleich auf zu einem fröhlichen Grinsen, das seine Züge lieb und freundlich wirken ließ. Er war bestimmt kein strenger Lehrer, trotz der großen Verantwortung. Ich schätze ihn auf Mitte vierzig, was er später bestätigte, als ich ihn danach fragte.

Zwischendurch fühlte ich mich verpflichtet, auch mal ein paar Worte mit unserer heiligen Frau zu reden. Doch diese blockte mich sofort ab und sagte streng: „Ich halte nichts von unnötigem Geschwatze beim Spiel, plaudern Sie lieber weiter mit dem Herrn Bernd. Ich habe ein sehr gutes Handikap, und das möchte ich nicht verlieren, also lassen Sie mir meine Ruhe."

Abgeblitzt, dabei wollte ich nur höflich sein. An manchen Tagen fragte man sich, warum man überhaupt aufgestanden war. Mit energischen Schritten entfernte ich mich von dieser Dame.

Bernd schmunzelte. „Abgeblitzt?"

„Wie hast du das erraten?"

„Mir ist es vorher ähnlich ergangen. Nach unserem Gespräch bat sie mich zu verschwinden."

„Du Schuft, das hast du uns verschwiegen, du hättest mich vorwarnen können."

„Tut mir leid, aber ich konnte ja nicht ahnen, dass du ein Schwätzchen von Frau zu Frau mit ihr halten willst.“ Er grinste immer noch, griff nach meinem Wagen und zog ihn hinter sich her. „Komm, ärger dich nicht, wir lassen uns die letzten Löcher von der Heiligen nicht verderben.“

„Emma!“ Bernd sprang mit einem Satz hinter seinem Schreibtisch hervor, als hätte ihn etwas gestochen. „Du bist Frau ...“, er blickte auf den Zettel in seiner Hand, „Frau Hartmann? Warum hast du mir letzte Woche nicht gesagt, dass du einen Termin mit mir hast. – Sag mal, warst du deshalb so ausweichend, als ich mich mit dir zum Kaffee treffen wollte? Warum?“

Ich nickte und konnte mir kaum das Lachen verkneifen. „Ich trenne gerne Privates vom Geschäftlichen.“

„Entschuldige, ich kapiere es immer noch nicht, du bist jetzt geschäftlich hier?“

„Ja. Darf ich mich setzen?“

„Klar, natürlich, ich bin so überrascht, dass ich meine ganze Erziehung vergesse. Erst mal guten Tag und herzlich Willkommen.“ Er reichte mir die Hand. „Darf ich dir ein Bussi geben? Rein geschäftlich?“

Er nahm mich kurz in den Arm und drückte mich leicht an sich, während er mir die obligatorischen Wangenküsse gab. Nachdem er mich und sich mit einem Cappuccino versorgt hatte und augenzwinkernd gefragt hatte, ob ich einen Whiskey dazu möchte, in Anspielung auf unser Turnier, fragte er nach meinem Anliegen.

Ich holte tief Luft. Ganz professionell hatte ich alles vorbereitet für meinen ersten Anlauf. Strategisch ausgefeilt war mein Konzept, das ich ihm vorlegen wollte. Wie immer schmiss ich meine schöne Rede über den Haufen und sagte einfach: „Bernd, ich brauche deine Hilfe.“

Frei heraus, das Konzept ungeöffnet in der Tasche, erzählte ich ihm von meinem Vorhaben. Ich ließ nichts aus, erzählte ihm von meiner Aversion gegen die Eliteclubs, die von den Jahresbeiträgen schon so hoch angesiedelt waren, damit sich kein Normalverdiener dorthin verirren könnte. Er hörte mir aufmerksam zu, nickte oder lächelte zuweilen, wenn er meiner Meinung war, und unterbrach mich nicht in meinem Redefluss.

„Deshalb habe ich vor“, schloss ich meinen Vortrag, „einen Modellversuch an drei Schulen in Deutschland zu starten, in Zusammenarbeit mit den dort ansässigen Golfclubs.“

„Und, die Goldfischschule soll die erste sein.“ Er fragte nicht, er stellte fest. Nach einer Weile, ich fürchtete schon er würde nie mehr etwas sagen, stand er auf und ging zum Fenster. Dann drehte er sich zu mir herum, strahlte mich an und reichte mir die Hand: „Emma, ich mach es!“

Ich umarmte ihn spontan, alles hatte ich erwartet, nur nicht eine so schnelle Entscheidung. Ich war unendlich erleichtert, die erste Hürde war genommen, ich hatte die erste Modellschule für mein Vorhaben und dazu auch noch einen Partner, mit dem mir die Zusammenarbeit Freude machen würde.

Wir steckten nach der ersten Euphorie die Köpfe zusammen und planten, nun auch mit Hilfe meines Konzepts, Schritt für Schritt das gesamte Procedere.

Schritt eins: ein Elternabend sollte sehr schnell stattfinden.

„Wir müssen die Ressentiments der Eltern zum Thema Golf ausräumen und sie weg von den Vorurteilen in Richtung Schulsport Golf führen. Beim Tennis hat das damals zu Bobbeles Zeiten auch funktioniert. Wenn es uns gelingt, die Eliteaura um Golf aus ihren Köpfen zu verbannen und ihnen stattdessen den Golfsport vorzuführen mit Beispielen aus England, sind wir schon ein gutes Stück weiter.“

„Vergiss nicht den Aspekt KOSTENLOS“, warf Bernd ein und sah mich an. Gleich darauf lachte er und hielt mir ein Glas Wasser hin. „Trink einen Schluck, du hast dich ganz heißgeredet, Emma. Die roten Bäckchen stehen dir gut. Anscheinend genügt eine hitzige Diskussion vollkommen, du brauchst nicht einmal Whiskey dafür.“

„Hör auf mit dem Teufelszeug. Du wirst lachen, ich mag ihn nicht mal. Nur unserem frustrierten John zuliebe hab ich ein Glas getrunken.“ Als mich Bernd daraufhin grinsend von der Seite ansah, gab ich zu: „Okay, es waren zwei ...“

Bernd hob drei Finger.

„Also drei. Und alle schmeckten wie alte Pappe.“ Ich schüttelte den Kopf. „War das ein Abend! Kannst du dich an das Gesicht von John erinnern, als er bei der Siegerehrung völlig leer ausging? Nur allein deshalb hab ich das scheußliche Zeug getrunken, seinetwegen. Der arme sieggewohnte Jonnyboy hatte so ein Pech mit unserem Flight.“

„Emma, wir waren nicht die Letzten, und du hast schließlich einen Preis bekommen, erinnerst du dich, oder warst du da schon beschwipst?“

„Ich war beschwipst, aber ich erinnere mich gut. Eine Kiste von meinem Lieblingschampagner. Veuve Cliquot. Es war schließlich mein allererster Preis beim Golf und wird es wohl auch bleiben. Kannst du mir erzählen, wie ich die Kiste zum Wagen geschleppt habe und wie ich nach Hause gekommen bin? Ich habe mit meiner Tochter am nächsten Morgen den Wagen geholt, und dort war die Kiste drin. Ich konnte ihr leider nicht erklären, wie ich nach Hause gekommen bin. Du musst wissen, sie ist immer noch sehr streng mit mir."

„Deine Tochter auch? Mein Sohn ebenso. Seit wir allein sind, fühlt er sich als alleinerziehender Sohn und passt schwer auf mich auf. Besonders bei Damenbesuch ist er überaus kritisch."

„Wie sich die Bilder gleichen. Hast du oft Damenbesuch?" Ich hätte mir am liebsten sofort die Zunge abgebissen. Wie konnte ich so etwas nur fragen? Bernd musste ja denken, ich wäre auf Männerfang.

„Damen- und Herrenbesuch, Emma. Das Lehrerkollegium trifft sich regelmäßig bei mir, damit ich meinen Phillip nicht zu oft allein lassen muss."

„Bitte entschuldige die blöde Frage, sie war nicht so gemeint, wie sie geklungen haben muss." Was war das denn wieder für ein dämlicher Satz ...?

„Schade. Du willst wissen, wie du heimgekommen bist?"

Ich nickte.

„Willst du auch wissen, was vorher war? Das, weswegen du so eilig aufgebrochen bist?"

Ich nickte noch mal.

„Also, wo fang ich an ..."

„Mach es nicht unnötig spannend, ich bekomme schon ganz feuchte Hände. Muss ich mich für was schämen oder entschuldigen? Ganz dunkel erinnere ich mich an was ... Himmel, hab ich gesungen?"

„Ja", japste er und lachte so fürchterlich, dass er sich schüttelte.

„Ich kann doch gar nicht singen!"

„Hm!"

„Bernd, wenn du nicht gleich sagst, was war ..., aber en detail, wenn ich bitten darf."

„Dann?"

„Was dann?"

„Ein *wenn du* ... verlangt ein *dann*. Also, was tust du dann mit mir?"

„Dann spiele ich mit dir Golf und nehme die von Heilige mit, du Oberlehrer."

„Zu später Stunde hast du sie nur noch Raupe genannt. Du freches Biest, Oberlehrer."

„Oh Gott, wie hat sie reagiert?"

„Sie war schon fort, ist gleich nach der Siegerehrung verschwunden."

„Bernd!"

„Ja doch, ... also, nachdem John den Whiskey literweise in sich reingeschüttet hat und du versuchst hast aus Mitleid mitzuhalten, und weil alles so schön traurig war, hast du ...“

„Hab ich was? Gesungen?“

„Gesungen!“

„Kannst du mir vielleicht auch sagen, was ich gesungen habe?“ Vor meinem geistigen Auge sah ich Max vor mir und wie wir zusammen sangen. Weil er ja noch nicht wirklich die Texte verstand, hatte ich Lieder gewählt, deren Text ich einigermaßen beherrschte. Mein Repertoire war nicht bedeutend. „Die Gärtnersfrau“ sang ich gern und „Schenkt man sich Rosen in Tirol“, „Dein Name an der Tür“ und „Das Polenmädchen“. Zugegeben, Letzteres war das schlimmste, ein Soldatenlied. Womöglich war es das?

„Du hast das berühmte irische Volkslied für John gesungen. ‚Danny Boy‘. Abgewandelt in: Oh Jonny Boy ...“

„Das findest du wohl sehr lustig?“ Ich schämte mich ganz fürchterlich.

„Es war gar nicht so schlimm, und es klang ganz gut.“

„Aber die Leute! Das elitäre High Society Völkchen, fanden die das auch gut?“

„Ach die, ich dachte, die seien dir sowieso egal. Aber keine Sorge, die waren alle schon fort. Nur ein paar der trinkfesten Pros, du und ich. Wir alle fanden dich großartig.“

„Das hättest du mir auch gleich sagen können, dann hätte ich mich nicht so aufgeregt.“

Bernd setzte sich nun neben mich und wurde ernster. „Emma“, er legte seinen Arm freundschaftlich um meine Schultern, „glaubst du wirklich, ich hätte dich nicht gestoppt, wenn noch wichtige Leute dagewesen wären?“

„Danke, Bernd, nun muss ich noch wissen, wie ich heimgekommen bin, dann hab ich den Blackout durch.“

„Ich hab dich nach Hause, also zu deiner Tochter gefahren. Ich dachte, du wohnst da und hab mich schon über die vielen Schuhe und den Babybuggy im Flur gewundert.“

„Du warst mit drin?“

„Natürlich, außerdem wolltest du das, wegen des Gutenachtkusses und so, hast du gesagt.“

„Das wird ja immer schlimmer, und ich dachte, wir hätten die Spitze des Eisbergs schon erreicht. Gutenachtkuss? Du mir oder ich dir? Und was meinst du mit und so?“

„Du wärst ein guter Polizist geworden, es ist fast wie im Kreuzverhör. Wir haben uns einen Kuss gegeben.“

„So richtig? Oder ein Bussi? Mensch, Bernd, haben wir geknutscht?“

„Hm, ja. Dann hast du gute Nacht gesagt und bist die Treppe hoch.“

„War das alles? Du guckst so komisch. Komm, spuck's aus, ich kann's vertragen.“

Ganz leise sagte er: „Du hast Rick zu mir gesagt.“

Ich wandte mich ab, ich hatte es geahnt. Dieser Scheißkerl! Das musste ich wohl gemurmelt haben, denn Bernd nahm mich erneut in den Arm und sagte ganz lieb: „Emma, es geht vorbei. Quäl dich nicht, ich weiß, wie es ist, ich spreche aus Erfahrung.“

„Bist du geschieden?“

„Nein, meine Frau ist vor zwei Jahren gestorben.“

Klara musste her, sie würde zwar wieder Herrn Freud zitieren, aber wir hatten lange keinen richtigen Weibertag gemacht, und dafür nahm ich auch Herrn Freud in Kauf.

Wir trafen uns diesmal bei ihr. Sie hatte eine zauberhafte Maisonettewohnung in Eltville mit unverbaubarem Blick auf den Rhein. Nach einem dicken Begrüßungskuss und einem forschenden Blick in mein Gesicht platzierte sie mich in einen gemütlichen Sessel auf dem Balkon. Vorher hatte sie mir noch ein weiches Wollplaid um den Bauch gewickelt mit den Worten: „Es ist zwar sonnig, aber das täuscht, es weht heute ein kalter Wind, und du bist so dünn geworden, du frierst sicher gleich. Kuschele dich in die Decke und schau den Schiffen zu, ich mach Kaffee.“

Schwerbeladen mit einem Tablett voller Köstlichkeiten kam sie auf den Balkon. Alle Leckereien aus unserem Lieblingscafé lachten mich an. Nusstörtchen, schwedischer Apfelkuchen, und an die kleinen, dickbeladenen Fruchttörtchen mit Creme hatte sie auch gedacht.

Bei der Pracht war ich richtig gerührt. Lange bin ich nicht mehr so verwöhnt worden.

„Lang zu, Kalorienzählen verboten, du hast sicher dein Traumgewicht, oder? So, wer wird's denn werden?“

„Kann sein, hab mich nicht gewogen, aber die Hosen schlabbern alle. Was meinst du mit: wer wird es?“

„Na ja, offensichtlich buhlen zwei Männer um dich. Felix und ... wie heißt der Schuldirektor?“

„Bernd. Aber was heißt: wer wird es? Meinst du eine Beziehung? Da musst du schon noch etwas Geduld haben, Klara, da bin ich noch weit davon entfernt. Beide sind ganz tolle Männer, jeder auf eine andere Art, aber Vorrang hat mein Projekt. Zur erfolgreichen Durchführung brauche ich beide. Schon allein deshalb wäre es taktisch ziemlich unklug, einen vorzuziehen."

„Gut gemacht, meine Süße, warmhalten und hinhalten ist deine Taktik. Was meinst du, wie lange machen sie das noch mit?"

„Ich hab noch immer Schonzeit, und sie behandeln mich beide wie ein rohes Ei. Felix öffnet mir alle Türen, zugegeben, manchmal auch mit Hilfe des Namens jenes Engländers, dessen Namen er sich vor mir nicht auszusprechen traut. Aber er benutzt ihn, und auf Seiten des Golfverbandes besteht sehr großes Interesse. Schon in der nächsten Woche haben wir einen weiteren Termin. Mein Vorteil ist, dass ich schon eine Schule gewinnen konnte."

„Und hier kommt Bernd ins Spiel!" Klara war sichtlich erfreut über meinen Eifer. „Das hast du taktisch klug gemacht, das mit dem Golfturnier, Chapeau. Tolle Sache."

„Glaub nicht, dass es leicht für mich war. Es war Felix' Bedingung, dass er mich unterstützt, sobald ich die erste Schule für das Projekt gewonnen habe. Übrigens, das Turnier in Homburg war sehr lustig. Bernd und ich waren uns auf Anhieb sympathisch." Die Story von der Raupe und dem Gesang beim Whiskey verschwieg ich ihr natürlich auch nicht, genauso wie der peinliche Abschluss im Hausflur meiner Tochter.

„Rick, immer wieder Rick!" Klara seufzte vernehmlich. „Wann endlich kommst du über ihn hinweg?"

„Ich will nicht über ihn hinwegkommen! Ich brauche noch Zeit."

„Meinst du nicht, es wäre besser, du triffst ihn nochmals und erklärst ihm, wie es wirklich war? Emma, er weiß nicht, dass du viele Male angerufen hast. Er weiß nicht, dass du einen Flug für den nächsten Morgen hattest!"

„Ich werde ihn nicht wiedersehen. Er war so kalt am Telefon, ich habe ihn kaum wiedererkannt." Ein Schauer fuhr durch meinen Körper, und ich zog die Decke noch enger um mich herum. „Jetzt haben wir erst mal das Meeting in der nächsten Woche, und dann soll ich die offizielle Leitung für das gesamte Projekt in Deutschland bekommen. Mit allen Drum und Dran und ... Festanstellung und Supergehalt."

„Gratuliere, und wie soll das Projekt aussehen? Habt ihr ein Vorbild?"

„Klar, wir übernehmen das gleiche Modell, das Rick in England schon seit Jahren erfolgreich betreibt."

„Und zur Einweihung kommt Mr. Golf persönlich angereist, durchschneidet das Band vor der ersten Driving Range, und die ganze Kacke geht von vorne los."

„Klara! Warum bist du so drastisch! Rick hat keine Ahnung, was wir hier tun, er wird es auch nie erfahren."

„Wie naiv bist du denn unterwegs? Ich wette, er weiß alles. Alles über dein Projekt und alles über dich. Wenn du mich fragst, kennt er sogar dein derzeitiges Gewicht bis auf jedes einzelne Gramm."

„Das würde ihm nicht gefallen, er mag keine dürren Weiber, hat er gesagt."

„Noch ist es zum Glück nicht soweit, aber wenn du so weitermachst, bist du wirklich bald dürr." Um dem Nachdruck zu verleihen, hielt sie mir die Kuchenplatte vor die Nase und befahl: „Aufessen!"

Mein nächstes Treffen mit Bernd fand in seinem Haus statt. Ich wollte mit dem Lehrerkollegium anhand von Videos und Insiderinformation eine Strategie ausarbeiten, wie sie am besten auf Anrufe interessierter wie auch empörter Eltern reagieren sollten. Die Mehrzahl der Kollegen war für das Projekt, denn ich hatte sie zusammen mit Bernd vor einigen Tagen zu einem Schnupperkurs eingeladen.

Alle mussten zugeben, dass Golf ein „richtiger Sport" war, als sie schweißgebadet nach drei Stunden die Driving Range verließen. Zwei Drittel waren so begeistert, dass sie im Anschluss Stunden buchten. Ich organisierte gleich mit dem Pro zusammen einen Gruppenunterricht und nahm es auf meine Kappe, den Preis von der PGA etwas sponsern zu lassen.

Was konnte mir Besseres passieren? Waren die Lehrer überzeugt, würden sie automatisch die Kinder hinterherziehen, und über die Kinder wiederum bekam ich die Eltern. Man musste die Scheu und die damit verbundene Distanz zu diesem Sport an der Wurzel packen und eliminieren.

Golf zum Anfassen für alle war unsere Devise.

Mit einer Flasche Whiskey, irischen natürlich, und mit einem Päckchen Gogos, ein Must Have für zehnjährige Jungs, kam ich so gegen sieben zu den Reimanns. Ich hatte keine Ahnung, was diese Gogos waren und was man damit machen konnte. Sie waren ein Volltreffer, und Phillip stufte mich sofort als „cool" ein. Als Bernd den Whiskey auspackte, grinste er mich augenzwinkernd an und flüsterte mir ins Ohr: „Den öffnen wir später, ich will dich heut noch singen hören."

So gegen elf löste sich unsere Sitzung auf, mein Mund war trocken, meine Lippen ausgefranst vom vielen Reden. Ich wollte auch gehen, aber Bernd hielt mich zurück.

„Bleib noch ein bisschen, wir machen die Flasche auf, trinken einen in memoriam John, und du singst mir dazu ‚Danny Boy'. Wir hatten keine Zeit, miteinander zu reden."

„Punkt eins akzeptiert, zwei und drei abgelehnt. Ich trinke gern noch was mit dir, aber auf keinen Fall was, das nach alter Pappe schmeckt. Außerdem muss ich noch heimfahren."

„Schläfst du bei deiner Tochter?"

„Nein, ich fahre zu mir."

„Komm wir trinken ein Glas Champagner, ich habe deine Lieblingsmarke besorgt."

Er kam, die Flasche schwenkend, aus der Küche.

„Wenn du sie so schüttelst, haben wir gleich einen Springbrunnen im Wohnzimmer. Lass ihn uns in der Küche öffnen."

Trotz aller Vorsichtsmaßnahmen spritze der gute Tropfen in einer Fontäne aus der Flasche. Wir waren beide nass, der Schampus lief mir über das Gesicht. Mit der Zunge leckte ich mir die Lippen ab, Bernd stoppte mich und sagte leise: „Lass mich das machen."

Zärtlich nahm er mir Tropfen für Tropfen mit seinen Lippen vom Gesicht und küsste mich dann ganz zart auf den Mund. Ich sehnte mich so sehr nach ein wenig Zärtlichkeit, dass sich meine Lippen instinktiv öffneten und seine Zunge einließen.

„Nicht aufhören!" flüsterte ich, als er sich lösen wollte und schmiegte mich ganz nah an ihn.

„Lass uns ins Wohnzimmer gehen, Liebes, da ist es netter als hier in der kalten Küche."

Liebes, das hatte *er* auch immer gesagt.

Ich war wieder ernüchtert, ließ es mir aber nicht anmerken. Ich trinke jetzt ein Glas Champagner, und dann fahre ich heim, nahm ich mir vor. Eins war in Ordnung, ich hatte gut gegessen. Else, die Haushälterin von Bernd, hatte Pizza gemacht, das war eine gute Grundlage. Außerdem hatte ich den ganzen Abend nur Wasser und Cola light getrunken.

Bernd hatte Musik angemacht, und wir kuschelten uns in das weiche, rehbraune Ledersofa. Von hier aus konnte man in den hellerleuchteten Garten sehen, die riesigen Glasschiebetüren standen weit offen.

„Das ist ein schönes Haus, auch praktisch, alles ebenerdig."

„Nicht alles, es gibt eine Einliegerwohnung, in der Else wohnt. Sie schläft nur hier oben, wenn ich weg bin. Heute schläft Phillip bei ihr unten, das mag er, sie ist ein wenig Muttterersatz für ihn, wenn er es auch nicht zugibt. Zärtlichkeit und Schwäche sind unmännlich“, lachte Bernd.

Aus dem einen Glas waren inzwischen zwei geworden, und ich spürte den Alkohol schon etwas.

Ich war strikt gegen drink and drive. Ich war ständig mit dem Auto unterwegs und brauchte meinen Führerschein. Ich hatte so meine Zweifel, ob mir meine Arbeitgeber einen Chauffeur bewilligen würde, wenn er weg wäre. Als ich das Bernd erklärte, nahm er mich in die Arme und küsste mich. Erst zärtlich, dann fordernd und fest. Es war schön, seine Hände waren auf einmal überall, und ich genoss es.

„Bleib bei mir heute Nacht, ich möchte mit dir schlafen.“

Ich gab auf, denn ich wollte es auch. Mein Körper sehnte sich nach der Berührung leidenschaftlicher Männerhände.

Ganz früh am nächsten Morgen schlich ich mich aus dem Haus. Es war sechs Uhr, und alles schlief noch. Ich wollte vermeiden, dass Phillip mich im Bett seines Vaters erwischte und ... mein wichtigster Grund, ich wollte dem gemeinsamen morgendlichen Aufwachen entgehen, denn ich befürchtete, dass mich dann doch die Erinnerungen überwältigen würden.

Als ich im Wagen saß, überfiel mich kurz ein Moment der Reue. Es war eiskalt, so früh am Morgen, wie schön könnte es doch im Bett bei Bernd sein. Hoffentlich war er nicht böse über mein Verschwinden. Ich hatte ihm eine Nachricht auf den Nachtisch gelegt.

„Guten Morgen mein Lieber. Habe mich wegen Phillip aus dem Staub gemacht, nicht deinetwegen. Es war sehr schön, ich hab dich lieb. Bis ganz bald, Emma.“

Es war wunderschön, so früh durch den Taunus zu fahren. Es war noch kühl, Tau lag auf den Wiesen, mein schwäbischer Exmann würde sagen: „Es herbstelt schon.“

Wir hatten erst Anfang September, und es war hoffentlich nur eine leichte Vorahnung auf den Herbst. Die Bäume standen noch voll im Saft, die Äste hingen schwerbeladen mit köstlichem Obst vom Stamm. Diese Zeit mochte ich sehr. Beim Gemüsehändler gab es alles frisch aus dem eigenen Land, an der Straße standen die kleinen Bauern und boten ihre eigene Ernte an. Ich konnte aus dem Vollen schöpfen, klar, dass jetzt Obst täglich auf meinem Speiseplan stand.

Ich hatte extra die Autobahn umgangen und nahm den Weg über Kronberg, Königstein und Naurod zurück nach Hause, um die herrliche Landschaft zu genießen. Ich war erstaunt, wie viele Menschen schon unterwegs waren. Die Autobahnzubringer waren voll, und an den Auffahrten gab es schon kleine Staus. Früher bin ich selten vor neun aus dem Haus gegangen, auch in Pro-Shop-Zeiten nicht. Da hatte der Lehrling die Frühschicht übernommen und ich lieber die Spätschicht, denn da waren die kauflustigen Damen unterwegs, um nach einem erfolgreichen Spiel bei mir Frust oder Freude abzuladen. Je nachdem. Dabei gönnten sie sich auch gern das eine oder andere Kleidungsstück.

Der Gedanke daran brachte mich wieder auf die Spur.

Jetzt im Herbst, nach den Sommerferien, sollte unser erster Probelauf starten. Dank Bernd, der vor den Ferien noch mit dem Schulamt alles geklärt und nach zähen Verhandlungen grünes Licht bekommen hatte.

Bernd war ein Glücksfall für mein Projekt.

„Du hattest Dummenglück", hatte Nina respektlos gelacht, aber doch anerkannt, dass ich auf das richtige Pferd gesetzt hatte.

Ich schaute auf die Uhr, gleich sieben, ich hatte getrödelt, sonst brauchte 45 Minuten bis nach Hause. Er war jetzt bestimmt im Bad, obwohl Ferien waren. Er hatte mir erzählt, dass er immer anfangs Schwierigkeiten mit dem Ausschlafen hatte und dann gegen Ende schlafen konnte wie ein Murmeltier, auch mal bis zehn.

Ich hatte mit ihm geschlafen, Sex gehabt. Hatte ich ein schlechtes Gewissen? Nein. Es war schön, er war liebevoll und zärtlich, mehr zärtlich als leidenschaftlich. Es war auch kein Blümchensex, langweilig und spießig, weit davon entfernt, halt anders, aber schön.

Ich verbot mir, an Köln zu denken. Stattdessen stoppte ich an meinem Kiosk und kaufte mir die neueste Golfzeitung, Pflichtlektüre. In der nächsten Ausgabe sollte ein Artikel über unseren Modellversuch erscheinen. Felix steckte dahinter.

Ich freute mich auf mein Treffen mit ihm, nächste Woche. Er war ein sehr attraktiver Mann, groß, größer als Bernd, dunkelhaarig, durchtrainiert, ein Berufssportler halt, der wie so viele sein Hobby zum Beruf gemacht hatte. Was hatte Klara gefragt? „Wer wird es denn nun? Felix oder Bernd?"

Zu Hause machte ich mir erst mal einen Cappuccino und ein Marmeladentoast.

Bei der Inspektion meines Kühlschrankes stellte ich fest, meine Vorräte waren nicht gerade üppig. Ich sollte dringend mal wieder zum Supermarkt.

Vielleicht bekam ich beim Spaziergang durch die Gänge dort wieder mal Appetit, sonst würde ich doch noch zur dürren Ziege. Die Ziege an sich störte mich nicht, ich fühlte mich gut so mit diesem Gewicht. Die Falten waren es, die mich so aufregten. Je schlanker ich wurde, desto mehr Falten entdeckte ich beim morgendlichen Blick in den Kosmetikspiegel. In diesen Dingern sah man alles, jeden Pickel, jeden Mitesser und jede Falte.

Mit meinem Kaffeebecher in der Hand ging ich in den Garten. Mein selbstmordgefährdeter Goldfisch schwamm ausnahmsweise mal friedlich zwischen den Seerosen und seinen Geschwistern herum.

Ich stellte meine Tasse auf den kleinen, runden Tisch an der Hauswand gegenüber vom Teich ab und holte meine Zeitung, das Golf Journal. Früher hatte ich die Gala oder die Bunte gekauft, um über das Leben der Schönen und Reichen informiert zu werden, nun stand eine Golfzeitung an erster Stelle – wer hätte das gedacht? Ich suchte nach dem Artikel über die Golfclubs, es sollten ja noch ein weiterer Club für meinen Modellversuch gefunden werden, und natürlich eine Schule.

Gestern hatte in Berlin eine Grund- und Hauptschule großes Interesse gezeigt, wie Felix gemailt hatte. Er muss wohl dabei etwas nachgeholfen haben, denn dort hatte er ein Heimspiel und mir schon vorher signalisiert, dass er selbst gern mit seiner Golfakademie an der Talentsuche teilnehmen würde. Das war natürlich toll für das Vorhaben, denn unter seiner Ägide und mit seinen Beziehungen konnte das nur erfolgreich sein.

Ein Club im Süden Deutschlands wäre schön. Damit hätten wir Nord, Mitte und Süd, eine interessante Konstellation. Es würde sich zeigen, ob das Nord-Süd-Gefälle auch hier zu unterschiedlichen Ergebnissen führen würde.

Ich blätterte weiter nach hinten, die Clubnachrichten und die Turnierberichte kamen immer zuletzt.

Ich stutzte, blätterte wieder zurück, irgendetwas war mir aufgefallen.

Es war ein Bild von Rick, was sonst. Schon wollte ich genervt die Zeitung in die Ecke donnern, am besten gleich im Teich versenken, als ich doch wieder die bewusste Seite aufschlug.

Da stand er. Vor eine riesige, schwarze Limousine hatte man ihn platziert. Er lächelte, lächelte alle Leser auffordernd an, auch mich.

Ich las nun den gesamten Artikel. Zwar schalt ich mich eine blöde nostalgische Kuh und schimpfte über meine masochistischen Anwandlungen, trotzdem las ich weiter. Man stellte ihn als Frontmann für diese Nobelmarke vor, und er würde in einem Autohaus in der Schweiz diesen Wagen persönlich vorstellen. Mein Tag, der so harmonisch begonnen hatte, war im Eimer. Ich fahre hin! war mein erster Gedanke.

Mein zweiter: Klara anrufen.

Mit der Zeitung und dem kalten Kaffee ging ich in die Wohnung, mein Blick suchte das Telefon. Ich hatte schon ihre Nummer gewählt, da legte ich wieder auf. Ihr Rat war mir gut in Erinnerung, und obwohl ich ihren Vorschlag vehement abgelehnt hatte, ging er mir die ganze Zeit nicht aus dem Kopf, trotz meines Versuches, ihn in die etwas abgelegeneren Hirnwindungen zu verbannen.

Ich fahre hin, erzähle es aber keinem. Ich will einfach noch mal mit ihm sprechen, entschied ich.

Die Zeit drängte, nächste Woche war ich in Berlin, also jetzt oder nie.

Schon auf dem Parkplatz verließ mich die Zuversicht in die Richtigkeit meines spontanen Entschlusses. Ausschließlich Nobelfahrzeuge waren hier „parkiert", um es Schweizerisch zu sagen. Teilweise bestückt mit Fahrern in Uniform, die sich in den Wagen langweilten oder herumstanden, um mit den Kollegen zu plaudern.

Das war genau die Klientel, die ich liebte. Herren des Geldadels, begleitet von ihren Gattinnen in Gucci und Prada. Eine kleine Enttäuschung machte sich in mir breit. Hatte Rick das nötig? Warum gab er sich dafür her?

Ich kannte ihn anders. Schleimen und Komplimente machen, das war nicht sein Ding, aber hier war das an der Tagesordnung und geradezu Pflichtübung. Kannte ich ihn doch zu wenig? Hatte ich mich so geirrt?

Mein nächster Gedanke galt meinem Outfit. Ich schaute an mir herunter. Ließen die mich überhaupt hier hinein, so wie ich aussah? Mein Bogner-Anzug war klassisch, aber aus früheren Zeiten. Die anwesenden Ladies sahen das sicher sofort. Egal, ich hatte den weiten Weg hierher gewagt, jetzt würde ich auch den Rest schaffen.

Gekniffen hatte ich noch nie.

Ich formulierte in Gedanken noch mal die Worte, die ich ihm sagen wollte. Es war nicht leicht, bis zu ihm vorzudringen. Durch seine imposante Größe ragte er zwischen den eher kleinen, dicken, reichen Schweizern heraus, und ich konnte so wenigstens die Richtung anpeilen.

Ich startete meinen Slalom durch die Menge. Die Menschen standen dichtgedrängt und wurden von schwarzgekleideten Kellnern bedient, die schwere Tabletts mit Cocktail- und Champagnergläsern balancierten.

Einen dieser armen Kerle nietete ich um.

Der eine Schritt von mir nach hinten hatte die Katastrophe ausgelöst. Ich war bei meinem Hindernislauf gegen eine Dame gestoßen, die gerade an ihren Cocktail nippte. Es war nur ein kleiner Schubs, den ich ihr unfreiwillig gab, dennoch mit großer Wirkung. Der rote Cocktail schwappte auf ihr Kleid, ich entschuldigte mich aufrichtig und trat dabei zwei Schritte zurück. Das war einer zu viel. Denn dicht hinter mir stand der Kellner mit dem vollen Tablett. Mit einem lauten Knall landete es auf dem Boden, die Menge stob auseinander und machte schnell eine Gasse frei, um selbst nicht bespritzt zu werden.

Am Ende der Gasse stand Rick.

Am anderen Ende ich.

Wir sahen uns sekundenlang an.

Ich glaubte, wir dachten das Gleiche.

Typisch Emma.

Typisch ich.

Dann wandte er sich ab und nahm das Gespräch wieder auf. Ohne auch nur einen weiteren Blick an mich zu verschwenden, knüpfte er dort an, wo er unterbrochen wurde.

So ließ ich mich nicht abspeisen!

Ich nutzte die Gasse, rutschte kurz auf dem Champagner-Cocktail-Gemisch aus, fing mich aber schnell und marschierte energisch auf seine Gruppe zu. Ich vermutete stark, er hatte mich aus dem Augenwinkel kommen sehen. Er verriet es aber mit keiner Geste und drehte sich erst, sichtlich genervt, um, als ich ihn am Ärmel zupfte.

„Entschuldige, Rick, kann ich dich mal sprechen?“ Ich hatte einen Frosch im Hals, meine Stimme klang piepsig.

„Ich wüsste nicht, in welcher Angelegenheit. Sollte es geschäftlich sein, wenden Sie sich bitte an mein Büro, privat haben wir nichts mehr miteinander zu tun.“

Kalt, abweisend, fremd.

Ich stolperte zurück über die Scherben zum Ausgang.

Es war alles gesagt, und trotzdem wollte ich ihn noch mal anschauen.

Abschied nehmen für immer.

Unsere Blicke trafen sich.

Sein Blick war nicht mehr so eiskalt, eher nachdenklich.

Es schnürte mein Herz zu und ließ es erstarren.

Dann rannte ich zum Auto und fuhr ohne Zwischenstopp zurück.

Mein Blick ist ab jetzt nur nach vorne ausgerichtet, die Arbeit hat höchste Priorität, die Vergangenheit ist Geschichte, sagte ich mir immer wieder. Dieses Vorhaben setzte ich gleich in die Realität um und bereitete mich noch intensiver auf die Woche mit Felix vor. Es war auch dann unser großer Durchbruch.

Mit Felix an meiner Seite besuchte ich viele Veranstaltungen in Berlin, und seine Begleitung verlieh unserer Sache eine große Bedeutung. Durch seine Präsenz allein öffneten sich alle Türen, und wir erfuhren Unterstützung bei den höchsten Golfinstitutionen. Es war, als ob wir eine Lawine ins Rollen gebracht hätten und man nur darauf gewartet hätte, dass sich jemand endlich aufraffte, um es zu tun.

Das Schlagwort Breitensport Golf in Deutschland ging wie ein Lauffeuer durch alle bekannten Golfmagazine, und ich war ein gefragter Gast auf vielen Events. Felix und ich waren ein „Winning team" und wurden hinter vorgehaltener Hand in Berlin als Paar des Jahres gehandelt.

Ich spürte, dass er durchaus an einer engeren Beziehung mit mir interessiert war, hielt ihn aber noch auf Distanz. Das Thema Rick stand unausgesprochen zwischen uns, und er erinnerte mich ungewollt immer wieder an ihn und die Vergangenheit. Unseren letzten Abend verbrachten wir allein, um das Geschehene gemeinsam noch mal Revue passieren zu lassen.

Am nächsten Tag wollte ich nach München fahren, dort hatten sich zwei Schulen beworben, die ich in Augenschein nehmen sollte.

„Sag mal, Emma, Liebes, wird dir das alles nicht zu viel?" Felix drückte mich an sich und hauchte mir einen Kuss ins Haar. „Die ganze Fahrerei und du so allein auf der Autobahn, ich denke oft an dich und mache mir Sorgen, du könntest dich übernehmen. Du bist seit dem letzten Mal noch zierlicher geworden."

„Ach Felix, ich fahre gern, und es belastet mich nicht im Geringsten. Im Gegenteil, ich genieße es. Ich habe endlich Zeit, mal alle die Hörbücher anzuhören, die ich mir auf Vorrat gekauft habe. Gerade höre ich ‚Mieses Karma' und musste auf der Herfahrt anhalten, weil ich so sehr lachen musste."

„Wenn du glaubst, dass mich das beruhigt, täuschst du dich. Ich glaube, wir denken mal über einen Chauffeur für dich nach, ich wäre ruhiger, und du kämst ausgeruht von einem Termin zum nächsten."

„Felix, wie dekadent ist das denn?" kicherte ich. „Wir machen uns für Breitensport stark und sprechen gezielt die bürgerlichen Familien damit an, und ich fahre mit Chauffeur vor. Wie glaubhaft werden wir unserer Zielgruppe damit erscheinen?"

„Da gebe ich dir recht, es war nur ein Versuch, ich mag dich nämlich sehr und möchte dich nicht verlieren, Kleines.“ Er zog mich näher an sich und legte den Arm um meine Schultern. „Und was wäre, wenn du den Flieger nehmen würdest, wenigstens bei so großen Entfernungen wie Berlin – München?“ Er unterbrach mich gleich, als ich antworten wollte. „Ich weiß von deiner Flugangst, auch das hat sich bis zu mir herumgesprochen, aber innerhalb von Deutschland ist es doch harmlos, es ist viel weniger gefährlich als mit dem Wagen.“

„Du wirst lachen, das hab ich mir auch schon überlegt.“ Auf das „auch zu mir herumgesprochen“ ging ich erst gar nicht ein. „Felix, du weißt es doch selbst und hast es schon oft am eigenen Leib zu spüren bekommen. Golfplätze und Schulen liegen nun mal nicht direkt am Flughafen. Rechne die Zeit hinzu, die man wirklich vor und nach dem Flug braucht, wegen der ganzen Sicherheitsmaßnahmen und so, dann die Zeit mit dem Taxi aufs Land, zu den Schulen, zum Hotel, dann kann ich auch fahren. Ganz davon abgesehen, dass ich auch gerne mal einen Abstecher in die Stadt mache. Und das alles mit dem Taxi? Da wäre ja ein Fahrer noch billiger.“

„Hast ja recht, argumentieren kannst du hervorragend, daher ja auch dein Erfolg“, lachte er, wurde aber gleich darauf wieder sehr ernst. „Hast du eigentlich vor, wenn es weiter so läuft, auch mal was zu delegieren oder nach einem Assistenten zu schreien, in absehbarer Zeit?“

O je, den Zahn würde ich ihm gleich ziehen. Ich ahnte, worauf er hinauswollte. „Nein, vorerst auf keinen Fall, so etwa die nächsten hundert Jahre noch nicht.“ Ich schaute ihn von der Seite an und fing seinen enttäuschten Blick auf. „Felix, das hier ist mein Baby!“ Ich sah ihn eindringlich an und hoffte, er würde verstehen. „Ich habe sehr lange darum gekämpft, schon zu Davids Zeiten hab ich mich damit in seinem Club und bei ihm unbeliebt gemacht mit meinen Ideen. Unsere Beziehung ist letztlich auch daran gescheitert. Jetzt habe ich das Ziel zum Greifen nah und eine immense Lobby, auch mit deiner Hilfe, aufgebaut, jetzt will ich dem Baby das Laufen beibringen und jeden seiner Schritte begleiten. Ich lebe dafür und genieße es.“

„Schade, ich dachte, wir könnten uns vielleicht öfter sehen, wenn du weniger unterwegs wärst.“

Mir fiel die Kinnlade herunter, hoffentlich kam er jetzt nicht noch mehr zur Sache. „Noch öfter, Felix, wie sehen uns sehr oft, und in vierzehn Tagen haben wir schon wieder Termine zusammen, ich freue mich darauf und bin auch sehr gern mit dir zusammen.“ Vorsichtig beobachtete ich ihn, er schien mit meiner Antwort zufrieden zu sein.

„Komm, lass uns ins Hotel fahren und noch einen Absacker an der Bar dort nehmen. Du solltest früh ins Bett gehen, die Fahrt morgen wird anstrengend, mein Schatz."

Er hatte so ein verwegenes Glitzern in den Augen, aber auch diese Klippe würde ich mit Diplomatie umschiffen, darin hatte ich mittlerweile Übung.

Noch zehn Kilometer bis nach Bad Vilbel.

Mein Hörbuch neigte sich dem Ende zu, und ich freute mich auf Bernd. Die drei Tage in München waren anstrengend gewesen, aber dafür sehr erfolgreich. Beide Schulen waren perfekt für das Modell, und die Entscheidung war mir sehr schwergefallen. Beide hatten die gleiche Entfernung zum Golfplatz, das Lehrerkollegium war gleichermaßen aufgeschlossen, jung und begeisterungsfähig, ähnlich der Kollegen von Bernds Schule.

Und ich sollte jetzt sagen, du ja, du nein?

Nein, wirklich nicht. Ich nahm einfach beide in das Programm auf, eine wahrhaft salomonische Lösung, dachte ich und war stolz auf mich. Zum Glück fand ich Zustimmung bei meinen Arbeitgebern, die diesen weisen Entschluss für gut befanden.

Beschwingt und aufgekratzt parkte ich den Wagen vor Bernds Haus, mir war nach feiern. Irgendwie hatte ich auch ein klein wenig das Gefühl, heimzukommen. Er hatte mein Auto gehört und kam aus dem Garten, sprang über den Zaun und zerrte mich aus dem Wagen.

„Na, wie ist es gelaufen? Du strahlst, also gut. Hab ich recht?"

„Ohne Begrüßungskuss sage ich gar nichts", lachte ich und ließ mich in seine Arme fallen.

„Schön, dass du wieder da bist, herzlich willkommen."

Arm in Arm gingen wir zum Haus.

„Wo ist denn Phillip? Ich habe extra unterwegs noch seine geliebten Gogos gekauft. " Suchend blickte ich um die Ecke zum Garten.

„Die kannst du ihm nächste Woche geben, er ist im Zeltlager. Liebling, wir haben sturmfreie Bude!"

„Dann will ich sofort noch einen Kuss, aber diesmal richtig!" Ich fühlte mich ausgelassen wie ein Teenager.

Bernd ließ sich von mir anstecken, und wir köpften erst mal zur Begrüßung eine Flasche Prosecco. Dann ließen wir uns im Garten auf der Bank unter dem Kirschbaum nieder, natürlich mit der Flasche im Sektkübel, und ich berichtete von meinem Erfolg.

„Bin ich genial, oder bin ich genial?“ Ich hatte schon einen kleinen Schwips und kam aus dem Kichern nicht mehr heraus.

Als meine Tochter anrief, erzählte ich ihr übermütig und mit etwas schwerer Zunge von der sturmfreien Bude und den zwei Modellschulen in München. Wahrscheinlich hatte sie kein Wort verstanden, aber sie schimpfte erstaunlicher Weise nicht mit mir. „Mami, du hast einen Schwips“, sagte sie lachend, „erzähl mir das morgen! Du kommst doch? Wir haben alle Sehnsucht nach dir.“ Sie wünschte mir viel Spaß und ließ Bernd herzlich grüßen.

„Deine Tochter?“

„Ja. Sag mal, möchtest du nicht morgen mitkommen, wenn ich sie besuche?“

Bernd war hocherfreut und strahlte mich zustimmend an.

So, nun fühlte ich mich noch wohler. Es fühlte sich alles so gut an mit ihm, warum sollte ich ihn nicht mit zu den Kindern nehmen? Ich fand, es war die richtige Zeit dafür. Wir kannten uns nun mehrere Monate, und ich hatte ihn liebgewonnen. Er war der ruhige Pol in meinem unsteten Leben. Immer wenn ich von meinen Reisen zurückkam, zog es mich zu ihm. In seinen Armen tankte ich auf und war glücklich. Es war nicht die wilde Leidenschaft mit Höhen und Tiefen, die ich mit Rick erlebt hatte, es war gleichbleibend ruhig, lieb und schön mit ihm.

Ich bin darüber hinweg, konstatierte ich zufrieden und glaubte es selbst.

Ich hatte die durchwachten Nächte, allein im Hotel unterwegs, vergessen, in denen ich mich nach Rick verzehrte und mit mir und meiner Unentschlossenheit haderte.

Noch vorgestern hatte ich Rick und seine „Neue“, Belinda, eine große, üppige Blondine, in einem Golfmagazin entdeckt. Er hatte sein Leben nicht geändert. Er war immer noch ständig unterwegs, spielte Turnier, baute Golfplätze und liebte blonde Frauen. Was hatte ich zu ihm gesagt? „Wenn schon, dann möchte ich lieber die Letzte als die Erste sein.“ Nun würde es Brenda sein, die ihn an Land ziehen würde.

„Bernd, hast du das Golf Journal da?“

„Ja, nein, eigentlich ... ich glaube, es ist schon beim Altpapier“, stotterte er herum.

„Bernd, was soll das? Du sammelst doch alle deine Golfzeitungen, und außerdem ist sie brandneu.“

Als ich in sein bestürztes Gesicht blickte, ging mir der berühmte Kronleuchter auf. Er hatte den Bericht über Rick und seine neue Liebe in dem Blatt gesehen und wollte mich schonen. Wie lieb war er doch!

„Komm, hol sie wieder hervor, wo hast du sie versteckt? Keine Sorge, ich hab den bewussten Artikel schon längst gelesen. Ich wollte dir nur die Bilder von dem Golfclub in München zeigen, der an unserem Modell teilnimmt. Es ist ein Bericht darin mit einigen Fotos."

Erleichtert kramte er sie aus dem hintersten Eck des Bauernschranks hervor.

„Tut's nicht mehr weh?" fragte er mich und schaute mir hoffnungsvoll in die Augen.

„Nein. Ich bin darüber hinweg."

Schweren Herzens nahm ich am Montag Abschied von Bad Vilbel und Bernd. Es war ein schönes Wochenende gewesen. Wir hatten nach einer ausgiebigen Liebesnacht lange geschlafen und waren dann bei Nina und ihren „Männern" zum Brunchen. Ich herzte und küsste ständig meinen süßen Enkel und begegnete Ninas forschendem Blick offen und frei.

Ich hatte mit Frank in der Küche Espresso gemacht, als er mich leise fragte: „Nina ist überglücklich, dass du wieder so fröhlich bist. Ist alles in Ordnung mit dir, oder machst du uns was vor?"

„Lieb von dir, dass du fragst, es geht mir wirklich gut, meine Arbeit macht mir Spaß, und ich ertrage es auch wieder, Mr. Golf mit Harem in der Zeitung zu sehen."

Zur Demonstration hatte ich das Blatt mitgebracht und zeigte den beiden die Bilder. Alle, einschließlich mir, glaubten nun an meine wunderbare Rückkehr ins normale Leben.

Nun war ich wieder auf dem Weg nach Berlin, zu Felix. Ich nahm mir vor, ihm endlich von Bernd zu erzählen. Das war ich meinem guten Freund schuldig, und wenn es möglich war, wollte ich ihn als Freund behalten. Seite an Seite hatten wir meine Idee durchgeboxt, und ich wünschte mir so sehr, dass es so weitergehen würde.

Für diesen Abend war ein gemeinsames Essen vorgesehen, zu dem alle involvierten Verbände eingeladen waren. Wir planten, den Modellversuch auf ganz Deutschland auszuweiten, weil das große Interesse jetzt schon alle unsere Erwartungen übertroffen hatte. Das Dinner am heutigen Abend, gesponsert von den Berliner Golfclubs, war der Auftakt zu den Gesprächen, die am nächsten Tag stattfinden sollten.

Felix holte mich gegen sieben vom Hotel ab.

Mit einem Blick auf mein knallrotes Etuikleid hielt er die Luft an. „Wow, heute Abend wirst du die Schönste im ganzen Land sein. Und ich werde vor Stolz platzen mit dir an meiner Seite.“

Nun war ich mir ganz sicher, heute Abend noch musste die Aussprache stattfinden. Sein verliebter Blick signalisierte mir, dass er nicht vorhatte, heute Nacht allein ins Bett zu gehen.

Als das Dinner beendet war und der gemütliche Teil begann, packte Felix mich an den Schultern und zog mich von den anderen fort und führte mich in eine stille Ecke der Bar. Mit dem Satz „Emma, ich will jetzt endlich Klarheit“, hielt er mir eine noch druckfrische englische Zeitung vor die Nase und zeigte mit dem Finger auf die fette Überschrift der Sportseite. „Steht er zwischen uns, liebst du ihn noch immer?“

Verwirrt las ich: „Rick Fields und Belinda May geben ihren Hochzeitstermin bekannt.“

Wie mechanisch erhob ich mich aus dem kleinen Sessel und verließ den Raum, ging die Treppe hinunter, vorbei an der Rezeption, aus dem Hotel.

Felix fand mich auf der Bank vor dem Gebäude. Ich weinte hemmungslos, alle Schleusen waren aufgegangen, meine fröhliche Gelassenheit zerbrach vor seinen Augen.

Er nahm mich fest in seinen Arm und sagte einfach: „Erzähl mir alles.“

Wie ein Sturzbach floss es aus mir.

Ich sprach von meiner großen Liebe zu Rick, davon, wie ich immer wieder versucht hatte, ihn zu vergessen. Ich verschwieg ihm auch nicht meine Fahrt in die Schweiz und wie gedemütigt ich mich gefühlt hatte nach seiner eiskalten Abfuhr. Als meine Tränen versiegt waren und ich mit meiner Beichte zu Ende war, nahm er mein Gesicht in seine Hände und sah mich ernst, aber bestimmt an. „Emma, du wirst jetzt endlich Farbe bekennen. Du wirst ein letztes Mal über deinen Schatten springen und morgen nach London fliegen. Ich werde dich eigenhändig ins Flugzeug setzen, du bekommst von mir einen Presseausweis, und du wirst morgen auf seiner Pressekonferenz sein.“

Es ging mir nicht wirklich gut am nächsten Morgen, als ich im Flugzeug nach London saß. Felix hatte mich vom Hotel abgeholt, noch versucht, mich zum Essen zu bewegen, eingesehen, dass es zwecklos war und mich bis zum Gate begleitet. Dort hatte er mich fest an sich gedrückt und ganz leise „Leb wohl“ gesagt.

Ich flog tatsächlich nach London. Ein Taxi brachte mich zu dem Hotel, in dem die Konferenz stattfinden sollte. Ich agierte wie eine Marionette am Faden. Ich betrat überpünktlich den Saal, mischte mich unter die Reporter und setzte mich in eine der hinteren Reihen.

Einen Plan hatte ich nicht.

Das Komitee des Ryder Cups trat ein, ein Sprecher stellte die Herren vor, und diese nahmen ihre Plätze vor den Mikrofonen ein. Ich starrte unbewegt zwischen zwei großen Reportern nach vorne. Ich sah ihn. Er saß in der Mitte der Gruppe. Ich registrierte alles, seine Fältchen um die Augen, wenn er lachte, ich sah die steile Falte zwischen seinen Brauen, als eine Frage kam, die ihm nicht behagte. Ich wusste, dass die Zeit bald vorüber sein würde, und ich war unfähig, etwas zu tun. Wie durch einen Nebel hörte ich dann die provokante Frage eines Journalisten in der Reihe vor mir: „Rick, ist es richtig, dass Sie den jungen deutschen Golfspieler nur nominiert haben als Hommage an Ihre heiße Affäre vor einem Jahr mit einer gewissen Emma?“

Der Sprecher fuhr ihm empört ins Wort, erinnerte an die angekündigte Hochzeit des Turnierleiters und betonte nochmals, dass private Fragen in dieser Pressekonferenz nichts zu suchen hatten. Doch Rick wehrte den gutgemeinten Einwurf ab und beantwortete die Frage: „Emma war nie eine Affäre, sie ist die Liebe meines Lebens und die Frau, mit der ich den Rest dieses Lebens verbringen wollte.“

Der Reporter wollte noch mehr und schoss ganz schnell noch eine Frage ab. „Und Belinda ...?“

Der Sprecher unterbrach ihn wieder und bat um Fragen, die sich ausschließlich um das Turnier drehten.

Wie unter Zwang hob ich die Hand. „Was wäre, wenn Emma ihre Dummheit eingesehen hätte und gerne ein Date mit Rick für den Rest ihres Lebens hätte?“

Der Sprecher wollte mich schon böse zurechtweisen, doch Rick flüsterte ihm etwas zu, worauf er mich bat, aufzustehen und die Frage nochmals zu wiederholen.

Verlegen und mit hochrotem Gesicht erhob ich mich und schaute mitten in die strahlenden Augen meines Geliebten, der meine Frage sofort beantwortete.

„Ich wäre der glücklichste Mann auf der Welt und hätte gerne ein lebenslanges Date mit dir.“ Dann war er bei mir und riss mich ungeachtet der laufenden Kameras in die Arme. „Wirst du mich jetzt endlich heiraten, du dummes geliebtes Mädchen?“

Ich nickte.

„So schnell wie möglich, Emma?“

Ich nickte wieder.

„Morgen?“

„Morgen, mein Liebster!“

Im Hintergrund erklärte der Sprecher die Pressekonferenz für beendet.

Ich löste mich ein ganz klein wenig von Rick und sah ihm in die Augen. „Und Belinda?“

Rick lachte leise und sehr zärtlich. „Belinda ist eine liebe, alte Freundin. Sie hat mitgespielt, wie schon einmal. Du erinnerst dich?“

„Rick! Ich liebe dich.“

„Emma! Ich habe nie aufgehört, dich zu lieben.“